MIA C. BRUNNER

Tödliche Klamm

Allgäu-Krimi

GMEINER SPANNUNG

Immer informiert

NEWSLETTER

Spannung pur – mit unserem Newsletter informieren wir Sie regelmäßig über Wissenswertes aus unserer Bücherwelt.

Gefällt mir!

Facebook: @Gmeiner.Verlag
Instagram: @gmeinerverlag
Twitter: @GmeinerVerlag

Besuchen Sie uns im Internet:
www.gmeiner-verlag.de

Im Ehnried 5, 88605 Meßkirch
Telefon 07575/2095-0
info@gmeiner-verlag.de

1. Auflage 2019

Lektorat: Christine Braun
Herstellung: Mirjam Hecht
Umschlaggestaltung: U.O.R.G. Lutz Eberle, Stuttgart
unter Verwendung eines Fotos von: © pencake / photocase.de
Druck: CPI books GmbH, Leck
Printed in Germany
ISBN 978-3-8392-2465-6

Personen und Handlung sind frei erfunden.
Ähnlichkeiten mit lebenden oder toten Personen
sind rein zufällig und nicht beabsichtigt.

1

Kein einziges Auto kam ihm entgegen.

Die Dunkelheit des frühen Wintermorgens hätte etwas Friedvolles gehabt, wäre da nicht dieses tosende Unwetter gewesen, das die gesamte Region seit Stunden fest im Griff hatte.

Es stürmte, der Wind wütete und es regnete Bindfäden.

Die Tropfen prasselten unaufhörlich gegen die Windschutzscheibe und der Motor röhrte so laut, dass er die Musik seiner Lieblingsband nicht mehr hören konnte, obwohl er den kleinen schwarzen Drehknopf an dem alten Radio schon bis zum Anschlag aufgedreht hatte. Das Radio war bereits über 35 Jahre alt. Genau wie das Auto. Die alte rostige Karosserie des Kleintransporters bestand inzwischen fast nur noch aus Ersatzteilen, bunt zusammengewürfelt in den unterschiedlichsten Farben. Er hatte sich nie die Mühe gemacht, alles einheitlich neu zu lackieren. Der Motor aber war noch original. Eben echte deutsche Wertarbeit. Damals hatte man noch gewusst, wie man gute Autos baute. Deshalb behielt er den Wagen, den er vor Jahren von seinem Vater geerbt hatte. Er würde ihn um nichts in der Welt gegen eine dieser modernen Massenanfertigungen eintauschen. Er liebte seinen klapprigen Oldtimer.

In der Ferne, dort direkt vor den Bergen, blitzte es fast ununterbrochen. Dieses unberechenbare Wetter zusammen mit der unheimlichen Dunkelheit wären Anlass

genug, den heftig von Windböen durchgerüttelten Wagen an den Straßenrand zu lenken und zu warten, bis die Weiterfahrt wieder sicher war.

Doch dann würde er zu spät kommen. Und das wäre unverzeihlich, denn eine weitere verpasste Chance konnte er sich einfach nicht leisten.

Mehr als 80 Stundenkilometer gab der Motor nicht her, egal wie fest er das Gaspedal durchtrat. Und jetzt, da die Straße leicht bergauf ging, bewegte sich die Tachonadel nur knapp über die 60, erlaubt waren 100.

Bis Kempten würde er in dieser Geschwindigkeit noch über eine halbe Stunde brauchen. Wenn sein neuer Chef sehr pingelig war und ihm die paar Minuten, die er zu spät kam, gleich vorhalten würde, wäre seine Probezeit vermutlich vorbei, ehe sie überhaupt angefangen hatte. Um 5 Uhr war Arbeitsbeginn und er wollte auf gar keinen Fall eine Viertelstunde später bereits wieder auf dem Heimweg sein, ebenso arbeitslos wie das halbe Jahr davor.

Konzentriert starrte er auf die Straße vor sich, trat das Gaspedal immer noch voll durch und war leicht beunruhigt, weil die alten und leuchtschwachen Scheinwerfer nur gut fünf Meter des Asphaltes vor dem Wagen erhellten. Der gelbe Lichtkegel drang einfach nicht durch den heftigen Regen, der wie ein schwerer dunkler Vorhang direkt vor seiner Windschutzscheibe zu hängen schien.

Ein Blitz schlug plötzlich krachend in einen großen Baum unweit der Straße ein und ließ ihn kurzzeitig lichterloh erglühen. Das grelle Licht und das augenblicklich folgende Donnergrollen ließen ihn erschrocken zusammenfahren. Beinahe hätte er das Lenkrad losgelassen, beinahe wäre der Wagen nach links ausgeschert, doch er fing ihn geschickt ab und seufzte erleichtert.

Das hätte böse enden können.

Er rieb sich beunruhigt mit der rechten Hand den Nacken, stellte aber schnell fest, dass er beide Hände am Lenkrad brauchte, um sein Auto in der Spur zu halten. Die Straße war nass und extrem rutschig, obwohl es seit zwei Tagen keinen Nachtfrost mehr gegeben hatte. Die Räder schlingerten gefährlich über die glitschige Fahrbahn. Gut war allerdings, dass es kein Eisregen war, der vom Himmel fiel, denn die nahezu profillosen alten Reifen taugten für so ein Wetter überhaupt nicht mehr. Dann hätte er mit dem Zug nach Kempten fahren müssen, und dann wäre er definitiv nicht pünktlich angekommen.

Plötzlich riss er voller Panik die Augen auf, starrte durch den Regen in die für einen kurzen Augenblick taghell aufleuchtende, doch dann wieder schwarze Nacht, riss das Lenkrad hart nach rechts und preschte den Abhang neben der Straße hinunter. Der alte Wagen rutschte erst und begann anschließend unkontrolliert zu schlenkern. Die Vorderreifen blockierten, als er jetzt mit beiden Füßen gleichzeitig aufs Bremspedal stieg und es mit aller Kraft nach unten drückte. Dann verlor er die Kontrolle über das heftig vibrierende Lenkrad und konnte nicht verhindern, dass der Transporter hart nach rechts ausscherte, ganz plötzlich die Richtung änderte und sich überschlug. Sein Kopf prallte gegen den Holm der Fahrertür, der Sicherheitsgurt vor seiner Brust brach ihm das linke Schlüsselbein und schnitt ihm tief in die Haut über seiner Schulter. Doch der Wagen kam einfach nicht zum Stehen. Das sich jetzt mehrmals überschlagende Auto schleuderte ihn erst zurück in den Sitz, dann mit voller Wucht gegen das Lenkrad. Die Windschutzscheibe brach im selben Moment wie seine Rip-

pen. Herumfliegende Scherben zerschnitten ihm Hals und Gesicht.

Noch bevor der Transporter weit ab der Straße endlich zum Stehen kam, verlor er das Bewusstsein.

Hauptkommissar Kern blieb am Straßenrand stehen und beobachtete die Einsatzkräfte der Verkehrspolizei und die Sanitäter, die nach getaner Arbeit bereits wieder auf dem Weg zu dem am Straßenrand geparkten Krankenwagen waren.

In der Ferne hörte man das rhythmische Wummern der Rotorblätter des Rettungshubschraubers, der sich langsam entfernte. Es hatte endlich aufgehört zu regnen, nachdem in der Nacht ein Sturm gewütet hatte, der seinesgleichen suchte.

So ein heftiges Unwetter gab es in dieser Region nur alle paar Jahre.

In seiner direkten Nachbarschaft in Kempten waren einige Keller und Tiefgaragen vollgelaufen, weil das Kanalsystem unter den Straßen völlig überlastet war und die heruntergeregneten Wassermassen nicht mehr aufnehmen konnte. Wäre das alles Schnee gewesen und kein Regen, hätte man in den höher liegenden Alpendörfern den Notstand ausrufen müssen. So war nur hier und da eine Verbindungsstraße unterspült oder von einem Erdrutsch verschüttet worden.

Vorsichtig setzte Kern einen Fuß in das nasse Gras am Straßenrand und drückte mit der Spitze seines ausgetretenen Lederhalbschuhs prüfend in den aufgeweichten Boden. Dann trat er einen Schritt zurück und schüttelte heftig seinen Kopf.

»Sie gehen«, befahl er seiner jungen Kollegin, gestiku-

lierte dabei wild mit dem rechten Arm und zeigte schließlich auf den alten Transporter, der etwa 30 Meter von der Straße entfernt im matschigen Ackerboden lag, gleich neben dem provisorischen Metallgerüst, das durch den Aufprall des Wagens komplett zerstört worden war. Die breite, mehrere Zentimeter tiefe Furche, die das von der Straße geschleuderte Auto in den aufgeweichten Boden gezogen hatte, hatte sich durch den Regen mit Wasser gefüllt.

»Na los, gehen Sie«, wiederholte er ungeduldig. »Vergewissern Sie sich, dass es ein Unfall war, dann ist der Bericht schnell geschrieben.«

Ihm war schleierhaft, was er hier sollte, schließlich war das ganz offensichtlich ein zwar tragischer, aber dennoch ganz normaler Verkehrsunfall. Doch sein Chef Hauptwachtmeister Götze hatte ihn hierhergeschickt, damit er herausfand, ob es sich um grobe Sachbeschädigung handelte. Schließlich war das Unfallfahrzeug geradewegs in eine geplante Baustelle eines ausländischen und sehr einflussreichen Logistikunternehmens gerast, das sich hier im Allgäu niederlassen wollte und über 300 Arbeitsplätze schaffen sollte. Das Fahrzeug hatte das Gerüst mit dem überdimensionierten Werbeplakat zerstört.

Die geplante Allgäuer Niederlassung der Firma wurde trotz der wirtschaftlichen Vorteile für die Region von der hiesigen Bevölkerung mehrheitlich abgelehnt. Schon seit Wochen gab es vereinzelt kleine Demonstrationen. Ein anonymer Drohanruf eines besorgten Bürgers im Sekretariat des Bürgermeisters vor ein paar Tagen, bei dem auch Morddrohungen ausgesprochen wurden, hatte die Staatsanwaltschaft und Hauptwachtmeister Götze schließlich veranlasst, Ermittlungen einzuleiten.

Jessica seufzte und stieg nach kurzem Zögern den Abhang hinunter. Schon nach wenigen Metern durchdrang die Feuchtigkeit ihre gefütterten Wildlederstiefel, die knöcheltief im Matsch versanken. Jeder ihrer Schritte machte ein schmatzendes Geräusch, immer dann, wenn sie ihren nassen Schuh aus der durchweichten Erde zog.

Heute war ihr dritter Tag im Dienste der Kemptener Kriminalpolizei.

Hauptwachtmeister Götze war anfangs nicht begeistert gewesen, dass ausgerechnet die ehemalige Freundin von Hauptkommissar Forster eine Bewerbung eingereicht hatte. Er hatte händeringend nach einem Ersatz für den Kollegen Jakob gesucht, der zum Ende des letzten Jahres in Rente gegangen war, doch hatte er Unruhe im Kollegium befürchtet. Jessica hatte ihn schließlich überzeugen können, dass sie und ihr Ex-Freund erwachsen genug waren, professionell mit der Sache umzugehen. Ihre Arbeit würde mit Sicherheit nicht unter ihrer Situation leiden. Jessicas Worte und die durchweg guten Empfehlungen ihrer ehemaligen Vorgesetzten aus Hamburg hatten den Hauptwachtmeister schließlich dazu veranlasst, Jessica einzustellen und an die Seite von Hauptkommissar Detlef Kern zu setzen. Er hatte ja auch kaum eine Wahl. Eine alleinerziehende Mutter hatte immer den größten Anspruch auf eine Stelle in Wohnortnähe und stach jeden männlichen Mitbewerber aus.

»Entschuldigen Sie bitte.« Jessica winkte einem entgegenkommenden Sanitäter zu und lächelte freundlich. »Können Sie mir sagen, wie es dem Fahrer des Transporters geht? Hauptkommissarin Grothe«, stellte sie sich schließlich vor und reichte dem jungen Mann ihre Hand. Gleichzeitig zückte sie ihren Dienstausweis und

hielt ihn dem Rettungssanitäter so entgegen, dass er ihn lesen konnte.

»Was hat denn die Kriminalpolizei hier zu suchen?«, bemerkte dieser und sah sie verwundert an. »Das ist doch ein stinknormaler Unfall.« Dann zog er eine Schachtel Zigaretten aus seiner rechten Hosentasche, sah kurz zum Rettungswagen hinüber und schob die Schachtel seufzend wieder zurück.

Jessica legte den Kopf leicht schräg, schob die Hände in ihre Jackentaschen und schaute fragend in seine Richtung. Nichts zu erklären hatte in den meisten Fällen mehr Wirkung, als unnütze Fragen aus reiner Höflichkeit zu beantworten.

»Der Mann ist schwer verletzt«, begann der Sanitäter schließlich zu berichten und seufzte etwas genervt. »Keine Ahnung, ob er das überlebt. Das Lenkrad hat ihm sicherlich sämtliche Bauchorgane zerquetscht. Die Feuerwehr musste ihn mit der Flex aus dem Auto befreien. Er war regelrecht eingeklemmt. Nahezu alle Knochen des Mannes sind gebrochen. Schlüsselbein, Rippen, beide Beine mehrfach. Vermutlich schlimmste innere Verletzungen«, zählte er auf. »Wenn der noch mal aufwacht, dann grenzt das an ein Wunder.«

»Das hört sich schlimm an. Danke für die Auskunft«, bemerkte Jessica nur und ließ den jungen Mann einfach stehen. Jetzt würde sie noch einen Verkehrspolizisten oder einen Beamten der Spurensicherung ansprechen, der einigermaßen kompetent wirkte und ihr mit Sicherheit bestätigen konnte, dass das schlimme Unwetter schuld war an diesem schrecklichen Unfall und dass es sich keineswegs um einen Anschlag auf die Speditionsfirma handelte. Letzteres war selbstverständlich absoluter Quatsch. Der

verunglückte Mann würde doch nicht sein Leben riskieren, um ein simples Baugerüst dieser Firma zu zerstören. Noch dazu wirkte das Gerüst um einiges stabiler als die alte Rostlaube, die einige Meter vor Jessica total zerstört auf der Seite lag, begraben unter dem riesigen Werbeschild.

»Frau Grothe, warten Sie.« Der junge Sanitäter hinter ihr griff nach ihrem Arm, bekam aber nur den Stoff ihres Mantels in die Finger. »Mir ist da noch etwas eingefallen.«

»Was denn?«, polterte Jessica etwas zu rüde. Sie mochte es gar nicht, wenn man sie ungefragt anpackte, fuhr herum und entriss ihm wütend ihren Arm.

Der Sanitäter hob entschuldigend beide Hände und zuckte schließlich bedauernd mit den Schultern. »Das Unfallopfer war zweimal für wenige Sekunden ansprechbar, was wirklich schon ein Wunder war«, begann er und zuckte erneut entschuldigend mit den Schultern. »Ich habe ihn gefragt, wie er heißt, doch er hat immer nur gesagt, er hätte Jesus überfahren. ›Der Herrgott möge mir vergeben, ich habe Jesus getötet‹, hat er gestammelt. Merkwürdig, oder?« Er lächelte und hob zum Abschiedsgruß die Hand. »Das Morphin hat wohl recht schnell gewirkt und ihn halluzinieren lassen.«

Wenig später ließ sich Jessica von einem Beamten der Spurensicherung die Personalien des Unfallopfers geben. Nachdem sie in Ermangelung eines Taschentuchs mit dem linken Jackenärmel ihres Mantels den Schlamm vom Kennzeichen gewischt hatte, tippte sie neben den Personalien auch die Buchstaben und Zahlen des Nummernschilds in das Notizbuch ihres Smartphones.

»Gibt es irgendwelche Hinweise darauf, dass der Fahrer absichtlich in das Baugerüst gefahren ist?«, fragte sie schließlich, schob das Telefon zurück in die Innentasche

ihres Mantels und schlang die Arme um den Oberkörper, anstatt die Jacke zu schließen. Jetzt, Anfang Februar, war es zwar nicht mehr so frostig wie den ganzen Januar über, und auch der Schnee war bereits seit einer Woche weggetaut, doch es war immer noch empfindlich kalt.

»Das ist jetzt nicht Ihr Ernst, oder?«, fragte der junge Beamte ungläubig. »Ist die Kripo etwa hier, weil ein Anschlag vermutet wird?«

»Ich mache nur meinen Job.« Jessica sah den jungen Mann streng an. »Die Staatsanwaltschaft hat Ermittlungen gegen unbekannt eingeleitet aufgrund diverser Kleinststraftaten gegen den Konzern, der sich genau hier ansiedeln will. Ist wohl eine politische Entscheidung, mit der nicht jeder einverstanden ist. Immerhin will die Region die Arbeitsplätze und die Steuereinnahmen. Der gemeine Bürger allerdings will das wohl nicht.«

»Die ganzen Demos, ja, verstehe.« Der Beamte nickte. Dann wies er mit ausgestrecktem Arm in Richtung Fahrbahn. »Der Wagen ist dort von der Straße abgekommen«, erklärte er. »Meiner Meinung nach würde niemand in diesem Winkel von der Straße fahren, wenn er das Baugerüst rammen wollte. Mal abgesehen von dem schlechten Wetter, dem aufgeweichten Boden und der schlechten Sicht«, jetzt hob er auch den zweiten Arm, hielt den einen parallel zur Straße und den anderen in Richtung des Unfallfahrzeuges, »würde niemand im rechten Winkel von dieser Straße herunterfahren, wenn er größtmöglichen Schaden anrichten wollte. Da würde der ganze Schwung abhandenkommen und der Wagen viel zu schnell an Geschwindigkeit verlieren. Und das Werbeplakat ist ja auch nicht beleuchtet. Man sieht es nachts von der Straße aus gar nicht.« Er schüttelte den Kopf.

»Die Unfallursache ist also einzig und allein auf die schlechten Wetterbedingungen zurückzuführen«, schloss Jessica und rieb sich mit dem Handrücken ihre eiskalte Nase. Auch ihre inzwischen komplett nassen Füße schmerzten bereits vor Kälte. Sie wollte unbedingt von dieser feuchten Wiese herunter.

»Der Fahrer hat in jedem Fall das Lenkrad bereits auf der Straße spontan herumgerissen. Ob er während der Fahrt eingeschlafen ist, einen Herzinfarkt hatte oder einem entgegenkommenden Fahrzeug ausgewichen ist …« Er zuckte mit den Schultern. »Keine Ahnung. Das kann uns wohl nur der Fahrer selbst beantworten.«

Das leise Brummen des Laptops vor ihr machte sie wahnsinnig.

Der Bericht zum tragischen Unfall auf der Bundesstraße war schon lange getippt, und doch mochte sie den Fall nicht abschließen, indem sie den kurzen Text abspeicherte, ausdruckte und ihrem Kollegen Kern zur Unterschrift vorlegte.

Auf der Fahrt zurück zum Präsidium hatte Jessica Hauptkommissar Kern von allen Erkenntnissen berichtet, ihm erzählt, dass sie vorhatte, das Nummernschild und die Personalien noch einmal zu überprüfen und den endgültigen Bericht der Spurensicherung abzuwarten, bevor sie den Fall abschlossen. Doch ihr Vorgesetzter wollte von der ganzen Angelegenheit nichts wissen. Für ihn war die Sache klar. Es war ein dem Unwetter geschuldeter Unfall. Die zuständigen Beamten der Verkehrspolizei würden sich um den Rest kümmern. Damit brauchte sich die Kripo nun wirklich nicht herumschlagen.

Dieses Büro, das sie sich mit Hauptkommissar Kern teilte, war größer als alle anderen hier im Präsidium und lag im obersten Stockwerk des Gebäudes, mit einer herrlichen Aussicht über die Innenstadt. Auf dieser Etage war es das einzige Arbeitszimmer. Daneben gab es ein Badezimmer und drei Lagerräume, in denen ausgediente Schreibtische, alte Computerbildschirme und allerlei unwichtiger Kram aufbewahrt wurden, der eigentlich längst auf den Müll gehörte. Doch beschweren wollte sich Jessica nicht. Kerns Büro war perfekt gelegen, ruhig und absolut ohne jeden menschlichen Durchgangsverkehr. Hier hatte man wirklich seine Ruhe.

Leider stand ihr Schreibtisch etwas versteckt in einer Nische direkt neben der Tür. Sie saß mit dem Rücken zum Fenster und starrte stattdessen auf eine hellgrau gestrichene Betonwand. Der Schreibtisch ihres Kollegen Kern allerdings dominierte den ganzen Raum, indem er zentral und leicht schräg mitten im Zimmer stand, nur einen modernen Aktenschrank hinter sich und mit der atemberaubenden Aussicht durch das große Fenster ideal platziert.

»Kurz und knapp formuliert. Perfekt«, lobte Kern, der urplötzlich hinter ihr stand und ihr über die Schulter sah. »Ausdrucken und rüberbringen.« Er schlich zurück zu seinem Schreibtisch und ließ sich in den neuen Lederstuhl fallen, den er erst gestern geliefert bekommen hatte. Hauptwachtmeister Götze hatte das Teil nach langem Ringen schließlich genehmigt, nachdem Kern ihm wiederholt ein Attest seines Hausarztes vorgelegt hatte, der die Rückenschmerzen des Beamten auch auf die unsachgemäße Haltung beim Sitzen zurückführte und einen orthopädisch unterstützenden Stuhl vorschlug. Jessica

vermutete als Ursache für seine schmerzende Wirbelsäule allerdings eher seine gut 20 Kilo Übergewicht und seine Unsportlichkeit. In den dritten Stock kam er nur sehr langsam und schwer nach Atem ringend.

Kerns alter Stuhl stand jetzt nebenan in einem der Lagerräume. Er seufzte zufrieden und strich fast liebevoll über die weichen Armlehnen, bevor er sich zurücklehnte und selig die Augen schloss.

Unter ihrem eigenen Schreibtisch strichen ihre nackten Füße vorsichtig über den rauen dunkelgrünen Teppich. Jessica überlegte kurz, ob sie ihre nassen Stiefel wieder anziehen sollte, bevor sie aufstand, entschied sich dann aber dagegen. Ihre Schuhe und Socken waren nach dem morgendlichen Ausflug über die feuchtkalte Wiese so nass, dass sie jetzt unter der Heizung vor dem Fenster standen beziehungsweise über ihr hingen. Der Heizkörper lief zwar auf Hochtouren und es war fast unerträglich warm hier im Büro, doch vermutete Jessica, dass die Stunden bis zum Feierabend nicht ausreichen würden, um die Feuchtigkeit komplett zu trocknen, vom Dreck ganz zu schweigen. Ihre schönen neuen Stiefel waren ruiniert.

Also lief sie barfuß und mit bis zum Knie hochgekrempelter Hose zum Drucker hinüber, der auf einem kleinen Tischchen in einer Zimmerecke stand, und wartete geduldig, bis der Bericht ratternd und brummend aus dem Gerät glitt. Sie nahm die Zettel, ging zu Kerns Tisch, platzierte die Papiere direkt vor ihrem Kollegen auf der ledernen roten Schreibunterlage und stellte zum wiederholten Male fest, dass sie noch nie so einen aufgeräumten Schreibtisch gesehen hatte. Auch keiner ihrer ehemaligen Hamburger Kollegen war derart ordentlich

wie Hauptkommissar Kern. Außer vielleicht Wolfgang, ihr verstorbener Schwager.

Es klopfte.

Noch bevor Hauptkommissar Kern die Augen geöffnet hatte, schwang die Tür auf und Hauptkommissar Forster stürzte in den Raum, blieb abrupt stehen, als er Jessica erblickte, und hielt erschrocken die Luft an.

Er räusperte sich und hob etwas unbeholfen die rechte Hand, doch Jessica konnte nicht deuten, ob er grüßen oder sich die Augen reiben wollte, denn jetzt hatte er ihre nackten Füße entdeckt und starrte sie ungeniert an.

»Grüß Gott, Herr Forster«, mischte sich Kern belustigt ein. »Was gibt's? Ist lange her, dass Sie sich in mein Büro bemüht haben.«

Florian riss sich vom Anblick der Füße seiner Ex-Freundin los und schaute jetzt zu Kern. In seinem Gehirn überschlugen sich die Gedanken. Als er den Mund öffnete, um etwas zu sagen, bekam er keinen Ton heraus.

»Ähm«, räusperte er sich schließlich erneut, rieb sich nervös mit der linken Hand den Nacken und griff mit der rechten bereits wieder nach dem Türgriff. »Entschuldigung – falsche Tür.« Er verließ den Raum genauso hektisch, wie er ihn betreten hatte. Hinter ihm schlug die Tür krachend ins Schloss.

»Hauptwachtmeister Götze hat mich ja bereits vorgewarnt«, bemerkte Kern amüsiert. »Forster hat heute seinen ersten Arbeitstag nach seinem Urlaub. Der arme Kerl hat vermutlich gerade erst erfahren, dass seine Verflossene jetzt seine Kollegin ist.«

»Tut mir leid«, sagte Jessica und wusste doch nicht, wofür sie sich eigentlich entschuldigte.

»Kein Problem.« Kern schickte Jessica mit einer Handbewegung wieder auf ihren Platz an ihren kleinen Schreibtisch, lehnte sich in seinem rückenschonenden Sessel zurück und schloss erneut die Augen. »Ich hoffe nur, so etwas passiert jetzt nicht alle naslang. Ich hab hier oben nämlich gern meine Ruhe.«

»Ich hab gedacht, du weißt es, Chef.« Berthold sah bedrückt aus. So zusammengesunken, wie er auf dem Stuhl vor Hauptkommissar Forsters Schreibtisch saß, wirkte er trotz seiner immensen Körpergröße von 2,10 Meter beinahe klein und zerbrechlich. »Hat Hauptwachtmeister Götze denn nichts erzählt?«

»Götze hat überhaupt nichts gesagt, verdammte Scheiße«, fluchte Florian und ließ sich hinter dem Schreibtisch auf seinen Bürostuhl fallen.

Er hatte sich benommen wie ein Trottel eben im Büro vom alten Kern. Natürlich wusste er, dass das Kommissariat einen Nachfolger für den Kollegen Jakob gesucht hatte. Florian hatte insgeheim schon befürchtet, Götze würde Berthold an die Seite von Kern setzen und ihm selbst dann einen neuen Anfänger zuordnen. Florian wusste, dass Hauptwachtmeister Götze die Frischlinge ungern an die Seite der ältesten Beamten im Dezernat setzte. Doch diese Angelegenheit hatte sich ja jetzt erledigt. Götze hatte Jessica eingestellt, keinen blutjungen Anfänger.

Florian massierte sich mit den Fingern die Schläfen, doch diese Aktion beruhigte ihn gar nicht.

Er war wie ein Vollidiot ins oberste Stockwerk gerannt, um sich zu vergewissern, ob es wirklich stimmte, ob Jessica wirklich ihren Job bei diesem Anwalt aufgegeben hatte, um in ihren alten Beruf zurückzukehren.

Doch warum hier? Warum ausgerechnet in seinem Revier?

Sie hatte sich nach ihrem unverschämten Geständnis im letzten Spätsommer komplett in Luft aufgelöst. Zuerst hatte sie ihren Handyvertrag gekündigt, sodass seine zahlreichen Versuche, sie zu erreichen, ins Leere gelaufen waren. Kurz darauf war sie aus dem Reihenhaus ausgezogen und er hatte sie und die zwei Kinder ihrer Schwester, die bei ihr lebten, weder über das Einwohnermeldeamt noch über ihren kleinen Sportwagen und das Straßenverkehrsamt ausfindig machen können. Der Wagen war abgemeldet. Die Nachmieter im Reihenhaus bestätigten ihm zwar, dass Jessica immer noch Eigentümerin des Hauses war, dass sie aber nur eine Postfachadresse von ihr hatten. Er hatte versucht, von irgendeinem Staatsanwalt den Wisch zu bekommen, um bei der Post die Meldeadresse für das Schließfach zu erfahren, doch auch hier hatte er keinen Erfolg gehabt. Ihren Job hatte sie gekündigt und Florian hatte zu dem Zeitpunkt noch nicht einmal gewusst, ob sie überhaupt noch in Kempten war. Dann hatte er ewig Christian Hanke hinterhertelefoniert, dem Mann, mit dem Jessica ihn betrogen hatte. Doch das Arschloch, das ihm wochenlang vorgegaukelt hatte, er wäre ein guter Freund, war einfach nicht erreichbar gewesen.

Alles, was Florian wollte, war eine Erklärung. Er hatte nichts bemerkt. Alles war wie immer gewesen, und plötzlich – wie aus dem Nichts – hatte sie die Beziehung beendet und war untergetaucht. Er verdiente eine Erklärung. Das war sie ihm schuldig.

Verdammt noch mal, ja. Sie war ihm das schuldig.

Seit Ende November kannte er ihre neue Adresse. Warum er nicht früher daran gedacht hatte, sich bei der

Schule zu informieren, die Svenja besuchte, wusste er nicht. Als er vor dem Mietshaus stand, in dem seine Ex-Freundin mit den zwei Kindern jetzt wohnte, und er nur fremde Namen auf den Klingelschildern entdeckte, hatte er beschlossen, endlich einen Abschluss zu finden, endlich die Sache auf sich beruhen zu lassen. Sie wollte ihn nicht mehr sehen und er würde ihr nicht mehr hinterherlaufen.

»Denkst du an den Termin bei der Sicherheitsfirma, Chef?«, erinnerte ihn Berthold und lächelte ihm etwas mitleidig zu. »Wir haben nur noch 20 Minuten.« Er tippte sich auf sein Handgelenk, so als würde er eine Armbanduhr tragen, die ihn vor dem Zuspätkommen warnte, stand auf und ging zur Tür.

»Ja, klar.« Florian rieb sich mit beiden Händen das Gesicht und erhob sich ebenfalls. »Hast du die Unterlagen von der Staatsanwaltschaft?«

2

Sie öffnete die Glastür zum kleinen halbrunden Balkon im ersten Stock, trat hinaus ins helle Sonnenlicht und atmete tief durch. Der Himmel war klar, ohne jede Wolke, und die Sonne wärmte ihr Gesicht. Eine leichte Brise wehte und bewegte den Saum ihres dünnen Seidenmorgenmantels. Die winterliche Februarkälte kroch langsam ihre Beine hinauf und ließ sie frösteln, doch das helle Licht in ihrem Gesicht war so angenehm, dass sie noch einige Minuten ausharrte, bevor sie ins Schlafzimmer zurücktrat und die Tür wieder schloss.

Heute war einer der guten Tage. Heute fühlte sie sich nicht erschöpft und müde, sondern ausgeruht und innerlich von einem Frieden erfüllt, den sie schon lange nicht mehr gespürt hatte. Und sie hatte Appetit. Auf Rührei und Speck. Und Kaffee.

Die große breite Steintreppe ins Erdgeschoss hatte sie schon so viele Wochen nicht mehr betreten, dass sie an der obersten Stufe zuerst zögerte, doch dann mit einem Lächeln im Gesicht und erhobenen Hauptes hinunterschritt, als wäre sie eine Königin.

Der Eingangsbereich war groß und die überdimensionierten Fenster ließen eine solche Flut an Licht in den Raum, dass sie die Augen zukneifen musste. Ihr Zimmer im oberen Stock war seit Wochen dunkel, die schweren Vorhänge immer verschlossen.

»Luise?«, rief sie und wunderte sich selbst über ihre feste, klare Stimme. Kein Halsweh, keine Heiserkeit.

»Frau Wiedemann.« Die kleine rundliche Luise erschien in der Tür zum Salon und schaute sie erschrocken an. »Verzeihen Sie bitte, ich dachte, Sie schlafen noch. Ihr Tee ist gleich fertig.«

»Heute keinen Tee, Luise. Haben wir Eier und Speck im Haus? Ich habe so sehr Appetit auf etwas Deftiges. Und vielleicht einen Kaffee.«

Luise zögerte, betrachtete die Hausherrin zweifelnd, nickte dann aber ergeben und begab sich in die Küche.

»Ist mein Mann schon in seiner Praxis?« Frau Wiedemann war Luise in die Küche gefolgt und setzte sich jetzt an den kleinen Tisch vor dem Fenster, der den Blick in den großen gepflegten Garten freigab. Selbst jetzt im Winter wirkte er aufgeräumt und lud zum Verweilen im Freien ein. Vielleicht würde sie später einen kleinen Spaziergang zu der großen Eiche am Grundstücksende machen.

»Ich serviere Ihnen das Frühstück im Salon, Frau Wiedemann. Ich bin gleich fertig.« Luise beeilte sich, Schüsseln und Pfannen bereitzustellen und die Eier und den Speck aus dem Kühlschrank zu holen. Die Kaffeemaschine lief bereits.

»Nein, nein. Hier ist es viel schöner, Luise. Stellen Sie es einfach hier auf den Tisch.«

»Alexander Richter«, stellte der schlanke Mann in der schwarzen Uniform sich höflich vor und reichte der Dame an der Tür seinen Dienstausweis. »Richter Security, wir sind für die Sicherheit in diesem Haus verantwortlich und würden gern mit Ihnen oder Ihrem Mann sprechen.«

»Herr Dr. Wiedemann ist nicht im Haus. Ich bin nur die Haushälterin. Ich weiß nicht …«, stammelte sie unsicher und verstummte dann. Die drei Männer vor der Tür machten sie nervös. Hinter Herrn Richter von der Sicherheitsfirma standen noch ein Polizeibeamter in Uniform und ein Mann in Zivil mit Jeans und schwarzer Lederjacke. Alle drei lächelten freundlich.

»Ist Frau Wiedemann denn im Hause?«, fragte Herr Richter jetzt und spähte an der kleinen dicken Frau vorbei in den Flur der Villa. »Es gibt da einige Unstimmigkeiten und ich würde gern wissen, wie Richter Security damit umgehen soll. Immerhin geht es um Ihrer aller Sicherheit.«

»Ja, gut. Aber könnten Sie nicht wiederkommen, wenn Dr. Wiedemann da ist? Wir erwarten ihn am Nachmittag.« Luise schob die Tür etwas weiter zu und versperrte den schmalen Durchlass mit ihrem imposanten Körper. »Herr Dr. Wiedemann schätzt es gar nicht, wenn fremde Besucher in seinem Haus sind, während er nicht anwesend ist.«

»Verstehe.« Richter nickte und lächelte wieder entwaffnend. »Doch die Angelegenheit ist äußerst dringend. Ich habe mir sogar erlaubt, zwei Beamte der Kripo mitzubringen, da wir vermuten, dass gestern Abend bei Ihnen eingebrochen worden ist. Wir haben schon die Außenanlage begutachtet und würden jetzt auch gern einen Blick ins Haus werfen. Können wir bitte mit Frau Wiedemann sprechen?«, wiederholte er sein Anliegen, legte die Hand auf die schwere Eingangstür und drückte vorsichtig dagegen. Hauptkommissar Florian Forsters Hand legte sich von hinten auf seinen Arm und zog ihn von der Tür weg.

»Wir haben wirklich nur ein paar kurze Fragen und vermutlich handelt es sich um ein Missverständnis«, mischte sich jetzt Florian ein und hielt der Dame einen Zettel ent-

gegen. »Dieses Schreiben erlaubt uns, Haus und Garten zu untersuchen. Die Vorfälle der letzten Nacht haben einen Staatsanwalt veranlasst, einen Durchsuchungsbeschluss zu unterschreiben. Das zeigt doch die Dringlichkeit unseres Anliegens. Bitte lassen Sie uns rein.«

Die kleine Dame biss sich nervös auf die Unterlippe, trat dann zurück und ließ die drei Herren eintreten.

»Warten Sie bitte in der Bibliothek.« Sie wies mit der Hand zur linken Seite, vergewisserte sich, dass alle drei Männer den Raum neben der Steintreppe betraten und beeilte sich dann, ihrer Arbeitgeberin vom Besuch zu berichten.

Im Vergleich zum Eingangsbereich mit der breiten Marmorempore und der schweren Steintreppe wirkte dieser Raum beinahe erdrückend klein. Außerdem war er dunkel. Die wandhohen Bücherregale aus massivem Nussbaumholz waren über und über mit dicken Wälzern bestückt. Klassiker der Weltliteratur in edlen Einbänden aus Leder mit goldenen Verzierungen reihten sich an moderne Literatur, eine ganze Reihe Bibeln in unterschiedlicher Ausführung und medizinische Fachliteratur. Ein kleiner Kamin war neben der Tür in die Wand eingelassen und zwei Ohrensessel standen davor. Das einzige Fenster war mit dunklen Vorhängen aus dichtem Stoff behangen und ließ nur mattes Licht von draußen in das Zimmer. Direkt vor dem Fenster stand ein kleines Kaffeetischchen mit zwei samtbezogenen Stühlen.

Kommissar Berthold Willig stand fasziniert vor dem hohen Regal und fuhr mit dem Zeigefinger ehrfurchtsvoll über die mit Gold eingelassenen Lettern einer alten Sonderausgabe von Shakespeares »Hamlet«.

»Damit ich das wirklich richtig verstehe, Alex«, begann Florian und ließ sich auf einem der Sessel vor dem Kamin nieder. »Ihr habt festgestellt, dass die Alarmanlage für über zwei Stunden ausgeschaltet war und jemand um das Haus geschlichen ist, aber keines der Fenster ist beschädigt und die Haustür wurde ganz normal mit einem Haustürschlüssel geöffnet.«

»Zweimal. Einmal um etwa 3 Uhr morgens und einmal um kurz nach 5 Uhr«, bestätigte Alexander Richter, schob den schweren Vorhang beiseite und schaute in den Vorgarten. »Wir betreuen dieses Haus seit drei Jahren. Es ist noch nie vorgekommen, dass die Alarmanlage so lange aus war. Normalerweise schaltet sich das Gerät nach geraumer Zeit eigenständig ein, damit uneingeschränkter Schutz auch dann besteht, wenn man das manuelle Aktivieren einmal vergessen sollte. Man muss diese Funktion durch eine besondere Tastenkombination und einen Schlüssel unterdrücken, wenn die Anlage dauerhaft deaktiviert bleiben soll. Vor einem Jahr«, fuhr er fort, »war im ganzen Stadtviertel Stromausfall und selbst in so einem Fall bezieht die Anlage ihre Energie über ein Notstromaggregat und bleibt aktiviert.«

Florians nächste Frage erübrigte sich also. Er hatte vermutet, dass der heftige Sturm von letzter Nacht vielleicht für den Ausfall der Sicherheitsanlage verantwortlich gewesen war.

Florian kannte Alexander Richter bereits seit fast 20 Jahren. Sie hatten als Jugendliche im selben Fußballverein trainiert, bis Alexander als junger Erwachsener in den damals noch recht unpopulären, neu gegründeten Rugbyverein gewechselt war. Heute trainierte er ehrenamtlich den Kemptener Rugbynachwuchs.

»Und einen Schlüssel zu dem Haus und den Geheimcode für die Alarmanlage haben nur die Wiedemanns?«

Alexander Richter setzte sich auf den zweiten, noch freien Ohrensessel und nickte.

»Das Ehepaar Wiedemann, die Haushälterin Luise Kramer und wir natürlich, Richter Security, also ich und meine vier Mitarbeiter«, zählte der Sicherheitsbeamte auf.

In diesem Moment hörten sie jemanden an der Eingangstür.

Kommissar Willig hob alarmiert den Kopf und starrte durch den Spalt in der Tür in den Flur, Richter sprang auf und lief zum Fenster, um hinauszusehen. Hauptkommissar Forster erhob sich etwas langsamer, ging zur Tür, schob sie mit dem Fuß etwas weiter auf und schaute ebenfalls in den Flur.

Vor der Haustür fiel ein Schlüsselbund scheppernd auf die Granitfliesen, jemand fluchte. Sekunden später wurde die Haustür aufgeschlossen und ein Mann in einem dicken Wintermantel und mit etwas schütterem dunkelbraunem Haar stürmte in den Eingangsbereich, sah sich hektisch um und rief nach der Haushälterin. Dann drehte er sich um und gab routiniert die Tastenkombination am Display neben der Tür ein, um den ansonsten folgenden Alarm zu deaktivieren.

»Herr Dr. Wiedemann?« Florian trat aus dem Schatten der dunklen Bibliothek, gefolgt von Berthold Willig und Alexander Richter, und hielt seinen Dienstausweis in die Höhe. »Kripo Kempten, mein Name ist Hauptkommissar Forster.«

»Oh Gott«, rief der Hausherr entsetzt, schlug die Hände über dem Kopf zusammen und ging dann auf den

Beamten zu. »Ist etwas mit meiner Frau? Ist Monika etwas passiert? Um Gottes Willen.«

Noch bevor Florian verneinend den Kopf schütteln konnte, sah er im Augenwinkel eine Frau die steinernen Stufen herunterkommen.

»Keine Panik, Schatz«, begrüßte Monika Wiedemann ihren Gatten. »Mir geht es sehr gut.« Dann nickte sie den drei Herren zu, die vor der massiven Eichenholztür zur Bibliothek standen und zu ihr hinaufsahen. »Guten Tag, die Herren.«

Das Bild, das diese Frau bot, erschütterte Florian so sehr, dass er sich anfangs nicht von ihrem Anblick losreißen konnte. Ihr Alter war schwer einzuschätzen. Ihre Haut war dermaßen blass und dünn, dass die Adern an Händen und Hals deutlich als dunkle Linien zu erkennen waren. Das Haar hing stumpf und wasserstoffblond an ihrem Kopf herunter und reichte bis zu ihren Schultern. Durch die helle Bluse aus edlem, zartem Stoff sah man deutlich Schulterknochen und Schlüsselbeine hervorstechen. Ihr ganzer Körper war so dünn und gebrechlich, dass Florian sich kaum vorstellen konnte, woher sie die Kraft nahm, auf eigenen Füßen zu stehen. Er bemerkte, wie auch ihr Ehemann sie entsetzt anstarrte, als sie die Treppe hinunterschwebte, lautlos und unheimlich wie ein Geist, beinahe durchsichtig.

Dr. Wiedemann lächelte jetzt und lief seiner Frau entgegen. »Dir geht es besser. Schön«, sagte er und nahm sie in seine Arme.

»Kommst du jetzt schon aus der Praxis?«, fragte sie und wirkte verwundert.

»Ich war in Frankfurt, Moni, das habe ich dir doch erzählt. Ich bin vor drei Tagen gefahren. Das Klassentref-

fen«, half er ihr auf die Sprünge, doch Frau Wiedemann schüttelte nur langsam den Kopf.

Dann sah sie entschuldigend zu den drei Männern hinüber. »Ich bin manchmal etwas neben der Spur«, erklärte sie lachend. »Aber heute geht es mir gut.«

»Das freut mich sehr, Liebes.« Dr. Wiedemann geleitete seine Frau die restlichen Stufen hinunter, indem er ihre Hand in seine Armbeuge legte. »Und was kann ich für Sie tun? Sie haben mir mit dem Polizeiwagen in meiner Auffahrt einen ganz schönen Schrecken eingejagt.«

Die vier Männer nahmen im Wohnzimmer Platz. Florian bemerkte, wie Dr. Wiedemann immer wieder durch die große Terrassentür in den imposanten Garten schaute und seine Frau beobachtete, die dick eingepackt in einen teuren Pelzmantel neben dem kleinen Gartenteich stand und in die Ferne blickte. Sein Gesichtsausdruck wechselte zwischen Sorge und Unzufriedenheit. Es wirkte fast so, als würde ihm nicht gefallen, dass seine Frau dort draußen alleine herumlief.

Der Blick auf die Alpen war atemberaubend. Die Sicht war klar, der Himmel hellblau und die Sonne schien. In der Ferne ragte der Grünten empor. Eine weiße Schneehaube zierte seinen Gipfel. Vor Mai würde der Schnee auf den höher gelegenen Berggipfeln auf gar keinen Fall schmelzen. In manchen Jahren waren die Spitzen der Allgäuer Berge nur für zwei Monate im Jahr schneefrei.

»Und Sie sagen, jemand hat gestern Abend die Alarmanlage deaktiviert?«, wandte Herr Wiedemann sich jetzt an den Chef der Sicherheitsfirma. Er hatte sie vor drei Jahren beauftragt, seine Villa zu sichern, nachdem Einbrecher versucht hatten, ins Haus zu gelangen. Seitdem

Richter Security das Anwesen elektronisch überwachte, war nichts dergleichen mehr vorgefallen.

»Nicht nur das, Herr Dr. Wiedemann«, erklärte Alexander Richter seinem Auftraggeber. »Jetzt, da Sie mir erneut bestätigt haben, dass Sie drei Tage nicht im Hause waren, kommt mir auch die Tatsache komisch vor, dass ihr Wagen gestern Abend das Grundstück verlassen hat und erst nach guten zwei Stunden zurück in die Garage fuhr.«

»Der Mercedes meiner Gattin?«, fragte Wiedemann dazwischen und suchte durch das Fenster erneut nach seiner Frau im Garten. Sie war bereits an der hinteren Grundstücksgrenze.

»Sie meinen also, Ihre Frau hätte das Haus für zwei Stunden verlassen und vergessen, die Alarmanlage zu aktivieren?«, mischte sich jetzt Florian ein, während Berthold der Haushälterin half, die Kaffeetassen von dem Tablett auf dem Glastisch anzurichten und Kaffee einzuschenken.

»Nein, das meine ich nicht«, brummte Dr. Wiedemann etwas unhöflich, lächelte dann entschuldigend und griff nach der Porzellantasse mit dem dampfend heißen Getränk. »Meine Frau ist krank, wie Sie sicher schon bemerkt haben. Seit Wochen hat sie ihr Schlafzimmer nicht verlassen. Deshalb war ich ja so erschrocken, als ich sie eben auf der Treppe gesehen habe.« Er nippte an der Tasse, entschied dann, dass der Kaffee noch viel zu heiß war, und stellte die Tasse zurück auf den Unterteller.

»Darf ich fragen, an welcher Krankheit ihre Gattin leidet?«, brachte sich jetzt Berthold ins Gespräch ein und fing sich einen ärgerlichen Blick vom Doktor ein.

»Meine Frau leidet unter schweren Depressionen und Angstzuständen.«

»Und behandeln Sie sie selbst?«, fragte Berthold und zog unmerklich den Kopf ein, so als fürchtete er eine wütende Schimpftirade von Dr. Wiedemann. Doch als er Florians anerkennendes Lächeln sah, fühlte er sich etwas sicherer. »Sie sind doch Arzt.«

Dr. Wiedemann sah den jungen Beamten beinahe verächtlich an. »Ich bin Allgemeinmediziner, kein Psychologe«, erklärte er leicht ungehalten. »Doch meine Frau ist seit drei Jahren bei einem befreundeten Psychotherapeuten in Behandlung. Und er spricht vor allem die medizinische Unterstützung durch Medikamente mit mir ab, also ja, auch ich versuche, meiner Frau zu helfen. Aber was hat das mit der kaputten Alarmanlage zu tun?«

»Die Anlage ist nicht kaputt, sondern wurde manuell für einen kurzen Zeitraum deaktiviert. Das ist ein Unterschied«, verteidigte Alexander Richter sich und seine Firma. »Wie es unsere Art ist, möchten wir für Ihre absolute Sicherheit sorgen. Und gestern Abend hat ein Außenstehender an Ihrer Anlage gespielt, wenn es Ihre Frau und Ihre Haushälterin nicht waren. Scheinbar hatte diese Person auch einen Schlüssel.«

»Sie haben doch Luise und meine Frau befragt«, polterte Dr. Wiedemann zurück. »Die beiden waren es nicht. Die Medikamente meiner Frau lassen ja auch gar nicht zu, dass sie sicher Auto fährt. Der Wagen wurde von ihr seit Monaten nicht bewegt.« Er stand auf und trat ans Fenster, hob die Hand und winkte seiner Frau, die bereits wieder auf dem Rückweg war und in Richtung Villa ging. Sie winkte ihrem Mann zurück.

»Suchen Sie einfach die Person, die angeblich hier im Haus war und die mit dem Wagen gefahren ist, aber tun Sie mir den Gefallen und halten Sie meine Frau da raus.

Ihr Zustand lässt es nicht zu, dass sie sich ängstigt. Wir haben lange daran gearbeitet, dass sie wieder ruhig schlafen kann. Auch dank der Medikamente«, fügte er hinzu und wandte sich dann an Hauptkommissar Forster.

»Ich möchte eine Anzeige gegen unbekannt aufgeben. Und suchen Sie zuerst bei Herrn Richters Angestellten. Vielleicht ist dort einer dabei, der sich etwas Geld nebenbei verdienen will und sich bei reichen Leuten bedient. Ich gebe also eine Anzeige auf. Das kann ich doch bei der Kripo tun, oder ist da eine andere Abteilung zuständig?« Er sah Hauptkommissar Forster fragend an.

»Nein, den Fall übernehmen ich und mein Kollege Willig. Wir ermitteln ja bereits im Namen der Staatsanwaltschaft, aber natürlich ist es hilfreich, wenn auch Sie den Vorfall melden und für Fragen weiterhin zur Verfügung stehen. Und ich würde Sie bitten, in naher Zukunft zu überprüfen, ob vielleicht etwas gestohlen wurde.«

»Und ich möchte Sie bitten, etwaige Anschuldigungen gegen die Mitarbeiter meiner Firma zu unterlassen«, drohte Alexander Richter, bewirkte mit seinen Worten aber nur, dass Herr Dr. Wiedemann ihn wütend anstarrte.

»Dann erwarte ich spätestens morgen Ihren Anruf bezüglich gestohlener Gegenstände«, wiederholte Florian und griff nach seiner Kaffeetasse.

Dr. Wiedemann nickte und begrüßte seine Frau, als sie durch die Terrassentür das Wohnzimmer betrat.

3

Die welken Blumen auf dem Grab seiner Frau sahen erbärmlich aus. Letzte Woche, als die Temperaturen noch merklich unter null Grad lagen, waren die Rosen mit einer dünnen Schicht kristallklarem Eis überzogen gewesen und hatten in der Sonne geglitzert. Jetzt war der ganze Strauß matschig braun und verwelkt. Er hätte ein Gesteck aus Tannenzweigen an ihrem Geburtstag aufs Grab legen sollen. Es war schließlich Winter. Auch war die Erde auf dem Grab noch trostlos leer, da er bisher keine Gelegenheit gehabt hatte, sich über die Begrünung Gedanken zu machen. Immerhin war Petra im November gestorben, kurz bevor der erste Frost ins Allgäu kam und eine Bepflanzung unmöglich machte. In ein paar Wochen würde er sich darum kümmern. Oder besser, er würde einen Gärtnerdienst beauftragen. Die hatten mehr Erfahrung als er und würden das Grab mit Sicherheit professioneller bepflanzen und pflegen.

Nachdem er die alten Blumen entsorgt hatte, verließ er den Friedhof wie jeden Sonntagnachmittag über den kleinen Weg durch die schön angelegte Teichlandschaft zum Nebenausgang, wo er sein Auto geparkt hatte.

Als er die Hand in seine Manteltasche schob, nach seinem Autoschlüssel suchte und ihn schließlich herauszog, fiel ein kleiner Zettel zu Boden, wurde vom Wind erfasst und ein paar Meter über den matschigen Sandweg geweht, bis der winzige Papierschnipsel in einer Pfütze liegen-

blieb. Einen kurzen Moment überlegte er, ihn einfach liegen zu lassen, doch als die Schmerzen und dieses verdammte Engegefühl in seinem Brustkorb ganz plötzlich zurückkamen und eine erneute Panikattacke ankündigten, bückte er sich doch nach dem Zettel, hob ihn auf und schaute auf die Zahlen und Buchstaben, atmete dabei tief ein und aus, so gut es mit seinen momentanen Beklemmungen eben ging, und überlegte fieberhaft.

Er musste diesen Beweis zerstören. Das Wasser aus der Pfütze würde dafür nicht ausreichen. Die Tatsache, dass niemand die Daten auf dem kleinen Bahnticket, das er vor ein paar Tagen in Oberstdorf aus dem Automaten gezogen hatte, auf ihn zurückführen können würde, da ja kein Name oder keine Adresse vermerkt war, beruhigte ihn keineswegs. Er musste das Ticket zerstören.

Es war unmöglich, das feuchte Papier anzuzünden, musste er feststellen, als er die Flamme seines Feuerzeugs an den Zettel hielt. Doch er bemerkte zufrieden, dass die Hitze des Feuers die Thermoschicht des Zettelchens pechschwarz färbte und die Zahlen unleserlich machte. Als sich zudem die Worte »Kempten (Allgäu) Hauptbahnhof« in schwarzes Wohlgefallen aufgelöst hatten, lächelte er zufrieden, auch weil die Schmerzen in seiner Brust langsam nachließen. Er legte das wertlose Ticket vorsichtig zurück in die Pfütze und schob das Feuerzeug in seine Hosentasche.

Ja, ein Problem war gelöst.

»Bin wieder da«, rief Jessica, warf ihren Haustürschlüssel achtlos auf die Anrichte im kleinen Flur und drückte mit ihrem Hintern die Wohnungstür zu. »Ich habe Essen mitgebracht! Hallo, Rico!«

Der junge Ecuadorianer, der aus ihrer Küche geeilt war und jetzt direkt vor ihr stand und sie anstrahlte, hob grüßend die Hand. »Holla, Frau Grothe«, sagte er und es klang etwas gepresst, doch sein stetes Lächeln überspielte seine Unsicherheit. Trotz des eisigen Wetters draußen trug er in der Wohnung ständig nur knielange Hosen und kurzärmelige Hemden und wirkte durch seinen leicht dunklen Teint, als wäre er gerade frisch aus dem Urlaub gekommen. Und so war es vermutlich auch. Gab es in Ecuador überhaupt Winter, Schnee und Kälte?

»Sag doch bitte Jessica zu mir, Rico«, schlug sie zum wiederholten Mal vor und bemühte sich, ebenfalls freundlich zu lächeln. Doch der vergebliche Versuch, ohne Zuhilfenahme ihrer Hände aus ihren nassen Stiefeln zu steigen, ließ sie genervt das Gesicht verziehen. »Mistdinger!«, fluchte sie, lehnte sich gegen die Wand, beugte sich hinunter und zog mit beiden Händen an dem rechten Stiefel, der nur langsam, als hätte er sich an ihrem Bein festgesaugt, von ihrem Fuß glitt. »Verdammter Mistschuh«, zischte sie durch die fest zusammengebissenen Zähne, schaute auf und sah in drei grinsende Gesichter.

»Was gibt's denn zu essen, Jessy?«, fragte Svenja, und Tobi griff bereits nach den zwei Plastiktüten, die Jessica neben der Anrichte abgestellt hatte und die herrlich nach Currywurst und Pommes dufteten.

»Oh, be careful, Tobi«, rief Rico entsetzt, als eine der Tüten geräuschvoll gegen die Wand klatschte, besann sich dann aber darauf, dass er nach Kempten gekommen war, um besser Deutsch zu lernen, nahm Tobi das Essen ab und sagte ermahnend: »Du mussen aufpassen gut.«

»Du musst gut aufpassen«, belehrte ihn Svenja, nahm Tobi an die Hand und lief zurück in die Küche.

Die Entscheidung, ein Au-pair für die beiden Kinder zu besorgen, um wieder ganztags arbeiten zu können, war Jessica zuerst schwergefallen. Und auch der durchaus sympathische ecuadorianische Deutschstudent Ricardo Hernandez war nicht ihre erste Wahl gewesen. Jessica hätte durchaus lieber ein junges Mädchen als Aufpasserin für die achtjährige Svenja und ihren drei Jahre jüngeren Bruder Tobias gehabt, doch Rico stellte sich als überaus kompetent und freundlich heraus und fand sofort einen Zugang zu Tobi und Svenja. Er war jetzt seit zwei Wochen bei ihnen und hatte den Haushalt und die Kinder bereits besser im Griff, als Jessica es je gehabt hatte. Und er kam gut an bei den Nachbarn, besonders bei den weiblichen. Das lag mit Sicherheit auch an seinem blendenden Aussehen, doch vor allem die älteren Damen, die in diesem Mehrfamilienhaus wohnten, schätzten seine überschwängliche Höflichkeit, seine Hilfsbereitschaft und sein humorvolles Wesen. Er hatte die sonst so zurückhaltende, etwas grantige und misstrauische Allgäuer Frauenwelt hier im Haus im Sturm erobert. Bei den Männern war das anders. Den Allgäuer Männern hielt er einen Spiegel vor, in dem sie sich selbst nicht wiedererkannten und sich äußerst bedroht fühlten. Doch Rico quittierte jede versteckte Beleidigung oder unangebrachte Bemerkung mit einem freundlichen Lächeln.

»Du musst gut aufpassen«, wiederholte er jetzt Svenjas Worte und lachte so schallend, dass Jessica ebenfalls bessere Laune bekam, sich auch von ihrem zweiten Schuh befreite und das Paar achtlos in die Ecke warf.

»Hast du alle Mörder gefasst und eingesperrt, Jessica?«, fragte Rico grinsend. Seit drei Tagen, seit Jessica ihren Job im Kemptener Präsidium angetreten hatte, stellte er

ihr diese Frage immer, wenn sie die Wohnung zu Feierabend betrat.

»Ausnahmslos alle«, gab Jessica dann immer augenzwinkernd Auskunft. »Wir werden heute also gut schlafen können.«

Es schneite so heftig, dass der Scheibenwischer an Hauptkommissar Forsters Dienstwagen auf Hochtouren lief und trotzdem kaum die Windschutzscheibe freihalten konnte. Beinahe hätte er den Abbieger verpasst, weil er die abzweigende Straße durch das Schneegestöber nicht gesehen hatte.

»Kreuzkruzifix«, fluchte er und riss das Lenkrad herum, als der Wagen nach der Kurve dem Graben neben der Straße gefährlich nah kam. Die Hinterräder des Autos schlitterten über den mit Schnee bedeckten Asphalt. Doch Florian hatte das Fahrzeug schnell wieder im Griff, drosselte jetzt aber vorsorglich das Tempo. Mit gerade einmal 15 Stundenkilometer lenkte er den Wagen durch den Schneesturm und starrte dabei angestrengt auf die Straße vor sich.

»Welcher depperte Siach geht bei so einem Wetter bloß wandern? Wahrscheinlich irgend so ein Flachlandtourist«, schimpfte er ärgerlich, doch von seinem Kollegen Willig auf dem Beifahrersitz kam keine Reaktion. Berthold hielt sich krampfhaft am Innengriff der Beifahrertür fest und hatte die Augen weit aufgerissen, als würde er Achterbahn fahren und direkt auf einen dreifachen Looping zurasen. Welchen depperten Wanderer sein Chef meinte, konnte Berthold eh nur spekulieren. Er vermutete, Forster sprach von dem Herrn, der die Polizei gerufen hatte, weil er auf seiner morgendlichen Tour durch die Breitach-

klamm eine Leiche gefunden hatte, und nicht von der Leiche selbst. Das wäre immerhin etwas pietätlos gewesen.

Nach mehreren Wochen Tauwetter und Temperaturen über zehn Grad hatte der Winter sich heute Mittag mit Unwetter und bis zum Nachmittag mit fast 40 Zentimetern Neuschnee zurückgemeldet. Die Schneeräumfahrzeuge kamen kaum hinterher, wenigstens die Hauptverkehrsstraßen einigermaßen frei zu halten, der große Parkplatz vor dem Eingang der Breitachklamm war ein einziges weißes Meer aus Schnee. Jetzt gab Hauptkommissar Forster noch einmal Gas und pflügte den Streifenwagen durch den Schnee. Er wollte so nah wie möglich an das kleine Tickethäuschen kommen und hoffte inständig, dass er sich gut genug erinnern konnte, wo ungefähr die Holzpfosten standen, die die Bereiche des Parkplatzes abgrenzten und in Parzellen einteilten.

Er war vor über zwei Jahren das letzte Mal hier gewesen. Im Sommer.

Direkt hinter ihm fuhr Erwin Buchmann, der Gerichtsmediziner, zusammen mit seiner Kollegin in einem weißen Transporter. Er nutzte die kurzzeitig entstandene Fahrrinne von Florians Wagen. Ohne sie wäre er vermutlich schon am Anfang des Parkplatzes mit dem schweren Fahrzeug im Schnee stecken geblieben.

Hauptkommissar Forster hielt direkt vor dem Eingang zur Klamm und wollte gerade aussteigen, als sein Dienstwagen einen kleinen Satz nach vorne machte und dann langsam gegen einen dieser Pfosten rutschte, die nur noch wenige Zentimeter aus dem Schnee herausschauten. Als der Transporter die hintere Stoßstange des Dienstwagens zusammendrückte, die ächzend ein metallisch knirschendes Geräusch von sich gab, war Florian bereits aus dem

Wagen gesprungen und versank augenblicklich bis zum Knie im Schnee.

Er schloss die Augen, atmete einmal tief durch und wartete mehrere Sekunden, bis er sich schließlich umdrehte, Jacke und Mütze vom Rücksitz holte, sich seinen Schal dreimal um den Hals wickelte und in die Daunenjacke schlüpfte.

»Sag mal, wo hast du eigentlich fahren gelernt, du Zipfel?«, fuhr er schließlich Erwin Buchmann an, als der aus dem Transporter stieg und ebenfalls laut fluchte.

»'tschuldige, Mann. Konnte nicht rechtzeitig bremsen.«

Die vier mussten beinahe eine halbe Stunde gehen, bis sie den vermeintlichen Unfallort erreichten. Dort trafen sie auf das Team der österreichischen Bergrettung aus dem Kleinwalsertal, das zuerst gerufen worden war. Doch die Unglücksstelle lag auf deutschem Boden, sodass die Zuständigkeit den deutschen Kriminalbeamten oblag.

Direkt vor ihnen klaffte ein großes Loch. Ein gewaltiger Erdrutsch hatte mindestens zwei Meter des Weges mitgerissen, auf dem sie standen, und Schutt, Felsbrocken und Erde in die weiter unten liegende Breitach gespült. Vom Fluss selbst war von hier oben nichts zu sehen, denn es war jetzt am späten Nachmittag bereits so dunkel, dass Florian kaum mehr als die Umrisse seiner Kollegen erkennen konnte. Doch das Rauschen des Wassers dröhnte laut und klang bedrohlich. Einen Sturz aus dieser Höhe in den reißenden Fluss würde man wohl nur schwerverletzt überleben.

Wenn man viel Glück hatte.

»Waren Sie schon unten?«, fragte der Hauptkommissar den Bergretter auf der anderen Seite der breiten Grube

zwischen ihnen und leuchtete gleichzeitig mit seiner Taschenlampe suchend über die entstandene Schutthalde.

»Die Leiche liegt weiter unten. Ich war schon dort«, gab der junge Mann Auskunft. »Wenn Sie runter wollen, muss ich Sie abseilen, anders ist es unmöglich.«

Jetzt sah Florian die Seile, die weiter oben an einem Baum befestigt und mit allerlei Karabinerhaken und Knoten gesichert waren. »Na, dann wollen wir mal.« Der Hauptkommissar seufzte. »Ich gehe zuerst. Ewe, du kommst nach. Die anderen beiden bleiben hier oben«, befahl er, fing das Gurtsystem auf, das der Bergretter ihm zuwarf, und ließ sich schließlich beim Abstieg helfen, ohne zu wissen, was ihn dort unten erwarten würde.

Der Scheinwerfer war über und über mit Dreck überzogen. Das Gerät war genau wie er beim Herunterlassen durch braunen Schlamm gerutscht und an Felsen geschlagen. Sollte er jemals wieder diese schleimige Soße von seinem Körper und seinen Klamotten bekommen, würden die unzähligen blauen Flecken sichtbar werden, die er an Armen und Beinen hatte. Sich in dieser Dunkelheit einen felsigen und nassen Abgrund abseilen zu lassen, war keine gute Idee gewesen, leider aber eine Notwendigkeit. Mit dem Ärmel seiner verschmutzten Jacke wischte er die matschige Dreckschicht vom Scheinwerfer und endlich wurde es etwas heller hier unten.

»Obacht«, hörte er Ewes Stimme weiter oben brüllen, gefolgt von einem polternden Geräusch, das stetig lauter wurde und auf ihn zuzukommen schien. Geistesgegenwärtig sprang Hauptkommissar Forster zurück, trat dabei ungeschickt auf einen glitschigen Stein, rutschte aus und landete schmerzhaft auf seinem Hinterteil. Der schwere

Metallkoffer des Gerichtsmediziners, der sich verselbständigt hatte, krachte im gleichen Augenblick gegen eine Felswand neben ihm und blieb dort liegen. Das Teil hätte ihn nicht nur von den Füßen gerissen, sondern ihm vermutlich beide Schienbeine gebrochen.

»Das ist heute schon der zweite Anschlag auf mein Leben«, brüllte Florian seinem Freund Ewe entgegen, um den tosenden Lärm der Breitach hinter ihm zu übertönen.

»Tut mir echt leid«, schrie der Gerichtsmediziner. »Hast du die Leiche schon gefunden?« Er glitt den letzten Felsvorsprung hinunter, stand schließlich direkt neben Florian und löste den Karabiner an seinen Gurten. »Die Österreicher meinen, sie liegt etwas weiter flussabwärts.«

Den Anblick hätte er sich gern erspart. Das, was sie schließlich fanden, das, was der Wanderer als Leiche erkannt haben will, sah alles andere als menschlich aus. Florian hatte eine Person erwartet, die tragischerweise beim unerlaubten Klettern abgerutscht war und seit zwei oder drei Tagen unentdeckt in einer Felsspalte lag. Das, was sie fanden, war zuerst nur ein Schädel. Ein menschlicher Schädel ohne Nase, ohne Augen. Eine Gesichtshälfte war zerfetzt und von teils ledriger, teils schleimiger Haut bedeckt. Die andere Hälfte war blanker Knochen. Etwa einen Meter entfernt lag der Torso, ebenfalls nahezu vollständig skelettiert und fast gänzlich zerstört. Nur wenige der zahlreichen Knochen waren nicht gebrochen und zersplittert. Das rechte Bein fehlte komplett.

»Wer hat den Kerl bloß so zugerichtet? Das ist ja grauenvoll«, stöhnte der Hauptkommissar und musste sich abwenden. »Wie lange liegt der wohl schon hier?«

»Höchstens ein paar Stunden«, erklärte Ewe. Der Licht-

strahl seiner Taschenlampe glitt über die zertrümmerten Knochen. An einigen größeren Brüchen hielt der Gerichtsmediziner inne und sah sie sich genauer an.

»Ein paar Stunden? Willst du mich verarschen? Der ist doch bereits total verrottet«, rief Florian angewidert und wies jetzt wieder auf den Schädel. »Keine Haut mehr dran, außer das bisschen im Gesicht.«

»Na ja, das stimmt ja jetzt nicht«, brüllte Ewe und versuchte das Grollen des rauschenden Flusses zu übertönen. »Hautfetzen, Sehnen und Muskelstränge liegen hier doch überall zwischen den Knochen. Wird eine Scheißarbeit, alles einzusammeln. Das werden wir erst morgen bei Tageslicht machen können.«

»Ja, gut«, würgte Florian, der froh war, dass er diese beschriebenen Hautfetzen und Sehnen nicht sehen konnte. Aber die Vorstellung reichte bereits, in ihm Übelkeit und Abscheu hervorzurufen, und er trat vorsorglich ein paar Schritte zurück. Nicht, dass er unwissend womöglich noch auf irgendwelchen Leichenteilen stand. Hier allerdings war er dem reißenden Fluss so nahe, dass aufspritzendes Wasser, das unaufhörlich mit großer Geschwindigkeit gegen einen Fels schlug, ihm in wenigen Sekunden die Kleidung durchnässte. Er wischte sich die unzähligen Wassertropfen aus dem Gesicht und suchte sich eine trockenere Position.

»Und wie viele Stunden, schätzt du, ist der Kerl tot?«

»Stunden? Der Tod trat vor vielen Monaten oder sogar Jahren ein. Ich muss das alles erst genau untersuchen, bis ich es präzise sagen kann«, erklärte Ewe und blickte etwas verwirrt zu Florian auf. »Wie kommst du denn bei diesem Anblick darauf, dass die Person erst ein paar Stunden tot ist?«

»Das hast du mir doch gerade gesagt, du Idiot«, polterte Forster wütend. »Du hast gesagt, der Mann liegt erst ein paar Stunden hier unten.«

»Das stimmt ja auch«, nickte Ewe und Florian konnte sein breites Grinsen im Licht des Scheinwerfers sehen. »Aber von einem Mann habe ich nicht geredet. Das hier«, er deutete auf die Knochen vor sich, »ist eine Frau. Das erkennt man deutlich unter anderem an den Beckenknochen. Erwachsen, aber das Alter möchte ich hier im Dunkeln nicht schätzen.«

»Boah, Mann. Willst du mich heute mal richtig wütend machen, oder was?« Florian war kurz davor, auf seinen Freund loszugehen, ihn am Kragen zu packen und vom Boden hochzureißen. Vielleicht würde er ihm dann auch gleich eine Kopfnuss verpassen. Jedenfalls fehlte dazu nicht mehr viel und nur der Gedanke an die herumliegenden Leichenteile hielt ihn von diesem Vorhaben ab.

»Die Brüche sind alle ganz frisch, soweit ich das erkennen kann. Ich vermute also, die Leiche hat bereits seit geraumer Zeit weiter oben gelegen. Vermutlich sogar vergraben.«

Der Lichtkegel der Taschenlampe leuchtete kurz nach oben.

»Der Erdrutsch muss den Torso mitgerissen haben. Durch den Sturz sind die Knochen gebrochen und jetzt liegt die skelettierte Leiche hier unten seit *ein paar Stunden*«, betonte Ewe und brach in schallendes Gelächter aus.

4

Die stickige Heizungsluft in seinem Büro im ersten Stock des Präsidiums bekam ihm gar nicht. Wenn er den ganzen Tag nicht an die frische Luft konnte, bekam er spätestens zu Mittag Kopfschmerzen. Das Problem an den alten Heizkörpern hier im Gebäude war, dass sie entweder gar nicht funktionierten oder sich nicht regulieren ließen und permanent heiße Luft produzierten. Sein Büro hatte inzwischen bereits 25 Grad. Florian stützte seine Ellenbogen auf dem Schreibtisch ab und massierte sich mit den Fingerspitzen die Schläfen. Nach ein paar Minuten stand er genervt auf, lief zum Fenster und öffnete es. Ein Schwall frischer, eiskalter Luft und viele große weiße Schneeflocken strömten in das aufgeheizte Zimmer. Der weiße Puder legte sich auf die Fensterbank und schmolz augenblicklich.

Das Team der Spurensicherung war zusammen mit den Mitarbeitern der Gerichtsmedizin und heute mit den Helfern der bayerischen Bergwacht erneut zum Tatort gefahren, um die Leiche zu bergen. Da wäre er völlig fehl am Platz. Also musste er hier warten und hoffte, dass noch heute die ersten Ergebnisse vorliegen würden. Da Ewe ihm nicht sagen konnte und auch keine grobe Schätzung abgeben wollte, wie lange die Frau bereits tot war, blieb Florian nichts anderes übrig, als mehr oder weniger wahllos die ungeklärten Vermisstenmeldungen der letzten Jahre durchzusehen. Da er die Region schlecht eingren-

zen konnte – die Frau konnte schließlich auch aus Berlin oder Hamburg stammen, schließlich war das Allgäu eine beliebte Ferienregion –, war die ganze Angelegenheit zum Scheitern verurteilt. Ewe hatte zwar gestern Abend bereits einige Proben genommen, die ihnen helfen würden, eine DNA zu ermitteln, aber auch hier lagen dem Hauptkommissar aus dem Labor noch keine Ergebnisse vor.

Nachdem Florian ein paarmal tief die frische Winterluft eingeatmet hatte, schloss er das Fenster und klopfte sich die Schneeflocken vom Pullover.

»Mein Gott, ist das kalt hier in deinem Büro«, hörte er eine Stimme hinter sich und fuhr erschrocken herum. In der Tür stand Christian Hanke, der Profiler aus München, mit dem er im letzten Jahr für mehrere Monate zusammengearbeitet hatte und der ihm dann zum Dank seine Freundin Jessica ausgespannt hatte. Florians Gesicht verfinsterte sich, doch Hanke schien es nicht zu bemerken.

»Ich dachte, ich könnte mich hier kurz aufwärmen und einfach mal Hallo sagen«, redete der Profiler unbeirrt weiter, schloss die Tür hinter sich und kam mit weit geöffneten Armen auf Florian zu. »Schließlich haben wir uns ein paar Monate nicht gesehen. Ich war gerade in der Gegend«, erklärte er weiter, blieb dann aber abrupt stehen und ließ die Arme sinken. Mit diesem wütenden Gesicht und den vor der Brust verschränkten Armen würde Florian seine angedeutete Umarmung sicher nicht erwidern.

»Ist irgendwas?«, fragte Christian jetzt leicht verunsichert.

Florian hyperventilierte fast vor Wut, biss die Zähne fest zusammen und ballte die Hände zu Fäusten. »Ich kann einfach nicht glauben, dass du hier hereinspaziert

kommst«, zischte er und es klang bedrohlich, »und dann so tust, als wäre nichts gewesen.«

Hanke hätte verwunderter nicht aussehen können, ging zwei Schritte zurück und ließ sich auf den Stuhl vor Florians Schreibtisch sinken. Dann schüttelte er den Kopf und lächelte zaghaft. »Geht es wieder um Jessica?«, fragte er schließlich vorsichtig, denn bereits im letzten Jahr war der Hauptkommissar phasenweise extrem eifersüchtig auf den Profiler gewesen, obwohl es dafür natürlich nie einen Grund gegeben hatte. Genauso wenig wie es jetzt einen gab, denn Christian Hanke hatte Jessica genau wie Florian seit Monaten nicht gesehen. »Hat sie dich wieder einmal abserviert?«

»Du verdammtes Arschloch«, war alles, was er hörte, bevor ihn ein gezielter Schlag mit der Faust in sein Gesicht vom Stuhl fegte und er der Länge nach auf dem Boden lag. Sofort stemmte er sich hoch und riss die Arme in die Höhe, um einen erneuten Schlag abwehren zu können. Doch Florian stand jetzt wieder am Fenster, hatte ihm den Rücken zugewandt und starrte hinaus, seine Arme über dem Kopf, die Hände in seinen Haaren am Hinterkopf vergraben. Er hörte ihn unverständlich fluchen und schwer atmen.

»Ich schließe aus deiner Reaktion«, sagte Hanke ruhig, aber leicht gereizt und sich das schmerzende Kinn reibend, »dass du und Jessica mal wieder eine Beziehungspause eingelegt habt. Liege ich mit der Vermutung richtig?«

»Eine Beziehungspause?«, fauchte Florian, fuhr wutentbrannt herum und wäre dem Profiler am liebsten an die Gurgel gegangen. »Was stimmt nur nicht mit dir, du elender Sauseckl, blödes Riesenarschloch. Stell di itt dümmer, wia d' bisch!«

Christian Hanke dachte nach und starrte den Hauptkommissar dabei unverwandt an. Schließlich setzte er sich wieder auf seinen Platz auf den Holzstuhl vor dem Schreibtisch, ließ Florian aber nicht aus den Augen.

»Ich bin jetzt seit knappen drei Wochen wieder in Deutschland, davor war ich vier Monate mit meiner Frau und meiner Tochter in Neuseeland und *davor*«, betonte er, »warst du noch sehr glücklich mit deiner Jessica, soweit ich mich erinnere. Wann, bitte schön, soll ich dir mit deiner Freundin denn was auch immer angetan haben? Wenn du andeuten willst, ich und Jessica …«, er unterbrach sich und seufzte laut. »Ich schwöre, ich habe niemals auch nur das geringste Interesse an Jessica gehabt, das über eine freundschaftliche Ebene hinausgeht.«

Florian brummte verächtlich. Er glaubte Hanke kein einziges Wort. »Halt deine verdammte Klappe und verschwinde einfach!«

Es klopfte zaghaft an der Tür und Christian sah den Hauptkommissar fragend an, machte aber keine Anstalten, das Büro zu verlassen.

»Ja?«, sagte Florian nach kurzem Zögern und die Tür wurde vorsichtig aufgeschoben.

Jessicas Kopf erschien. Sie schaute suchend im Raum umher und entdeckte schließlich Christian und kurz danach Florian. »Christian? Was machst du denn hier? Bist du zurück aus Neuseeland?« Sie stürmte fast ins Zimmer und fiel dem Münchener Profiler zur Begrüßung spontan um den Hals. »Schön, dich zu sehen.« Dann löste sie sich aus der Umarmung und sah unsicher zu Florian hinüber.

»Was willst du hier?«, blaffte dieser sie rüde an. Jetzt erst sah er die Zettel, die Jessica in der Hand hielt.

»Das Labor hat erste Ergebnisse zu deinem Leichenfund in der Breitachklamm geschickt. Leider an Kommissar Kern und nicht an dich.« Ob sie bedauerte, dass sie hergeschickt wurde und so nicht vermeiden konnte, ihm zu begegnen, oder ob es lediglich eine Floskel war, die man halt so sagte, wenn das Labor mal wieder Faxnummern vertauscht hatte, konnte er nicht ausmachen, doch er nickte und nahm Jessica die Zettel ab.

Als die junge Hauptkommissarin grußlos sein Büro verlassen wollte, rief Christian ihr hinterher: »Hast du deinem Freund denn nicht ausgerichtet, dass ich ein paar Monate in Neuseeland und nicht erreichbar war? Er denkt jetzt, du würdest ihn mit mir betrügen.« Er lief zu ihr, baute sich vor Florians Ex-Freundin auf und versperrte ihr den Weg zur Tür.

Jessica schaute erst zu Florian, dann direkt in Christians Augen und zog fast unmerklich den Kopf ein. Dann nickte sie. »Ja, Christian, genau das sollte er auch denken«, flüsterte sie. »Es tut mir leid.« Dann drängte sie sich an ihm vorbei und verließ fluchtartig das Büro. Die Tür fiel krachend ins Schloss und Florian blieb völlig fassungslos zurück.

»Schick di, Alma!« Mit der flachen Hand schlug sie der Buntgescheckten auf ihr knochiges Hinterteil, drängte sich an der Kuh vorbei, trat in den Gang und wischte sich mit dem Unterarm den Schweiß von der Stirn. Dann zog sie ihr Kopftuch zurecht, wischte die Handflächen an ihrer Jeans sauber und machte sich auf den Weg ins Freie.

Die Arbeit im Kuhstall war anstrengend und sehr schweißtreibend. Nicht nur, weil die Mistgabel schwer war, sondern vor allem, weil die ganze Gülle und die gro-

ßen Körper der Rindviecher die Luft im Stall aufheizten und man vor lauter Gestank kaum atmen konnte. Doch wider Erwarten mochte sie die Kühe, und auch das Melken und Misten machten ihr nichts aus. Kühe waren freundliche Wesen ohne jegliche Arglist oder Falschheit. Eben durch und durch positiv, trotz der widrigen Umstände, in denen sie lebten. Alma und die anderen Kühe hassten den Stall und wollten zurück auf die Weide, doch sie fügten sich mit stoischer Gelassenheit ihrem Schicksal. Im Februar war es einfach noch viel zu kalt da draußen.

Die Hühner dagegen waren anders. Dummes, flatterndes Federvieh, das zu nichts taugte, außer zum Eierlegen. Der Hahn konnte mit seinem penetranten Gekrähe Tote aufwecken, die Hühner scharrten den ganzen lieben langen Tag im Dreck und suchten Körner. Strunzdumm, das Geflügel. Sie mochte die Hühner nicht. Doch das beruhte wohl auf Gegenseitigkeit. Ein paar unliebsame Begegnungen mit dem Flattervieh hatten ihre Schwiegermutter schließlich dazu bewegt, sie von dieser Arbeit zu befreien.

Der Hof, auf dem sie seit etwa einem Jahr lebte, war klein. Günther, ihr Mann, besaß gerade einmal acht Kühe, 20 Hühner, ein paar Gänse und zwei Schweine. Das meiste an Fleisch, Eiern und Milch diente dem Eigenbedarf, der klägliche Rest wurde im hofeigenen Laden verkauft, neben Marmelade, selbst geräucherter Wurst, Käse, Obst und Gemüse. Auch den Hofladen betrieb einzig und allein ihre Schwiegermutter Erna, ein herrisches altes Weib, das unzufrieden und immer griesgrämig aus der Wäsche guckte. Es war ein Wunder, dass der Laden so gut lief und sie nicht mit ihrem unhöfli-

chen und unfreundlichen Auftreten die Kundschaft vergraulte. Hier in der Gegend kannte man halt Erna vom Lochbichlerhof.

Doch ohne die kleinen Aushilfsjobs, die ihr Mann Günther in der Umgebung verrichtete, würde der Hof nicht genug abwerfen, um zu dritt einigermaßen sorgenfrei zu leben. Er half anderen Landwirten bei der Ernte und war durchaus talentiert, die eine oder andere Landmaschine, die ihren Geist aufgegeben hatte, mit wenig Aufwand wieder zum Leben zu erwecken. Er hatte sich hier in der Gegend unentbehrlich gemacht, war allseits beliebt und seine Arbeitskraft wie auch seine Gesellschaft war gern gesehen. Neben dem ortsansässigen Schützenverein war er Mitglied im Kegelclub, spielte regelmäßig Karten am Stammtisch im Dorfgasthof und erledigte seine Aufgaben als gelernter Jagdhelfer. Wegen all dieser Tätigkeiten hielt er sich nur selten auf dem Hof auf, und das war es, was sie am meisten an ihm schätzte.

5

»Und ist deine Schätzung denn wirklich korrekt?« Florian hob die Hand und winkte der Kellnerin, die zwei Tische weiter ein älteres Ehepaar bediente, ihm jetzt aber freundlich zunickte und ihm so signalisierte, dass sie gleich an ihren Tisch kommen würde.

»Wenn ich eine Aussage treffe, ist das keine Schätzung, sondern eine exakte Bestimmung des Todeszeitpunktes. Außerdem wollten wir hier nicht über die Arbeit sprechen«, bemerkte Ewe leicht genervt und trank schnell den letzten Schluck des Bieres aus, denn die Kellnerin war schon auf dem Weg zu ihnen.

»Noch ein Weizen, bitte«, rief er ihr entgegen und sah dann zu seinem Freund.

»Für mich auch«, brummte Florian und hielt der jungen Frau an ihrem Tisch wortlos sein leeres Glas entgegen, ohne sie anzusehen.

Erwin Buchmann schüttelte verständnislos den Kopf. »Was ist denn los mit dir? Noch nicht einmal zwei Wochen bei der Arbeit und schon wieder urlaubsreif«, bemerkte er belustigt, als die Bedienung mit den leeren Gläsern und den Tellern abgezogen war. »In Zellamsi warst du eindeutig netter zu den hübschen Kellnerinnen. Und die eben war doch ganz süß.« Ihr gemeinsamer Urlaub im schönen Ort Zell am See in Österreich hatte eigentlich nur aus täglich zwei Stündchen Skifahren und vielen feuchtfröhlichen Stunden Après-Ski auf diversen Hütten bestan-

den. Florian konnte sich gar nicht erinnern, ob er in den zwei Wochen überhaupt mal richtig nüchtern gewesen war. Jedenfalls ist der liebevolle Begriff »Zellamsi« aufgrund der ständig schweren Zunge und der vielen arabischen und asiatischen Touristen, die es nicht besser wussten, einfach hängengeblieben.

»Zwölf Jahre liegt die Leiche der Frau schon in der Breitachklamm?« Florian ging auf die Bemerkung seines Freundes gar nicht ein. »Und die Todesursache?«

»Mein Gott, Florian, jetzt reicht's aber.« Ewe sah ihn ärgerlich an. »Ja, zwölf Jahre. Todesursache war ein Genickbruch, DNA ist bestimmt. Steht alles im Bericht, den du dann morgen lesen kannst.«

»Aber …«

»Schluss jetzt. Trink!«, befahl Ewe, als die junge Kellnerin das Bier brachte und Florian zuzwinkerte. Der lächelte nur etwas gequält, griff nach dem Glas auf dem Tisch, aber anstatt einen Schluck zu nehmen, stellte er es zurück und ließ es gleich wieder los. Dann rieb er sich mit beiden Händen über das Gesicht.

»Mit der Arbeit lenkst du dich nur ab«, stellte Florians Freund besorgt fest. »Was ist los mit dir?«, wiederholte er, hob sein eigenes Glas und stieß es sanft klirrend gegen das zweite. »Trink!«

»Christian hat mich heute auf dem Präsidium besucht«, erwähnte Florian schließlich fast tonlos.

»Dass das Arschloch sich noch in deine Nähe traut, nach allem, was er dir angetan hat.« Ewe schüttelte fassungslos seinen Kopf. »Der ist sich wohl nicht bewusst, wie wir Allgäuer so etwas regeln. Der hätte sich leicht eine fangen können, der Idiot.«

»Hat er ja.«

»Was hat er?«

»Hab ihm voll eine …!« Ganz unbewusst rieb sich Florian die rechte Hand, die zur Faust geballt war, starrte dann auf seine Hände und fuhr sich schließlich nervös durchs Haar.

Als er aufsah, lächelte Ewe zufrieden und nickte. »Er hat es verdient«, schloss der junge Gerichtsmediziner und nickte zur Bekräftigung seiner Worte. »Niemand spannt einem Allgäuer ungestraft seine Freundin aus.«

»Das ist ja das Problem«, fuhr Florian nach kurzem Zögern fort. »Die Sache mit Jessica ist nie passiert.«

»Das verstehe ich nicht.«

»Ach, scheiße, Mann. Jessica hat mich nicht betrogen. Das hat sie nur behauptet, um mich ganz schnell loszuwerden. Und ich habe nicht die leiseste Ahnung, warum.«

»Versteh mir einer die Frauen«, sagte Ewe nach kurzem Zögern und versuchte noch einmal, seinen Freund zum Trinken zu animieren, indem er sein Weizenglas anhob und ihm zuprostete.

»Wem sagst du das.« Florian nickte heftig. »Ich hab ja schon Schwierigkeiten, die Allgäuer Frauenwelt zu verstehen, aber die norddeutschen Frauen sind um Längen schlimmer. Es ist, als würde man eine andere Sprache sprechen.« Dann griff er endlich nach seinem Bierglas, hielt aber erneut inne. Der Ausdruck auf seinem Gesicht verriet, dass er angestrengt nachdachte. Schließlich nickte er erneut. »Es ist tatsächlich eine andere Sprache, die wir sprechen. Es ist nicht gut, sich mit Frauen einzulassen, die eine völlig andere Mentalität haben als man selbst. Schluss mit der Sache. Prost, Ewe.«

Der Gerichtsmediziner trank einen großen Schluck aus seinem Glas und sah seinen Freund dann lange und

durchdringend an. Er begriff, dass Florian mit der Angelegenheit noch nicht abgeschlossen hatte und Jessica nicht so leicht aufgeben konnte, wie er behauptete.

»Du bist mein Freund, also darf ich es geradeheraus sagen: Du bist ein Idiot, wenn du nicht siehst, dass du und Jessica, dass ihr euch ähnlicher gar nicht sein könnt. Beide Sturschädel, beide rechthaberisch, beide starke Persönlichkeiten, die sich nie etwas sagen lassen. Gleiche Mentalität – gleiche Art Probleme zu lösen, nämlich durch Vermeidung und Weglaufen. Daran kann es also wirklich nicht liegen! Ihr sprecht absolut die gleiche Sprache!«

»Gibt es schon Neuigkeiten von der Staatsanwaltschaft?«, wollte Hauptkommissar Kern wissen. Er saß wie üblich in seinem bequemen Lederstuhl hinter seinem Schreibtisch und nippte vorsichtig an der Tasse mit dem heißen Kakao, den Jessica ihm aus der kleinen Teeküche im zweiten Stock mitgebracht hatte. »Sobald wir die Unterschrift haben, planen wir den Einsatz. Reischmann und Willig sind mir als Unterstützung zugeteilt.«

»Noch ist nichts gekommen. Ich kann noch mal anrufen«, bot Jessica an und griff schon nach dem Hörer.

»Himmel, nein. Es ist doch schon 14 Uhr«, fuhr Kern dazwischen. »Wenn wir den Wisch in der nächsten Stunde kriegen, dann müssen wir heute noch los.« Er schüttelte heftig den Kopf und lächelte dann wissend. »Sie müssen noch viel lernen, Fräulein Grothe.«

Jessica drehte sich um und rollte mit den Augen, atmete tief ein und aus und ging dann zurück zu ihrem Schreibtisch. Was dachte ihr Kollege sich nur dabei, sie »Fräulein« zu nennen. Sie war doch nicht seine Sekretärin oder

gar Dienstmagd. Bereits mehrmals hatte sie daran gedacht, ihm das Du anzubieten, um diese ungeliebte Anrede zu umgehen, doch das konnte sie nicht tun. Er war beinahe doppelt so alt wie sie. Das gehörte sich einfach nicht.

»Wäre es nicht besser, wir würden abends die Razzia durchführen, Herr Kern?«, schlug sie zum wiederholten Male vor. »Immerhin geht es um einen Club. Da ist doch am Nachmittag noch nichts los.«

»Und das ist gut so«, bestimmte Hauptkommissar Kern und nickte. »Ich stürme bestimmt keinen Puff mit zwei Frischlingen und einer zierlichen Blondine, Fräulein Grothe. Haben Sie eine Vorstellung, was dort für ein Gesocks rumhängt? Da müsste ich um unser aller Sicherheit fürchten.«

»Erfahrungsgemäß kann ich da nur sagen, dass abends die Wahrscheinlichkeit höher ist, die großen Fische zu erwischen. Und das ist doch der Sinn der Sache, oder?«

»Nicht für mich«, sagte Kern lächelnd und lehnte sich in seinem Stuhl zurück. »Ob wir jemanden verhaften oder nicht, ist völlig irrelevant. Die Kriminalitätsrate wird durch zwei oder drei Verhaftungen mehr kaum merklich sinken. Das ist wie ein Kampf gegen Windmühlen. Sie müssen da viel entspannter werden, Fräulein Grothe.«

»Hören Sie verdammt noch mal auf, mich ›Fräulein‹ zu nennen«, explodierte Jessica urplötzlich. »Ich heiße Frau Grothe, oder eben Jessica, *Herr Kern*!«

Der Hauptkommissar stand langsam von seinem Platz auf und ging mit versteinerter Miene um den Schreibtisch herum, verschränkte die Arme vor seiner Brust und starrte seine junge Kollegin wortlos an.

Und Jessica starrte ungeniert zurück.

Dann lächelte Kern etwas überheblich. »Eine andere Anrede als diese müssen Sie sich bei mir erst einmal verdienen, *Fräulein Grothe*!«

Alexander Richter sah den Hauptkommissar kritisch von oben bis unten an.

»Falls du vorhast, am Training teilzunehmen«, begann er und grinste breit, »kann ich dir sagen: Gegen meine Jungs siehst du echt alt aus, Flo.«

»Sehr witzig, Alex.«

Die letzten zwei Arbeitstage waren hart gewesen. Das lag weniger daran, dass die Arbeit besonders stressig war, als vielmehr an der Tatsache, dass er nach dem Abend mit Ewe einfach zu wenig Schlaf bekommen hatte. Heute hatte er frei, hatte endlich mal wieder sieben Stunden am Stück geschlafen und genoss den Tag bei einer ausgiebigen Joggingrunde durch Durach und am Sportplatz vorbei. Die kalten Temperaturen machten ihm wenig aus. Es hatte seit zwei Tagen nicht mehr geschneit und die Wege waren gut geräumt und gestreut.

»Warum trainierst du draußen? Ich dachte, Rugby ist so ein Ding mit auf den Boden werfen und sich im Dreck suhlen. Das könnte bei den Minusgraden und dem gefrorenen Rasen sehr schmerzhaft werden.« Florian beobachtete die Jungs, die in einer großen Runde am Rand des Spielfeldes entlangliefen und sich dabei lachend miteinander unterhielten. Keiner der jungen Männer war älter als 25 Jahre, schätzte er, doch nahezu alle waren muskelbepackt und extrem durchtrainiert und breitschultrig.

»Die Jungs laufen sich nur ein wenig warm, dann geht's zum Krafttraining«, erklärte Alex und brüllte ein paar Befehle über den Sportplatz. »Außerdem verwechselst

du diese Sportart wohl mit American Football. Rugby ist ein sehr taktisch geprägter Sport. Gibt es eigentlich schon etwas Neues im Wiedemann-Fall?«

Florian schüttelte den Kopf. »Auf den Überwachungsvideos, die du uns gegeben hast, ist nichts Verwertbares zu finden. Einmal sieht man einen Schatten, mehr nicht. Wieso ist die Haustür eigentlich nicht visuell überwacht, wenn doch ansonsten das ganze Haus von allen Seiten gefilmt wird?«

»Ja, das ist auch so eine Sache.« Alexander Richter lehnte sich rückwärts an den Zaun, der den Sportplatz von der Straße abtrennte, und rieb sich mit der rechten Hand über das Gesicht.

»Das Gerät ist zwei Tage vor dem Vorfall ausgefallen, ausgerechnet«, fluchte Alex und ballte die Hände zu Fäusten.

»Ist euch das bei Richter Security denn nicht aufgefallen?«, fragte Florian und begann, ein wenig auf der Stelle zu hüpfen. Wenn er sich bei diesen Temperaturen nicht bewegte, war es trotz langer Unterhose, Schal und Mütze in seiner Joggingkleidung ziemlich kalt.

»Natürlich ist es uns aufgefallen«, erklärte der Rugbytrainer. »Wir haben Dr. Wiedemann auch umgehend informiert, doch er wollte aufgrund seiner mehrtägigen Abwesenheit die Reparatur erst eine Woche später vornehmen lassen. Jetzt allerdings behauptet er, er hätte nicht einschätzen können, wie gefährlich so eine ausgefallene Kamera für die Sicherheit seines Hauses und seiner Frau ist. Er droht, Richter Security zu verklagen, weil *wir* die Situation unterschätzt und ihm nicht eindringlich genug die Risiken vermittelt hätten.« Nun seufzte er vernehmlich.

»Glaubst du, die Kamera ist absichtlich zerstört worden?«, fragte Florian. »Das würde hervorragend zu einem geplanten Einbruch passen.«

»Kann sein. Wir überprüfen das Gerät gerade. Aber ist denn überhaupt etwas gestohlen worden?«

»Monika Wiedemann, die Ehefrau, vermisst ihre Kette. Irgendein mit Diamanten besetztes Teil aus Platin. Ist laut Expertise über 25.000 Euro wert. Mehr fehlt scheinbar nicht.«

»Oh Mann, das ist nicht gut für das Image meiner Firma«, bemerkte Richter, rieb sich mit Daumen und Zeigefinger über den Nasenrücken und kniff die Augen fest zusammen. »Scheiße.«

»Wird schon, Alex.« Florian boxte ihm aufmunternd gegen den Oberarm. »Ich muss weiter. Ruf mich an, wenn du weißt, was mit der Kamera passiert ist, okay?«

Als Alexander Richter nickte, hob Florian zum Gruß noch einmal die Hand und setzte seine Joggingrunde fort.

6

Die Weste war steif und schwer. Sie wog mehrere Kilo und presste sich an den Oberkörper. Es war unangenehm, das Teil zu tragen. Auch das Atmen war anstrengender, weil man nicht nur das Gewicht des Brustkorbs, sondern auch das der Bleiweste heben und senken musste. Damals auf der Polizeischule hatte sie einmal an einem Leistungstest teilgenommen, der verdeutlichte, wie sehr das Gewicht der Weste die Ausdauer beeinflusste. Normalerweise lief sie eine Stunde auf dem Laufband, ohne großartig ins Schwitzen zu kommen. Mit Weste musste sie bereits nach einer Viertelstunde völlig entkräftet abbrechen.

»Wir haben Verstärkung bekommen«, verkündete Hauptkommissar Kern, schob sein Handy, mit dem er eben telefoniert hatte, in die Brusttasche seiner Lederjacke und griff nach seiner Weste. »Zwei weitere Beamte kommen separat und treffen sich mit uns in der Seitenstraße gegenüber des Einsatzortes.« Er sah sich in der Runde im Einsatzfahrzeug um. Reischmann und Willig, beide Anfang 20, wenig Erfahrung und sichtlich nervös. Des Weiteren seine neue Kollegin Jessica Grothe – sie schaute verbissen aus dem Fenster, als der Kleinbus in Richtung Innenstadt abbog. Sie hatte laut eigener Aussage bereits an solchen Einsätzen teilgenommen, doch war sie eine zierliche Frau. Ein Krimineller ohne Skrupel würde sie einfach über den Haufen rennen. Einem Mann hatte sie

kräftemäßig nichts entgegenzusetzen. Kern machte sich Sorgen um seine drei Schützlinge. Bei einer Drogenrazzia waren meist auch Schusswaffen involviert. Er hoffte inständig, dass alles nach Plan verlief. Für die Verstärkung durch zwei weitere Beamte war er deshalb sehr dankbar. Auch, weil er eigentlich nicht damit gerechnet hatte, denn das Präsidium war aufgrund diverser Krankheitsfälle seit Wochen unterbesetzt. Doch der Einsatz konnte nicht warten. Insider hatten verraten, dass die verdächtigen Drogenhändler sich in Kürze absetzen wollten.

»Ich erwarte, dass sich alle Anwesenden genau an meine Anweisungen halten«, beschwor er die drei, als der Kleinbus hielt. Alle nickten. »Da kommt ja schon der Streifenwagen.«

Jessica Grothe schloss kurz die Augen, als sie sah, wer aus dem Auto hinter ihnen stieg.

»Guten Abend, Herr Hauptkommissar«, begrüßte Florian Forster den älteren Kollegen und reichte ihm die Hand. Neben ihm stand Hauptkommissar Dietmar Heller, ein sehr erfahrener Beamter mittleren Alters, und lächelte freundlich. »Wie sieht Ihr Plan aus?«

»Das Gebäude hat zwei Eingänge«, begann Kern zu berichten, holte einen Grundrissplan hervor und faltete ihn auseinander. »Die Tür vorne ist nicht das Problem. Der Bereich ist übersichtlich, da er in einen Flur führt mit nur einem einzigen Durchgang zum Barbereich. Die Front ist also gut zu sichern.«

Jetzt deutete er auf den Hof hinter dem Gebäude. »Die Hintertür ist eine kleine Holztür, die laut unserem Informanten nicht verschlossen ist, da der Hof von den Gästen zum Rauchen genutzt wird. Dahinter allerdings befindet sich ein Gang mit diversen Türen zu Waschräumen, zum

Getränkelager und einem Aufenthaltsraum. Da sieht's etwas kritischer aus.«

»Verstehe«, sagte Florian nur. »Und was ist mit diesen Fenstern? Sind das eventuelle Fluchtmöglichkeiten?« Er deutete auf eine Fensterfront an der Seite des Gebäudes. Die andere Seite grenzte fensterlos an das Nebengebäude.

»Ja«, bestätigte Hauptkommissar Kern. »Auch wissen wir nicht sicher, ob es einen Zugang zum Nebengebäude gibt, deshalb schlage ich vor, dass wir sehr zügig arbeiten und so viele Personen festsetzen wie irgend möglich. Am besten wird es sein, wenn wir alle im Barbereich zusammentreiben. Dieser Raum hat nur zwei Zugänge und keine Fenster.«

»Gut.« Forster nickte. »Dann sollten wir drei Teams bilden.«

Hauptkommissar Kern sah sich in der sechsköpfigen Runde um. Es war klar, dass immer ein erfahrener Beamter mit einem Frischling arbeiten musste, doch für den Hintereingang bräuchten sie eigentlich mindestens zwei erfahrene Polizisten. Sein Blick blieb an Jessica Grothe hängen, dann nickte er, als er die denkbar beste Entscheidung getroffen hatte.

»Heller und Reischmann sichern die Seitenfenster«, befahl er schließlich. »Wenn ich mich über Funk melde, kommen Sie rein.«

Hauptkommissar Heller nickte und der junge Kommissar Reischmann stellte sich neben den älteren Kollegen.

»Forster«, sprach Kern jetzt Florian direkt an. »Sie würde ich gern an den Hintereingang schicken.«

Ob es eine Bitte oder nur ein Vorschlag war, wusste Florian nicht, doch er stellte die Entscheidung nicht infrage, sondern nickte ebenfalls.

»Sie bekommen Hauptkommissarin Grothe an Ihre Seite. Sie hat im Gegensatz zu Kommissar Willig etwas mehr Erfahrung«, fuhr er fort. »Willig und ich gehen vorne rein. Alles klar soweit? Wir stehen in Funkkontakt.«

Wieder nickten alle und Florian sah verstohlen zu Jessica hinüber, die so tat, als würde ihre Weste nicht richtig sitzen. Sie zog die Klettverschlüsse fester und atmete mehrmals tief durch. Ihr Atem verwandelte sich in der Winterkälte in weiße Nebelschwaden.

Der Innenhof hinter dem Club war menschenleer, doch aus den Fenstern der Nebengebäude drang genug Licht, um den ganzen Bereich zu erhellen, sodass sie alles sehen konnten, obwohl es schon nach 19 Uhr und eigentlich bereits stockdunkel war.

»Jessy?« Florian, die Hand bereits auf der Klinke der kleinen Holztür, wartete nur noch auf den Befehl von Hauptkommissar Kern. Mit der freien Hand kontrollierte er, ob der Knopf in seinem Ohr richtig saß.

»Was denn?«, fragte Jessica, griff nach ihrer Waffe, zog sie aus dem Halfter und entsicherte sie. Dann stellte sie sich neben Florian.

Der aber schob sie mit ausgestrecktem Arm hinter seinen Rücken. »Du bleibst dicht hinter mir, verstanden?«

»Aber das ist doch Schwachsinn. Hinter dir bin ich doch überhaupt keine Hilfe«, fauchte sie flüsternd. »Ich nehme die zwei Türen rechts, du die Türen links.«

»Du bleibst dicht hinter mir.« Der Befehl klang unerbittlich, fast schon drohend.

Jessica nickte zwar, sah Florian aber wütend an.

»Forster? Grothe? Sie gehen leise rein und kontrollieren die hinteren Räume«, hörten sie plötzlich die Stimme

von Hauptkommissar Kern in ihren Headsets. »Sobald Sie eine Person entdecken, geben Sie Laut und wir stürmen vorn.«

»Klar, Boss«, flüsterte Florian und drückte die Klinke hinunter.

»Und, Grothe«, wieder erklang die Stimme von Kern, »Sie bleiben wirklich hinter Forster. Das ist ein Befehl. Wir wollen Sie nämlich beide nicht verlieren.«

Florian grinste breit, als er sich ein letztes Mal zu Jessica umsah. Dann schob er langsam die Hintertür auf und trat in den schmalen Gang.

»Laut Plan ist das hier das Lager.« Florian deutete auf die erste Tür auf der rechten Seite. Er vergewisserte sich, ob Jessica hinter ihm stand und ob die Durchgangstür zum Barbereich zehn Meter vor ihnen zu war. »Du sicherst den Gang. Ist die Hintertür jetzt verschlossen?«

Als Jessica nickte und den kleinen Schlüssel in die Höhe hielt, der innen im Schloss gesteckt hatte, verschwand Florian im Lagerraum, sah sich kurz um und kam sofort wieder heraus.

»Keiner drin«, flüsterte er und verschwand fast augenblicklich hinter der Tür gegenüber.

»Kripo Kempten«, hörte Jessica ihn sagen und starrte auf die Tür, hinter der Florian verschwunden war. Der abgewetzte kleine hellblaue Aufkleber, auf dem ein eindeutig männliches Strichmännchen abgebildet war, verriet, was sich hinter der Tür befand. »Kommen Sie bitte mit. Hose zu, Spülen nicht vergessen.«

Hauptkommissar Kern meldete sich über Funk und wollte wissen, ob sie alles überprüft hatten, als die Tür aufging und ein älterer Mann in Jeans und Kapuzenpul-

lover aus der Toilette torkelte und nur nicht umfiel, weil Florian ihn im Nacken und am linken Oberarm festhielt und vor sich herschob.

»Wow«, lallte der Typ. »Heiß, die Uniform.« Er stolperte und fiel Jessica direkt in die Arme. »Du bisch neu hier, oder?« Sein Atem roch unangenehm säuerlich nach schalem Bier und Zigaretten.

Jessica befreite sich und schubste den Mann brutal an die gegenüberliegende Wand. »Fass mich nicht an«, fauchte sie und schaute dann ärgerlich zu Florian, der ihr leicht belustigt zuzwinkerte.

»Tut mir leid«, flüsterte er trotzdem, drückte sich in dem schmalen Gang an den beiden vorbei, um kurz darauf vor der Tür mit dem rosa Aufkleber und dem weiblichen Strichmännchen stehenzubleiben.

»Das Ding hat Brüste«, sagte er leicht irritiert.

Erneut drang Kerns Stimme aus dem Headset.

Erst jetzt reagierte Florian auf Kerns Anfrage. »Nein, Kern, noch nicht. Wir haben noch zwei Türen.«

Er sah sich zu Jessica um, die den sturzbetrunkenen, aber ansonsten völlig harmlosen Mann immer noch auf Armeslänge von sich fernhielt.

»Geh du rein«, schlug er vor. »Das ist das Damenklo.«

Doch der Raum war leer wie zuvor schon das Lager.

»Wir schicken ihn zurück an die Bar«, schlug Jessica vor und deutete mit einer Kopfbewegung zu dem Betrunkenen, der inzwischen langsam die Wand hinunterrutschte und dabei leise vor sich hin summte. Aus dem letzten Raum drangen mehrere Stimmen und Musik. »Da müssen wir zusammen rein.«

»Gut«, stimmte Florian zu und sprach den Mann an. »Hey, Sie …!«

»Ich mach das schon«, unterbrach ihn Jessica, ging zu dem Betrunkenen hinüber und half ihm wieder auf die Beine.

»Hey, Süßer«, hauchte sie ihm ins Ohr. »Geh doch schon vor an die Bar und bestelle mir einen Cocktail. Ich komme gleich nach.«

»Mmh, jaaaaa«, lallte der Typ, grinste etwas debil und rollte mit den Augen. Dann schwankte er durch den Gang, ging durch die Tür und war verschwunden.

»Okay«, sagte Florian nur, riss sich von dem Bild los, das die Szene gerade in ihm ausgelöst hatte, und schüttelte den Kopf. »Ähm, Kern? Wir holen jetzt noch ein paar Leute aus dem letzten Raum. Geben Sie uns noch eine Minute, dann können Sie vorne stürmen. Fenster sind alle gesichert, die Hintertür ist verschlossen.«

»Heller? Reischmann? Kommen Sie nach vorn. Wir gehen rein«, hörte Jessica die Stimme ihres Vorgesetzten in ihrem Ohr.

Das weiße Pulver auf dem Tisch war das Erste, was Jessica auffiel, als sie sich einen schnellen Überblick verschaffte. Fünf Personen, alles leicht bekleidete Frauen, drei stehend, zwei am Tisch sitzend. Und dann das Kokain, ordentlich mit einer Kreditkarte zusammengeschoben zu zwei schmalen weißen Linien.

»Mist!« Eine schnelle Handbewegung fegte den Puder vom Tisch und verteilte ihn als hellen Staub auf dem dunkelbraunen Teppichboden.

»Bist du verrückt«, rief die Rothaarige am Tisch entsetzt, sprang dann aber erschrocken auf, als sie die beiden Beamten in Uniform in der Tür entdeckte. Der Stuhl, auf dem sie gesessen hatte, fiel scheppernd zu Boden.

»Kripo Kempten, Hauptkommissar Forster«, stellte

sich Florian vor. »Würden Sie bitte alle mitkommen.« Er deutete auf die offene Tür. »Halten Sie außerdem Ihre Ausweise bereit.«

»Das war nur für den Eigenbedarf«, stammelte die Rothaarige, stellte den Stuhl wieder auf, setzte sich und lächelte gelassen. Sie war mit Abstand die Älteste hier im Raum und hatte sowohl als Tänzerin als auch als Prostituierte ihre beste Zeit schon lange hinter sich. »Nur, falls Sie beide hier eben irgendetwas gesehen haben«, ergänzte sie und zwinkerte dem Hauptkommissar herausfordernd zu.

»Ich habe jedenfalls gesehen, dass Sie kein Haschisch konsumiert haben«, entgegnete Florian und starrte die Rothaarige drohend an, bevor er ein gewinnendes Lächeln aufsetzte. »Sie können mir ja nachher erzählen, wer Ihnen das Zeug gegeben hat, vielleicht vergesse ich dann, was ich gesehen habe. Meine Damen, darf ich jetzt bitten?« Er zeigte wieder auf die Tür.

In diesem Moment brach im vorderen Bereich des Clubs ein Tumult aus. Menschen schrien, es polterte, die Beamten brüllten Befehle, Glas zerbrach. Dann fiel ein Schuss.

»Scheiße«, fluchte Forster. »Du kümmerst dich um die Frauen.« Er drehte sich auf dem Absatz um, zog seine Dienstwaffe und rannte Richtung Bar.

»Willig, kommen Sie nach vorn!«, hörte Jessica die hektische Stimme von Hauptkommissar Kern. »Heller, wo sind Sie? Ich brauche Verstärkung. Forster, Grothe, wir brauchen Unterstützung.« Wieder fielen Schüsse.

»Die Schlüssel«, sagte Jessica und sah sich im Raum um. Ihr Blick blieb an der Rothaarigen am Tisch hängen. »Schlüssel! Sofort!«, brüllte sie.

»Wieso?«

»Entweder Sie geben mir jetzt die Schlüssel«, fauchte Jessica wütend, zog ihre Waffe und richtete sie auf die rothaarige Frau, »oder Sie gehen alle zusammen mit mir nach vorn.« Sie streckte die freie Hand aus und ging auf den Tisch zu.

»Da geh ich bestimmt nicht hin«, sagte die Frau und warf Jessica einen Schlüsselbund zu. »Hauptsache, Sie lassen uns später auch wieder frei.«

Mit dem Fuß schob sie die Tür langsam einen Spaltbreit auf und schaute vorsichtig in den matt beleuchteten Raum mit den Stehtischen, den mit rotem Samt bezogenen Sofas in den Nischen auf der linken Seite und der gut zehn Meter langen Theke vor der rechten Wand.

Alles war still. Vor der Bar lagen drei Männer bäuchlings auf dem Boden, die Hände auf ihren Hinterköpfen verschränkt. Einer von ihnen war der betrunkene Typ aus dem Gang, ein anderer scheinbar der Barkeeper, denn er trug ein Hemd, auf dessen Rückseite das Emblem des Clubs prangte. Der dritte war mindestens zwei Meter groß und breitschultrig. Berthold Willig legte ihm gerade Handschellen an, während der junge Kommissar Reischmann die drei mit seiner Waffe in Schach hielt.

»Was war denn hier los, Berthold?«, fragte Jessica, betrat den Raum und schaute sich erneut nach allen Seiten um. »Und wo sind die anderen?«

»Oh, Jessica!« Berthold schaute kurz auf, konzentrierte sich dann aber wieder auf seine Arbeit. »Da kam jemand aus dem Büro dort hinten und hat geschossen.«

Erst jetzt bemerkte Jessica die offen stehende Tür auf der anderen Seite des Raumes. Dieser Raum war im Grundrissplan nicht eingezeichnet gewesen.

»Ist noch jemand drin?«, fragte sie und schritt langsam auf die besagte Tür zu, ihre Waffe schussbereit vor sich.

»Hauptkommissar Kern hat schon nachgesehen. Keiner mehr drin. Der Schütze ist da lang, Kern und die anderen sind hinterher.« Berthold wies auf die breite Holztreppe neben der Bar, die in den ersten Stock führte.

Wieder fielen Schüsse. Jemand rief etwas, doch es war keiner ihrer Kollegen, denn ihr Ohrknopf übertrug keine Signale.

»Ich gehe hoch«, entschied Jessica, hielt dabei aber das kleine Mikro zu, das ihre Stimme übertragen hätte, und legte die Schlüssel auf einen der Stehtische, der nicht umgefallen war.

»Dort hinten, erste Tür links, habe ich fünf Personen eingesperrt. Bringt diese hier auch nach hinten, sperrt sie ein und postiert euch dann unten an der Treppe.« Sie lief los, nahm immer zwei Stufen auf einmal, bis die Treppe einen Bogen machte und das obere Stockwerk sichtbar wurde.

»Wo seid ihr?«, flüsterte sie ins Mikro und hoffte auf Antwort von einem ihrer Kollegen.

»Jessica?« Es war Florian, den sie hörte. »Bleib, wo du bist. Der vordere Gang oben hat viele Türen, das ist zu gefährlich. Wir haben uns in den Nebenflur retten können und sitzen hier fest.«

Sie hörte jemanden unterdrückt stöhnen und dann die Stimme von Hauptkommissar Kern, der beruhigend auf seine Leute einredete. Sie ignorierte Florians Anweisung, schlich die letzten Stufen hinauf und schaute blitzschnell kurz um die Ecke.

Wieder fielen Schüsse, dieses Mal in ihre Richtung. Neben ihr schlug eine Kugel in das Treppengeländer ein. Holzsplitter flogen durch die Luft.

»Bist du etwa schon an der Treppe? Verdammt, Jessy!«

»Reg dich ab, Florian. Die beiden waren schon auf dem Weg zu euch, als ich um die Ecke gesehen habe«, berichtete Jessica. »Wir sollten jetzt schnell sein.«

Nach kurzem Zögern und ein paar schweren Atemzügen hörte sie Florians Stimme in ihrem Ohr.

»Gut. Was schlägst du vor?«

»Sind es mehr als zwei?«

»Keine Ahnung. Bisher haben wir nur zwei gesehen«, kam dieses Mal die Antwort von Hauptkommissar Kern. »Aber wir müssen uns beeilen, Heller braucht dringend einen Arzt«, ermahnte er. »Was schlagen Sie also vor, Frau Grothe?«

»Ich werde jetzt in den Gang treten und vier Mal schießen. Genau vier Mal. Achtet darauf, dass ihr euch nicht verzählt, denn die zwei Typen werden sicher auch schießen. Vier Mal«, beschwor sie ihre Kollegen. »Danach rennt ihr aus dem Neben- in den Hauptgang und macht sie kalt.«

Es kam keine Antwort. Kein einziger Laut drang durch die Funkverbindung.

»Habt ihr eine bessere Idee?«

»Sie schießt wirklich gut, Kern. Sie wird uns schon nicht in den Rücken schießen«, hörte sie wieder Florians Stimme. »Heller hält nicht mehr lange durch.«

»Ist gut, dann los.«

Jessica schloss kurz die Augen, fühlte die Waffe, die sie fest in beiden Händen hielt, atmete tief durch und sprang dann in den ungeschützten Gang.

Das Erste, was sie sah, war ein wütend aussehender, großer Mann mit pechschwarzem Haar, der mit einer Waffe auf sie zielte und sofort schoss.

Die Kugel zischte durch die Luft und verfehlte nur um wenige Zentimeter ihren Kopf.

Ihr erster Schuss ging daneben. Er schlug auf Höhe seines Brustkorbes in den zehn Meter entfernten Türrahmen schräg hinter ihm ein, ihre zweite Kugel traf seinen Arm, die Wucht riss ihn von den Beinen. Er torkelte und fiel gegen die Wand, schrie schmerzerfüllt auf, ließ aber die Pistole nicht los. Stattdessen schoss er in die Decke.

Ein zweiter Mann, etwas kleiner, mit blondem, viel zu langem Haar, zielte über die Schulter ihres ersten Gegners und schoss dreimal schnell hintereinander. Jessica sprang in die Nische gegenüber der Treppe, schoss wahllos zweimal durch den langen Flur und spähte um die Ecke.

Forster und Kern traten unmittelbar nach den vier Schüssen von Jessica aus dem Seitenflur und feuerten auf die beiden Männer, die sich nun blitzschnell ins Zimmer hinter ihnen flüchteten. Florian und Kern liefen auf die Tür zu, die hinter den Schützen ins Schloss gefallen war.

Florian postierte sich links und Hauptkommissar Kern rechts an der Wand neben der Tür.

»Geht's dir gut?«, hörte Jessica Florian flüstern, trat aus der Nische und nickte. Dann richtete sie ihre Waffe auf die Tür und schritt langsam durch den Flur.

»Ich schieße wieder vier Mal«, sagte sie, sah die beiden Männer an und nickte dann. »Genau vier Mal. Danach stürmt ihr das Zimmer und ich halte euch den Rücken frei.«

Kern griff nach der Türklinke und stieß die Tür mit Schwung auf, dann ging er in Deckung.

Und Jessica schoss, zielte durch die offene Tür, traf einen Schreibtisch, der vor einem vergitterten Fenster in dem Zimmer stand, schoss ein zweites und ein drit-

tes Mal und hatte den Flur schon zur Hälfte durchquert, als sie ihren Kollegen »Jetzt!« zurief und ein viertes Mal schoss.

Es war inzwischen kurz vor Mitternacht, alle waren müde und total erledigt, doch es war wichtig, nach so einem nervenaufreibenden Einsatz gemeinsam zur Ruhe zu kommen und noch ein bisschen zu reden. Deshalb hatte Hauptkommissar Kern seine Truppe zu später Stunde noch in eine Kneipe zu einem Bier eingeladen. Jetzt saßen alle um einen großen Tisch in einem recht ruhigen Bereich des Gastraumes, tranken, redeten und lachten, und alle Anspannung der letzten Stunden fiel von ihnen ab.

Hauptkommissar Heller war mit einem glatten Durchschuss in der Schulter ins Krankenhaus eingeliefert worden und hatte schon wieder Witze gerissen, als die Wirkung des Schmerzmittels einsetzte, das der Notarzt ihm gespritzt hatte. Alle anderen waren unverletzt.

Den gesuchten Drogenhändler hatten sie nicht erwischt, wohl aber seine zwei Unterhändler, die den Beamten der Nachtschicht jetzt gerade genügend Informationen lieferten, um eine Fahndung nach ihrem Boss auszuschreiben – mit präziseren Angaben, als sie sie bisher hatten.

»Ich erhebe mein Glas und bedanke mich für die gute Zusammenarbeit. Großartiger Einsatz, der trotz anfänglicher Pannen zu einem guten Ende gefunden hat.« Hauptkommissar Kern stand an der Stirnseite des langen Tisches und prostete allen zu. »Kommissar Willig, Kommissar Reischmann, Sie sind zwar noch grün hinter den Ohren, haben mich aber dennoch sehr positiv überrascht. Gute Arbeit, Jungs.«

Berthold grinste breit.

Jetzt erhob Kern sein Glas in Richtung Hauptkommissar Forster. »Danke«, sagte er nur. »Für alles.«

Florian hob ebenfalls sein Glas und nickte Kern anerkennend zu.

Dann war Jessica an der Reihe. Zuerst sah Hauptkommissar Kern seine junge Kollegin lange an. Schließlich lächelte er. »Großartige Mitarbeit, Jessica. Ich bin übrigens Detlef.«

Zufrieden lächelnd nippte sie an ihrem Glas und stellte es auf den Tisch zurück. Sie würde sich für ihren Einsatz und ihr scheinbar unkontrolliertes Trommelfeuer in den nächsten Tagen mit Sicherheit rechtfertigen müssen. Der Dauerbeschuss auf Verbrecher welcher Art auch immer war gänzlich unüblich und wurde im Polizeidienst nicht toleriert. Trotzdem hatte ihr Einsatz seinen Zweck erfüllt und schließlich zur Verhaftung zweier lang gesuchter Krimineller geführt. Außerdem, und das war für sie bei Weitem wichtiger, hatte es ihr die persönliche Anerkennung ihres Kollegen Kern beschert, auf die sie bisher vergeblich gewartet hatte.

Er respektierte sie jetzt.

Endlich.

Erst nach über zwei Stunden verließen sie schließlich alle gemeinsam die Kneipe und machten sich auf den Heimweg.

»Ich bring dich«, sagte Florian, schob die Hände in die Taschen seiner dunkelblauen Uniformhose und ging neben Jessica den breiten Fußweg entlang.

»Brauchst du nicht.« Jessica schüttelte heftig den Kopf. »Ich hab's nicht weit. Wohne hier ja gleich um die Ecke.«

»Ich weiß«, antwortete Florian. »Trotzdem. Du gehst nicht allein.«

Jessica lachte schallend. »Ich habe eine Waffe, Florian. Wer, bitte schön, sollte es also wagen, mich zu überfallen?« Sie blieb stehen und schaute ihren Ex-Freund belustigt an.

Florian hielt ihrem Blick stand. »Ich bring dich trotzdem heim«, bestimmte er dann und setzte sich wieder in Bewegung. »Komm. Es ist kalt.« Doch so kalt konnte ihm gar nicht sein. Er hatte weder seine Jacke geschlossen, noch trug er Schal oder Mütze.

Sie liefen schweigend nebeneinanderher. Die Stadt war still, die Straßen waren von den Laternen hell erleuchtet. Kein Auto fuhr unter der Woche um diese Zeit, mitten in der Nacht. Jeder, der morgen zur Arbeit musste, lag bereits seit Stunden im Bett.

Der große Platz vor dem Rathaus war gespenstisch leer. Im Sommer standen überall vor den unzähligen Cafés hübsch geschmückte Tische mit bunten Stühlen und großen Sonnenschirmen. In der Adventszeit waren überall Buden aufgebaut, ein Karussell für die Kinder und Glühweinstände. Es roch dann nach allerlei leckeren Süßigkeiten, Bratwurst und Maroni und die Luft war erfüllt von Weihnachtsmusik, Lachen und Kindergeschrei. Jetzt war alles totenstill.

Sie bogen in die kleine Nebenstraße ab und Jessica blieb an einer schweren Holztür vor einem mehrgeschossigen Mietshaus stehen.

»Hier wohne ich«, sagte sie, rieb sich die kalten Hände und schaute zu den Fenstern im zweiten Stock hinauf, hinter denen die Kinder hoffentlich friedlich schliefen.

»Ja, ich weiß«, sagte Florian wieder und räusperte sich. »Du, Jessy?«

Sie schlang die Arme fest um ihren Körper und sah ihn nur fragend an.

»Was ist mit uns beiden passiert, Jessy?« Sein Blick wirkte

ein wenig verzweifelt. »Wir waren heute ein gutes Team«, sagte er leise. »Wir waren doch immer ein gutes Team.«

Er sah, wie sie nervös auf ihrer Unterlippe zu kauen begann und fest die Augen schloss, bevor sie langsam den Kopf schüttelte. »Bitte, Florian. Lass es gut sein«, flehte sie.

Doch anstatt ihrem Wunsch zu folgen, griff Florian behutsam nach ihren Oberarmen und er ging einen Schritt auf sie zu. »Was ist mit uns passiert?«, wiederholte er seine Frage, kam ihr ganz nah, legte seine Stirn vorsichtig an ihre und sah ihr in die Augen.

Sie spürte seinen warmen Atem auf ihrem Gesicht, glaubte seinen Herzschlag zu fühlen und begann zu zittern. Sie sehnte sich nach ihm. Er war nach den beiden Kindern einmal der wichtigste Mensch in ihrem Leben gewesen, ein Mensch, den sie nie verlieren wollte, den sie über alles geliebt hatte. Ja, Florian hatte recht. Sie waren ein gutes Team gewesen.

Als sie sich ihm entziehen wollte, legten sich seine Hände beinahe reflexartig blitzschnell links und rechts an ihren Hals, seine Finger gruben sich in ihr Haar und hielten ihren Kopf ganz fest.

»Bitte … bitte. Ich vermisse dich schrecklich, Jessy.« Er wischte mit dem Daumen seiner rechten Hand eine einzelne Träne von ihrer Wange, küsste ihr Haar oberhalb ihrer Stirn. Als er ihre Hände auf seinem Bauch spürte, knapp unterhalb seines unteren Rippenbogens, und sie ihn nicht von sich stieß, sondern ihre Finger sich durch seine offene Jacke in den Stoff seines Hemdes gruben, schloss er die Augen, küsste ihr weitere Tränen vom Gesicht und hielt kurz vor ihrem Mund inne. Ihre Lippen berührten sich nicht, doch dieser kurze Moment, der Moment, der eine gemeinsame Zukunft heraufbeschwören oder zerstö-

ren konnte, der Moment zwischen Hoffen und Bangen, war das Ergreifendste, aber auch das Erregendste, das er je erlebt hatte. Er wollte sie, mehr als alles andere, und er fürchtete sich vor ihrer Reaktion.

»Wenn ich dich jetzt küsse, Jessy«, hauchte er fast tonlos und seine Hände begannen unkontrolliert zu zittern. »Wenn ich dich jetzt küsse … werden wir uns dann morgen … Werden wir irgendwann … wieder ein Team sein?«

Sekunden vergingen wie lange Minuten. Keiner von ihnen bewegte sich.

Und dann zerstörte Jessica diesen wunderbaren Moment mit nur einem einzigen Wort.

»Nein.«

7

»Die Frau ist nicht in unseren Daten.« Berthold schloss die Bürotür von innen und stellte eine der zwei Tassen, die er in den Händen hielt, vor seinen Chef auf den Schreibtisch.

Doch der Hauptkommissar sah ihn nur fragend an.

»Die Tote aus der Breitachklamm«, half er Florian auf die Sprünge. »Sie ist nicht in der Datenbank für vermisste Personen aufgeführt.«

Jetzt nippte Berthold vorsichtig an dem heißen Kaffee und lehnte sich rückwärts an die Wand neben dem Fenster. »Auch mit dem Zahnschema bin ich noch nicht weiter. Keiner der Kemptener Zahnärzte konnte damit etwas anfangen. Ich versuche es jetzt noch in der Umgebung.«

Florian nickte. »Gut, aber wenn die Frau gar nicht aus dem Allgäu kam, dann nützt uns das Zahnschema gar nichts. Wir sollten den Fall auch den österreichischen Beamten übermitteln.«

»Mache ich, wenn meine Anfrage in der Umgebung ohne Ergebnis bleibt«, sagte Berthold und setzte sich seinem Chef gegenüber auf den Besucherstuhl an Florians Schreibtisch. Dort am Fenster gleich neben der Heizung war es fast unerträglich warm. »Ist sich Gerichtsmediziner Buchmann denn mit dem Todeszeitpunkt wirklich sicher?«

»Absolut sicher. Er hat mir irgendwas erklärt von Knochenverfärbung, Mikroorganismen und Gewebezustand. Außerdem war die Leiche ja vergraben, da kann man wohl aufgrund einer Form von Mumifizierung ebenfalls Rückschlüsse ziehen …« Florian hielt inne und rieb sich die Schläfen. »Keine Ahnung, bei den Einzelheiten schalte ich auch immer mal ab«, schloss er, nahm einen Schluck aus der Tasse und stand dann auf. »Ich brauche eine Kopfschmerztablette.«

Er verließ das Büro auf der Suche nach einer weiblichen Kollegin. Meist hatte eine der Damen Aspirin oder Ibuprofen dabei.

Als er um die Ecke bog, stieß er fast mit Jessica zusammen.

Nach kurzem Zögern nickte sie zum Gruß und ließ ihn dann einfach stehen. Florian biss die Zähne fest zusammen und verzog fast schmerzerfüllt das Gesicht. Dann trat er mit voller Wucht gegen einen Schirmständer, der hier im Eingangsbereich der Dienststelle in der Wartezone neben den drei Stühlen stand. Er fiel laut scheppernd um und schlitterte über die Fliesen.

Als Florian sich umdrehte, sah Jessica ihn verzweifelt an. Durch das Geräusch war sie erschrocken stehengeblieben. Sein Kopf pochte jetzt noch stärker als zuvor.

»Hast du Kopfschmerztabletten?«, fragte er und sah, wie Jessica in ihre Hosentasche griff, etwas herauszog und ihm zuwarf.

Kurze Zeit später in der Teeküche schob er sich gleich zwei Tabletten in den Mund und spülte sie mit einem Glas Leitungswasser hinunter.

»Ach, scheiß drauf«, fluchte er laut, zog sein Handy aus der Tasche seiner Jeans und rief Ewe an.

»Wir gehen heute Abend raus«, verkündete er seinem Freund. »Ich brauche Alkohol. Ganz viel Alkohol!« Er drehte sich zum Fenster um, wischte die vom Dampf des Wasserkochers beschlagene Scheibe mit der Hand frei und schaute hinaus. Das Wetter war traumhaft. Nach wie vor war es sehr kalt, doch der Himmel war klar und die Sonne schien.

»Ja, verdammt. Kommst du jetzt mit, oder nicht?« Wieder rieb er sich über die Schläfen. Er hatte das Gefühl, sein Kopf würde jederzeit explodieren.

»Das ist mir völlig wurscht, Hauptsache, es gibt dort Whisky.« Jetzt bereute er, dass er die Scheibe frei gewischt

hatte, denn das helle Sonnenlicht trug nicht gerade dazu bei, seinen Kopfschmerz zu lindern.

»Keine Ahnung, Ewe, ob Alkohol da ausreicht. Ich probier's einfach. Und wenn nicht, dann muss halt noch irgendeine Frau dran glauben. Ich bin Single, ich kann schließlich machen, was ich will.« Er legte auf und schob das Handy zurück in seine Tasche.

Als er sich umdrehte, sah er Jessica in der Tür stehen, die ihn ausdruckslos anstarrte.

»Vielen Dank.« Hauptkommissar Kern nahm Jessica die Tasse mit seinem täglichen Kakao ab und trug sie zu seinem Schreibtisch. »Wenn ich mir die Bemerkung erlauben darf«, sagte er schließlich, ließ sich auf seinem Bürostuhl nieder und schlug den Aktenordner zu, der vor ihm lag. »Du siehst aus, als hättest du zwei Tage nicht geschlafen.«

»Ich habe nur Kopfschmerzen«, erklärte Jessica und ging ebenfalls zu ihrem Schreibtisch.

»Die Akten dort drüben sind übrigens gerade für dich gebracht worden«, informierte Kern seine junge Kollegin, stand wieder auf und ging um den Schreibtisch herum. »Alles Informationen zu dem Fall Reuther vor über einem Jahr.« Er nahm die obere Akte, schlug sie auf und blätterte wahllos darin herum. »Kannst du die Sache nicht ruhen lassen?«

Der Fall Reuther war damals so brisant gewesen, dass das ganze Präsidium informiert war. Jeder einzelne Beamte in Kempten wusste, dass die gesuchte Mörderin Susanne Reuther die Schwester von Hauptkommissarin Grothe war und beinahe das Leben von Hauptkommissar Forster auf dem Gewissen gehabt hätte. Seit Monaten wurde vergeblich nach Reuther gefahndet. Alle Spuren waren bis-

her jedoch ins Leere gelaufen. Die gesuchte Person schien komplett vom Erdboden verschluckt zu sein.

»Ich will nur noch mal schauen, ob nicht irgendetwas übersehen wurde«, sagte sie leise und ihre Stimme klang heiser und müde. »Man kann ja nie wissen.«

»Nein, das kann man nicht«, grübelte der Hauptkommissar und klang abwesend, mit seinen eigenen Gedanken weit weg. »Aber die Kollegen haben in dem Fall sehr gründlich gearbeitet, vor allem, weil deine Schwester Hauptkommissar Forster so übel mitgespielt hatte.« Dann sah er sie lange und durchdringend an. Ihm fiel auf, dass seine junge Kollegin angestrengt versuchte, Tränen zurückzuhalten.

Sie schniefte laut, drehte sich von ihm weg und tat, als würde sie etwas Wichtiges auf ihrem Schreibtisch suchen. Normalerweise war sie nicht so nah am Wasser gebaut, doch der Vorfall mit Florian vorgestern Abend hatte sie total aus der Bahn geworfen. Er war einfach wortlos gegangen, hatte sie vor ihrer Haustür stehen lassen und sich nicht mehr zu ihr umgedreht. Natürlich konnte sie ihm diese Reaktion nicht verübeln. Und es war besser so.

Es tat zwar schrecklich weh, doch es war besser so.

»Also das ist der Grund«, sagte Kern plötzlich und starrte auf ihren Rücken.

»Was für ein Grund?«

»Deine Schwester ist der Grund.«

»Wofür?« Jetzt drehte sie sich wieder zu ihm um, legte den Kopf leicht schräg und sah ihren Vorgesetzten fragend und ängstlich an.

»Für den ganzen Beziehungsstress mit Herrn Forster. Weiß der arme Kerl überhaupt, dass du dich immer

noch von dieser manipulativen Mörderin unter Druck setzen lässt?«

Jessica fuhr bei seinen Worten erschrocken zusammen und hielt für mehrere Sekunden die Luft an. Sie hatte gerade das Gefühl, mit ihrem Vater zu sprechen, der ähnlich direkt sagte, was er gerade dachte, und selten ein Blatt vor den Mund nahm. Hauptkommissar Kern war allerdings noch eine Spur dreister und rücksichtsloser. Aber wie konnte er nur so schnell hinter ihr Geheimnis kommen? Niemand wusste von dem Brief ihrer Schwester, in dem diese drohte, Florian zu töten, wenn Jessica sich nicht von ihm fernhielt. Nur ihr Vater war dahintergekommen, respektierte aber ihren Wunsch nach Verschwiegenheit.

»Bekomme ich noch eine Antwort auf meine Frage?« Dass sein Satz keine Bitte, sondern eine strikte Anordnung war, wusste Jessica. Trotzdem schüttelte sie den Kopf.

»Verstehe ich das gerade richtig?«, fragte er streng. »Frau Reuther ist irgendwo in deiner Nähe – denn sonst würdest du dich nicht von ihr bedroht fühlen – und du hast nichts Besseres zu tun, als dein komplettes Leben auf den Kopf zu stellen?« Er lief aufgeregt im Zimmer auf und ab. »Und nicht nur deines, sondern auch das der zwei Kinder und das von Hauptkommissar Forster, ohne auch nur im Entferntesten daran zu denken, die Sonderermittlungseinheit zu informieren, die den Fall bearbeitet?«

»Ja«, gab sie fast tonlos zur Antwort.

»Du bist dieser Frau doch nichts schuldig, Jessica. Warum tust du das alles?« Völlig fassungslos schüttelte er den Kopf.

»Bitte sag nichts, Detlef«, flehte sie.

»Du schaffst das doch nicht allein. Und was kann die Frau schon tun? Sie ist zurzeit die meistgesuchte Per-

son im ganzen Allgäu, Jessica. Wovor hast du denn solche Angst?«

»Sie wird Florian töten, wenn er weiterhin mein Freund und in der Nähe ihrer Kinder ist«, gestand sie so leise, dass Detlef Kern es kaum hören konnte.

Der Hauptkommissar seufzte laut vernehmlich. »Ich finde das gar nicht gut, Jessica. All das ist doch falsch. Du hast die Situation doch nicht unter Kontrolle, wenn du dich von ihr manipulieren lässt.«

»Sag bitte nichts, Detlef. Zu niemandem. Bitte«, beschwor sie ihn erneut eindringlich und sah ihn flehend an.

»Der arme Kerl«, wiederholte Kern und schüttelte wieder den Kopf.

»Florian lebt, das ist die Hauptsache«, fuhr sie ihren älteren Kollegen etwas zu rüde an und drehte sich wieder zu ihrem Bildschirm um. Sie wollte das Gespräch jetzt beenden und nicht mehr über die Sache reden.

»Wenn er wüsste, worum es eigentlich geht, dann könnte er wenigstens selbst entscheiden, was er tun will. So nimmst du ihm jegliche Möglichkeit auf Selbstbestimmung. Der arme Kerl.«

Als Jessica herumfuhr, um ihrem Kollegen endgültig den Mund zu verbieten, hatte dieser das Büro bereits verlassen.

»Frau Grothe? Warten Sie bitte!« Der Dienststellenleiter Hauptwachtmeister Götze saß an seinem Schreibtisch im Büro im Erdgeschoss und hatte Hauptkommissarin Grothe gerade an seiner offenen Bürotür vorbeigehen sehen. Sie war vermutlich bereits auf dem Weg in den Feierabend.

»Was gibt's, Herr Götze?« Sie trat ein und ging zwei Schritte auf seinen Schreibtisch zu.

»Setzen Sie sich.« Er wies mit ausgestreckter Hand auf den linken der zwei Stühle ihm gegenüber und lehnte sich dann zurück, die Arme vor der Brust verschränkt.

Als Jessica Platz genommen hatte, ihre Handtasche auf dem Schoß und den Blick nach unten gerichtet, fiel Götze zwar auf, wie nervös sie wirkte, doch ignorierte er vorerst ihren Gemütszustand.

»Ich habe einen Anruf von der Staatsanwaltschaft bekommen, wegen der Sache mit dem Kleintransporter, der von der B12 abgekommen ist.«

Jetzt sah Jessica auf und lächelte. »Ach so«, sagte sie und es klang erleichtert. »Und was will die Staatsanwaltschaft? Der Fall ist doch abgeschlossen.«

»Der Fahrer des Wagens ist aus dem Krankenhaus entlassen worden und bereits zur Reha in Isny. Da weitere Drohungen gegen den amerikanischen Konzern eingegangen sind und ein Anschlag auf das zuständige Architektenbüro in Biberach verübt wurde, will die Staatsanwaltschaft Kempten die Sachlage weiter untersucht wissen.«

»Um Himmels Willen«, fuhr Jessica entsetzt dazwischen. »Ein Anschlag? Ist jemand verletzt?«

Doch Hauptwachtmeister Götze lachte.

»Nein, es flogen wohl ein paar Farbbeutel und Stinkbomben, mehr nicht. Allerdings handelt es sich um einen beträchtlichen Sachschaden.«

»Ja, aber …«, begann Jessica und dachte angestrengt nach. »Die Techniker, die den Wagen und den Unfallort untersuchten, haben doch bestätigt, dass es sich mit sehr hoher Wahrscheinlichkeit um einen simplen Verkehrsunfall handelt.«

Hauptwachtmeister Götze nickte zustimmend.

»Fahren Sie bitte trotzdem nach Isny. Sie haben am Montag um 11 Uhr einen Termin.«

»Aber Hauptkommissar Kern hat am Montag frei. Soll ich dann allein fahren? Bekomme ich den Dienstwagen?« Sie rutschte etwas ungeduldig auf ihrem Stuhl hin und her.

»Nehmen Sie Forster oder Willig mit, die sind, soweit ich weiß, noch im Haus. Klären Sie die Sache schnell ab. Ansonsten wünsche ich Ihnen einen schönen Feierabend und ein erholsames Wochenende.« Mit diesen Worten verabschiedete sich Götze und reichte ihr noch den Pappordner mit der Anordnung der Staatsanwaltschaft, der Adresse der Klinik, einem Lageplan und dem Namen des Patienten und Fahrers des Wagens.

Und Jessica beeilte sich, das Büro zu verlassen.

Im Irish Pub war jetzt, kurz vor 18 Uhr, noch nicht viel los, doch Florian saß schon seit einer guten Stunde an der Theke und trank bereits seinen fünften Whisky. Ewe hatte eine kurze Nachricht gesendet, dass er etwas später kommen würde. Die Kopfschmerzen waren weg, der Whisky brannte in seinem Hals und ein leichtes Schwindelgefühl setzte ein. Kein Wunder, schließlich hatte er heute den ganzen Tag noch nichts gegessen. Ein nüchterner Magen vertrug sich nicht sonderlich gut mit hochprozentigem Alkohol. Die Schmerztabletten vermutlich auch nicht, doch was kümmerte ihn das. Das Einzige, was er wollte, waren ein ordentlicher Rausch und ein freier Kopf.

»Hey, Flo«, rief jemand von der Tür, und beim Umdrehen auf dem wackeligen Barhocker fiel Florian fast vom Stuhl. In der Tür stand Ewe, unterhielt sich mit einem Bekannten und winkte ihm zu. »Bin gleich bei dir.«

Nur wenige Minuten später, die Bardame schenkte dem deutlich betrunkenen Florian gerade nach, stand Ewe plötzlich neben ihm und klopfte ihm zum Gruß auf die Schulter.

»Du siehst total beschissen aus, Flo«, begrüßte er seinen Freund. »Und hättest du nicht warten können? Wie soll ich das denn jetzt noch aufholen?«

»Ismirscheißegal«, lallte Florian, musste aufstoßen und kniff die Augen fest zusammen, als sich die Theke und die ganze Umgebung plötzlich zu drehen begannen.

»Komm, Alter. Wir setzen uns da hinten hin.« Erwin Buchmann packte seinen Freund am Arm und zog ihn vom Barhocker herunter. »Machst du uns beiden eine Cola, Rita«, rief er der blonden Bardame zu und hatte sichtlich Mühe, Florian auf den Beinen zu halten.

»Cola-Whisky«, brabbelte Florian vor sich hin, stieß einen Stuhl um und fluchte.

»Nur Cola«, formte Ewe tonlos mit seinen Lippen und Rita nickte grinsend.

Als Ewe Florian endlich auf die Eckbank hinter dem dunklen Holztisch geschoben hatte, legte dieser seine Arme vor sich auf den Tisch und ließ seinen Kopf auf die Unterarme sinken.

»Dein Handy klingelt.« Ewe boxte ihm gegen die Schulter. »Soll ich für dich rangehen?«

Florian hob den Kopf, rieb sich mit Daumen und Zeigefinger der linken Hand die Augen und zog sein Handy aus der Innentasche seiner Jacke. »Geht schon.«

Die Nummer auf dem Display war ihm völlig unbekannt. Allerdings fiel es ihm auch merklich schwer, sich zu konzentrieren. War also möglich, dass er sich mit seiner Einschätzung täuschte.

»Forster«, rief er etwas zu laut in den Hörer und rieb sich die Stirn. Irgendwie musste er doch diesen verdammten Schwindel loswerden.

»Ich bin's, Jessica. Wollte nicht stören, aber …«

»Was willst *du* denn?«, blaffte er sie an und verdrehte die Augen.

»Ich merk schon, du bist betrunken, aber …«

»Ach ja, merkt man das?«, fragte er genervt. »Komm einfach zur Sache und dann lass mich in Ruhe.«

»Ich wollte nur fragen …«, begann Jessica erneut, wurde aber wieder von ihm unterbrochen.

»Wenn es dich interessiert, Schätzle«, polterte er abfällig und hatte merkbar Mühe, deutlich zu sprechen, »es sitzt gerade keine sexy Frau auf meinem Schoß – falls das ein Kontrollanruf ist. Es ist nicht einmal irgendeine sexy Frau in der Nähe«, brüllte er jetzt in den Hörer und sah, wie Rita hinter der Theke ermahnend den Zeigefinger hob.

»'tschuldige, Rita«, brabbelte Florian. »Dich natürlich ausgenommen.«

»Himmel, Florian. Kann ich mir am Montag Berthold für einen Einsatz ausleihen?«, versuchte Jessica ihr Anliegen endlich vorzubringen und verzichtete deshalb auch auf etwaige Erklärungen.

Florian verstummte.

»Kann ich mir Berthold am Montag ausleihen?«, wiederholte sie, dieses Mal laut und deutlich. »Hauptkommissar Kern hat Urlaub.«

»Ähm, klar«, sagte er schließlich, beendete das Gespräch und steckte sein Handy wieder in die Jacke. »Frauen sind echt scheiße!«

»Und sexy«, warf Ewe belustigt ein.

»Und sexy«, wiederholte Florian, nickte dabei heftig

mit dem Kopf und bereute es sofort. Alles drehte sich plötzlich wieder.

»Und ›Mann‹ kann einfach nicht ohne sie«, fügte Ewe hinzu und musste höllisch aufpassen, keinen Lachanfall zu bekommen. Er hatte vor Jahren einmal gewagt, Florian auszulachen, als dieser ähnlich betrunken gewesen war, und sich sofort eine eingefangen.

»Geht nicht«, stimmte Florian ihm lallend zu. »Sie sind einfach zu sexy. Und weich und warm und lieb und so kuschelig.« Sein Kopf sank wieder auf die Tischplatte.

Ewe seufzte. Er mochte sich gar nicht ausmalen, wie er seinen Freund in diesem Zustand nach Hause bekommen sollte.

8

Der ICE von München Richtung Hamburg ratterte mit über 200 km/h über die Gleise und machte es trotz der relativ guten Federung beschwerlich, durch die schmalen Gänge zu laufen und dabei sein Gleichgewicht zu halten.

Dr. Wiedemann sah auf die Uhr an seinem Handgelenk. In genau zwei Minuten musste er im übernächsten Waggon sein. Platz 73B stand auf dem Ticket, das er im Internet angefordert und ausgedruckt hatte.

Das Infomaterial zum Seminar »Vorsorgende Homöopathie – Wert der Symptome«, das er in Hamburg besuchen wollte, lag ungelesen in seinem Aktenkoffer. Eigentlich hatte er auf der über sechsstündigen Fahrt mehr als genug Zeit, sich mit den Grundzügen des Seminarinhaltes zu beschäftigen, doch eigentlich interessierte ihn diese Form der Quacksalberei überhaupt nicht. Für ihn war Homöopathie völliger Blödsinn. Eine Art Religionsform der Medizin, deren Wirkung auf purem Glauben beruhte. Religion hatte in der Wissenschaft absolut nichts zu suchen.

Die gläserne Zwischentür schloss sich hinter ihm mit einem zischenden Geräusch und er trat beiseite, um dem Herrn Platz zu machen, der ihm entgegenkam, kurz dankend nickte und dann den grünen Knopf betätigte, der die Schiebetür wieder öffnete.

Auf Platz 73B lag eine Tageszeitung. Er zog seinen Mantel aus, hängte ihn an den kleinen Haken am Fenster, hob die Zeitung auf, ließ sich auf den Sitz fallen und streckte die Beine aus. Dann legte er seinen Lederkoffer auf den Tisch vor sich, öffnete ihn und legte die Tageszeitung hinein, ohne auch nur eine einzige der aktuellen Schlagzeilen zu lesen. Das würde er später tun.

Die junge Frau öffnete den Knoten des karierten Tuches, zog es vom Kopf, legte es ordentlich zusammen und fuhr sich dann mit beiden Händen durch das pechschwarze Haar. Ein Frisörbesuch war dringend notwendig. Sie

durfte nicht mehr allzu lang damit warten, stellte sie fest, als sie in den Spiegel sah und den hellen Ansatz bemerkte. An die Kurzhaarfrisur hatte sie sich mittlerweile gewöhnt, doch die Farbe gefiel ihr nach wie vor überhaupt nicht. Leider kannte ihr Mann sie nun einmal schwarzhaarig und nicht blond.

Als es an der Tür läutete, war sie gerade auf dem Weg unter die Dusche, also knöpfte sie das Hemd wieder zu, stopfte es zurück in ihre Jeans und lief durch die große Diele zur Haustür.

Außer ihr selbst war niemand im Haus. Ihre Schwiegermutter besuchte für drei Wochen ihre Schwester in Berlin und ihr Mann kam erst morgen nach 18 Uhr von seinem Kurzurlaub zurück.

»Guten Tag. Mein Name ist Schaffner. Ich komme vom Finanzamt. Frau Lochbichler?« Der Mann, der vor ihr stand, war hochgewachsen, leicht übergewichtig und trug unter seinem Trenchcoat einen dunkelblauen Anzug mit Hemd und dunkelgrauer Krawatte. Er lächelte freundlich und streckte ihr seine Hand entgegen.

»Ja, dann kommen Sie bitte herein, Herr Schaffner«, bat sie den Mann und trat zur Seite. »Habe ich meine Steuern etwa nicht bezahlt?« Sie lachte laut, doch in ihrem Kopf begann sie bereits, den schon lange ausgearbeiteten Notfallplan noch einmal Stück für Stück durchzugehen.

Herr Schaffner folgte ihr ins Wohnzimmer und plapperte dabei in einem fort. »Keine Sorge, Frau Lochbichler. Uns ist da nur eine Sache aufgefallen, die uns etwas beunruhigt. Wir vermuten einen Fehler beim Einwohnermeldeamt oder beim Standesamt. Aber das können wir beide sicher ganz schnell klären.«

»Jetzt machen Sie mich aber wirklich neugierig, Herr Schaffner«, flötete sie etwas übertrieben überschwänglich und überlegte dabei fieberhaft, wo sie den Schlüssel zum Waffenschrank hingelegt hatte. Das Jagdmesser jedenfalls lag in der Anrichte im oberen Flur. »Kann ich Ihnen etwas zu trinken anbieten? Ich könnte uns einen Kaffee kochen«, schlug sie vor, wies mit der ausgestreckten Hand auf den Sessel vor dem dunkelbraunen Buffetschrank, auf den ihre Schwiegermutter so stolz war, und berührte wie zufällig seine Schulter, als er sich in das unbequeme und altmodische Sitzmöbel niedergelassen hatte.

»Gern, Frau Lochbichler. Entschuldigen Sie bitte nochmals die Störung. Es ist sonst nicht meine Art, Hausbesuche zu machen, doch da Ihr Mann kürzlich seine Steuererklärung …«

»Oh je, hat mein Günther etwa versehentlich falsche Angaben gemacht?«, unterbrach sie ihn, entschuldigte sich dann aber freundlich lächelnd. »Bitte fahren Sie fort, während ich in der Küche nebenan den Kaffee mache.«

Der Steuerbeamte bemühte sich, laut genug zu sprechen, damit seine Gastgeberin ihn im Nebenzimmer auch gut hören konnte. In der Zwischenzeit setzte Susanne Reuther in Windeseile Kaffee auf, quittierte den Bericht von Herrn Schaffner mit gelegentlichen Zwischenrufen, zog die Schublade vom Küchenschrank unter dem Fenster auf und betrachtete die vielen scharfen Messer.

»Ja, Frau Lochbichler«, hörte sie ihn sagen. »Und jetzt gibt es keine Heiratsurkunde von Ihnen, aber Ihr Mann hat in der Steuererklärung eine gemeinsame Veranlagung beantragt und auch das Datum Ihrer Eheschließung angegeben. Wir können das sicher schnell klären,

wenn Sie mir Ihre Heiratsurkunde zeigen, aber das hat Zeit, bis wir beide unseren Kaffee getrunken haben.«

»Sie müssen also nicht gleich nach Hause zu Ihrer Frau?«, fragte Susanne, griff nach einem kleinen handlichen Tomatenmesser und betrachtete es aus der Nähe. Nein, dieses Messer würde ihm kein Haar krümmen. Dieses Messer würde ihn lediglich dazu bringen, sich in den Keller zu begeben, wo sie ihn einsperren konnte, bis sie im Haus alles erledigt hatte. Dort würde er bleiben. Später dann würde er sterben. Nicht, weil er sterben musste, sondern weil sie ihn töten wollte.

»Nein, liebe Frau Lochbichler«, lachte er. »Ich bin nicht verheiratet und wohne allein. Nur mein Goldfisch wartet auf mich.«

»Gut«, sagte Susanne, ging ins Wohnzimmer und sah den Steuerbeamten freundlich lächelnd an. »Dann wird Sie ja niemand vermissen.«

9

»Wir möchten zu Ferdinand Wagner. Kripo Kempten. Wir sind angemeldet.« Jessica beugte sich über den Tresen an der Anmeldung und hielt der Dame hinter dem Bildschirm ihren Dienstausweis entgegen. »Ich bin Hauptkommissarin Grothe und das ist Kommissar Willig.« Berthold neben ihr hob grüßend die Hand.

»Ja, einen kleinen Moment bitte«, sagte die Empfangsdame abwesend und machte eine wegwischende Bewegung mit der Hand, ohne sich den Ausweis anzusehen. Dann tippte sie eifrig weiter auf ihrer Tastatur, griff nach dem Hörer des Telefons und wählte eine Nummer.

»Hallo, ich bin's.« Sie lehnte sich zurück und lächelte entspannt. »Hat das mit den Konzertkarten geklappt?« Sie zog eine Nagelfeile aus der Schublade und wollte sie gerade benutzen, als Jessica ihr behutsam den Hörer vom Ohr zog und das Gespräch unterbrach.

»Kripo Kempten«, wiederholte sie freundlich, unterließ es aber, den Dienstausweis erneut zu zücken. »Wir haben in zwei Minuten einen Termin mit dem Patienten Ferdinand Wagner. Würden Sie uns bitte mitteilen, wo wir ihn finden?«

Sie kamen gute zehn Minuten zu spät. Die Kurklinik war riesig, die Flure waren lang und unübersichtlich, doch schließlich standen sie vor dem Patientenzimmer von Herrn Wagner, dem Mann, der sich hier von seinen schweren Verletzungen erholte. Jessica hatte die Akten

der Staatsanwaltschaft, die Hauptwachtmeister Götze ihr am Freitag mitgegeben hatte, am Wochenende studiert und kannte jetzt den Grund für das Misstrauen gegenüber Ferdinand Wagner. Der heute 30-jährige Mann hatte bis vor drei Jahren schon diverse Jugendstrafen verübt und war als Erwachsener zweimal verurteilt worden. Einmal wegen Körperverletzung, einmal, weil er in eine Geflügelfarm eingebrochen war und eine Menge Sachschaden angerichtet hatte.

»Herr Wagner?« Jessica schob die Tür auf und betrat das geräumige Einzelzimmer des jungen Mannes. Ferdinand Wagner lag auf seinem Bett, trug einen hellblau gestreiften Trainingsanzug mit dem Emblem des Fußballvereins 1860 München und Turnschuhe in passender Farbe. Sein Oberkörper steckte in einer Art Korsett. Sein linkes Bein, an dem die Hose hochgekrempelt war, war mit diversen Schrauben an Metallschienen fixiert, die sich durch sein Knie und durch seinen Unterschenkel bohrten.

»Die Kripobeamten aus Kempten«, stellte Wagner fest. »Entschuldigen Sie, wenn ich nicht aufstehe, doch die Krankengymnastik eben war sehr anstrengend.« Neben seinem Bett stand ein Rollstuhl, unter dem Fenster eine rollende Gehhilfe. »Was kann ich für Sie tun?«

Berthold stellte zwei Stühle neben dem Bett auf, die er am anderen Ende des Zimmers fand. Jessica reichte Herrn Wagner die Hand und stellte sich vor.

»Wir hätten da noch ein paar Fragen zu dem Unfall«, begann sie, setzte sich neben ihren Kollegen Willig und schlug die Akte auf, die sie mitgebracht hatte. »Sie waren auf dem Weg nach Kempten. Hier steht, Sie wollten zu Ihrer neuen Arbeitsstelle.«

Wagner nickte. »Ich wollte bei einer Werkstatt anfangen. Müller und Söhne. Ich bin gelernter Mechatroniker. Das hat sich ja jetzt erledigt.«

»Tut mir leid«, sagte Jessica eintönig. »Wie ist der Unfall passiert?«

»Ich erinnere mich nicht mehr an alles. Meine Therapeutin meint, mein Unterbewusstsein verdrängt das meiste. Aus Selbstschutz. Ich weiß noch, dass das Wetter beschissen war.«

»Ja, an dem Tag wütete ein Sturm. Warum haben Sie die Geschwindigkeit nicht den Wetterbedingungen angepasst?« Es war Berthold, der fragte, jetzt aufstand und um das Bett herum ging. Seine Reaktion erinnerte Jessica an Florian. Hauptkommissar Forster pflegte bei Verhören auch häufig im Zimmer auf und ab zu gehen. Berthold hatte sich das wohl abgeschaut und imitierte jetzt seinen Chef.

Herr Wagner folgte Kommissar Willig mit den Augen. »Ich war spät dran. Mein Wagen fährt auch maximal 80 km/h«, erklärte er und fügte dann hinzu: »Fuhr. Es war ein Oldtimer, fast 40 Jahre alt. Jetzt ist er Schrott.«

»Tut mir leid«, sagte Jessica wieder. »Die Straße an dem Streckenabschnitt ist schnurgerade. Warum sind Sie von der Straße abgekommen? Kam Ihnen ein Auto entgegen?«

Langsam schüttelte Ferdinand Wagner seinen Kopf, lächelte dann etwas beschämt und ließ sich mit seiner Antwort lange Zeit. »Meine Therapeutin meint, das gehört auch zu meinem Verdrängungsprozess«, begann er zu erzählen. »Aber bis vor Kurzem war ich mir da wirklich sicher.«

»Womit sicher?«, fragte Berthold Willig und lehnte sich

rückwärts an die Wand. Auch eine Angewohnheit, die Florian bei Verhören hatte.

»Lachen Sie bitte nicht, aber ich war mir sicher, ich hätte Jesus gesehen.« Er hielt sich die Hände vor die Augen, als wäre er ein kleines Kind und würde sich schämen. »Ich weiß, das ist peinlich, doch es blitzte und donnerte in einem fort und dann – ganz unerwartet – stand plötzlich eine Gestalt mitten auf der Straße. Direkt vor mir, die Arme weit ausgebreitet …« Jetzt richtete er sich auf und hielt die Arme genau so, wie er glaubte, es gesehen zu haben. Es sah aus wie bei der Christusfigur auf dem Gipfel des Corcovado in Rio de Janeiro.

Jessica verstand, was er meinte, konnte dennoch nicht glauben, dass irgendjemand bei so einem Wetter wirklich auf der Straße stehen würde, mitten in der Nacht und weit ab von jeder bewohnten Gegend.

»Und dann?«, wollte sie wissen. »Und wieso kommen Sie auf Jesus?«

»Die Gestalt trug ein helles Gewand, hatte nackte Füße und langes Haar«, erklärte er. »Ich habe es im Licht eines aufleuchtenden Blitzes ganz deutlich gesehen. Dachte ich zumindest«, fügte er hinzu. »Meine Therapeutin meint, ich will meine Schuldgefühle damit verdrängen.«

»Ihre Schuldgefühle wegen ihrer Wut auf die amerikanische Logistikfirma?«, riet Jessica Grothe, blätterte in den Unterlagen und suchte nach dem Namen der Firma. »Coolpack-Basics.«

»Ich habe bis nach dem Unfall gar nicht gewusst, dass eine Firma aus Amerika sich dort auf der Wiese ansiedeln will«, beteuerte Wagner. »Und was ist denn so schlimm daran? Bringt das nicht Arbeitsplätze in die Region?« Dann sah er die Hauptkommissarin an. Es sah aus, als

würde er angestrengt nachdenken. »Jetzt verstehe ich, warum Sie hier sind«, stellte er erleichtert fest. »Es ist wegen meiner Vorstrafen.«

»Und warum erfreut Sie das jetzt so?« Berthold ging auf ihn zu und sah den verletzten Patienten streng von oben herab an.

»Keine meiner Verurteilungen hatte einen politischen oder ausländerfeindlichen Hintergrund. Ich habe mich immer nur gegen Tierquälerei und korrupte Menschen gewehrt, denen Profit wichtiger ist als das Leben ihrer Tiere. Ich habe mal einen Mann verprügelt, der seinen Hund geschlagen hat. Und dann noch das mit der Hühnerfarm. Der Besitzer war ein …«

»Ja«, unterbrach Jessica ihn. »Wir wissen das alles aus unseren Unterlagen.«

»Ich kann es mir gar nicht leisten, noch einmal straffällig zu werden«, schloss Wagner schließlich. »Die Chance auf eine Ausbildung zum Mechatroniker und die Anstellung waren ein absoluter Glücksfall für mich. Das hätte ich doch niemals aufs Spiel gesetzt.«

Im Fall der unbekannten Frauenleiche aus der Breitachklamm kamen sie einfach nicht weiter. Vor zwölf Jahren war es durchaus schon üblich gewesen, tot aufgefundene Personen, deren Identität unbekannt war, mithilfe ihrer DNA zu identifizieren. Denn bei jeder Vermisstenmeldung wurde von den Verwandten eine DNA-Probe hinterlegt und im Computer erfasst. Doch diese tote Frau schien entweder nie vermisst gemeldet worden zu sein, oder sie kam aus dem Ausland und keiner ihrer ausländischen Verwandten wusste, dass sie sich zum Todeszeitpunkt in Deutschland aufgehalten hatte. Florian war

langsam ratlos und ließ Berthold sogar die Verwandten der ungeklärten Fälle im Umkreis von 100 Kilometern abtelefonieren, um weitere Hinweise zu bekommen. Das brauchte natürlich seine Zeit, denn in den Zeitraum vor ungefähr zwölf Jahren fielen über 50 Personen, die weiblich und damals um die 30 Jahre alt waren.

»Darf ich reinkommen oder haust du mir dann gleich wieder eine rein?« Christian Hanke stand in der Tür zu Florians Büro und streckte die Arme aus, so wie vor ein paar Wochen, als er statt einer Umarmung einen Kinnhaken von Florian bekommen hatte.

Doch jetzt stand Forster auf und begrüßte den Münchener Profiler freundlich. »Das mit deinem Gesicht tut mir leid«, sagte er, allerdings ohne jedes Bedauern in der Stimme. »Aber du hattest es verdient.«

»Das ist allein deine Ansicht«, sagte Hanke, lächelte dann aber und setzte sich auf den freien Stuhl vor Florians Schreibtisch. »Was gibt's denn?«

»Ihr habt doch etwas mehr Möglichkeiten, auch international recht schnell an Informationen zu kommen«, kam Florian gleich zur Sache. »Wir haben da eine Leiche, die keiner haben will.«

»Eine nicht identifizierte Person?« Hanke sah ihn lange an. »Was habt ihr noch?«

»Die Leiche war am Hang oberhalb der Breitachklamm vergraben, zwölf Jahre lang. Die Person ist weiblich und war zum Zeitpunkt des Todes etwa 30 Jahre alt«, erklärte der Hauptkommissar. »Unser Gerichtsmediziner meint außerdem, dass sie weiß ist und Mitteleuropäerin. Ich habe gar nicht gewusst, dass man aufgrund von Hautfetzen, denn mehr war da nicht mehr dran, feststellen kann, wo die Person herkommt.«

»Ich glaube, das kann man an den Knochen feststellen«, korrigierte Christian und fing sich gleich einen genervten Blick von Florian ein. »Wie ist die Frau denn gestorben?«

»Durch Genickbruch. Der Täter hat die Frau von hinten gepackt, sich mit der Hand an ihrer linken Schulter festgehalten und die Hebelwirkung ausgenutzt, den Kopf ruckartig zur Seite gedreht und …«, er unterbrach sich und rieb sich gedankenverloren über den Hals. »Ewe meint, das sei allerdings nicht so einfach, wie es in den Filmen immer aussieht. Man müsse sehr kräftig sein, wenn man auf diese Weise ein Genick brechen will.«

»Also ein sehr sauberer Mord. Scheint keine Tötung im Affekt oder aus Wut gewesen zu sein«, stellte der Profiler fest. »Ich vermute, der Täter hat sehr berechnend gehandelt, der Mord war also vermutlich lange geplant. Oder er kannte das Opfer gar nicht.«

»Klar«, spöttelte Florian sarkastisch. »Täter trifft Opfer in der Nähe der Breitachklamm und denkt sich: Toll, die kann ich ja mal ganz *sauber* töten.«

»Vielleicht ein Auftragsmord«, schlug Christian vor. Seine Aufgabe als Profiler bestand zu einem großen Teil auch darin, die zuständigen Ermittler aus ihrem Tunnelblick zu reißen und ihnen scheinbar undenkbare Alternativen aufzuzeigen. »Dann könnte es sich bei dem Terrain oberhalb der Breitachklamm eventuell sogar um eine Art Friedhof handeln. Auftragsmörder entsorgen ihre Leichen häufig an der gleichen Stelle.«

»Herrgott, Christian. Das ist doch Schwachsinn. Ich dachte, Leichen von Auftragsmorden werden in Säurefässern entsorgt oder mit Zementblöcken an den Füßen in irgendeinem Gewässer versenkt.«

»Nur bei der Mafia«, lachte Christian jetzt. »Hast du eigentlich schon gegessen? Wie wär's mit Spätzle? Dabei können wir uns dann auch ganz prima über dein Liebesleben unterhalten.«

»Essen gern«, sagte Florian. »Aber über Jessica reden wir garantiert nicht.«

Christian Hanke lächelte zufrieden. »Solange du dein Liebesleben immer noch spontan in Bezug setzt zu Jessica, brauchen wir uns nicht unterhalten. Dann ist es genau so, wie es sein sollte.«

Die internationalen Ermittlungen, die Christian Hanke angestoßen hatte, brachten bisher keine Ergebnisse. Eine französische Studentin hatte ungefähr zu der Zeit, als die unbekannte Frau aus der Breitachklamm starb, mit ihrem Freund im Allgäu Urlaub gemacht und war spurlos verschwunden. Auch eine junge polnische Krankenschwester, die in Wertach als Pflegerin gearbeitet hatte, ist nie wieder zu Hause aufgetaucht. Doch beide waren damals jünger als das Opfer gewesen und die DNA-Proben, die sie den französischen und polnischen Beamten übermittelt hatten, stimmten auch nicht überein.

Je länger er in diesem Fall ermittelte, umso mehr hatte Florian das Gefühl, dass täglich neue Fälle hinzukamen. Es war erschreckend, wie viele Menschen allein im Allgäu verschwanden.

Sein Kollege Berthold Willig hatte in dieser Woche Urlaub und bis auf ein paar Termine, einige Berichte, die noch nachgereicht werden mussten, und ein neu eingeleitetes Ermittlungsverfahren gegen Richter Security, gab es für Florian in dieser Woche nicht viel zu tun. Da die Anschuldigungen dieses Dr. Wiedemanns über das angeb-

liche Fehlverhalten von Alexander Richter seiner Meinung nach völlig haltlos waren, glaubte er nicht, dass die Ermittlungen länger als einen halben Tag dauern würden, vorausgesetzt, er bekam sowohl beim Doktor als auch bei Alexander am gleichen Vormittag einen Termin für eine Befragung. Doch jetzt stand erst einmal das Wochenende vor der Tür.

In der Teeküche, die Florian heute schon das dritte Mal besuchte, um sich einen Kaffee zu holen, traf er auf Hauptkommissar Kern.

»Forster«, grüßte dieser ihn nickend. »Haben Sie schon von dem Fahndungserfolg nach diesem Drogenhändler gehört? Heller und sein Kollege haben den Kerl in einem Hotelzimmer aufgespürt. Der sitzt jetzt für lange Zeit hinter Gittern.«

»Das hört man doch gern«, sagte Florian. »Sie trinken Kakao?«

»Ja, und das Schlimme daran ist, dass ich ihn mir jetzt selber holen muss. Das ist übrigens Ihre Schuld«, warf er seinem jüngeren Kollegen lachend vor.

»Was hab ich denn damit zu tun?«, fragte Florian leicht ungehalten.

»Na, Sie sind doch der Grund, warum meine junge Kollegin nicht mehr in die Teeküche geht. Reichen Sie mir doch bitte noch eine Tasse aus dem Schrank.«

Als Florian dem Hauptkommissar die gewünschte Tasse entgegenhielt, bat dieser ihn noch, Kaffee für Jessica hineinzufüllen. Ganz automatisch gab Florian einen kleinen Schuss Sahne in das heiße Getränk und rührte um.

»Haben Sie sich eigentlich schon mal überlegt, was Jessica dazu bewegt haben könnte, sich von Ihnen zu tren-

nen, Herr Forster?« Kern nahm ihm die gefüllte Tasse ab und ging zur Tür.

»Das geht Sie nichts an und das tut auch nichts zur Sache. Sie will nicht mit mir zusammen sein. Der Grund dafür ist dann doch egal.« Florian klang gereizt, aber auch irgendwie gekränkt, und Kern lachte.

»So viel gekränkter Stolz«, sinnierte er vor sich hin, als er Florian in der Teeküche stehen ließ und den langen Flur entlanglief. »So viel Beschränktheit, so viel Selbstmitleid und absolut keinen Blick für die wahren Gründe. Armer Kerl.«

10

Das Wochenende war sehr kurz.

Bereits am Samstagmittag bekam Florian Forster einen Anruf aus dem Präsidium und fuhr zu einem Tatort weit im Norden des Allgäus.

Er stellte seinen Wagen am Straßenrand ab, folgte den groben Richtungsanzeigen der dort postierten Beamten,

ging durch ein kleines Waldstück, dann eine Böschung hinunter und sah am anderen Ende einer breiten Grasfläche eine Gruppe von Personen in weißen Ganzkörperschutzanzügen und weitere Beamte, die den Tatort sicherten.

Als er sich der Menschenmenge bis auf etwa 50 Meter genähert hatte, lief Erwin Buchmann mit erhobenen Armen auf ihn zu.

»Halt«, sagte er und schwang wild mit den Armen, als wäre er auf einer Autobahn und wollte den heranrauschenden Verkehr mit allen Mitteln aufhalten. »Du kannst da nicht hin, Florian.«

»Und wieso nicht?«, fragte dieser, schubste den Gerichtsmediziner zur Seite und lief einfach weiter.

Zehn Meter vor dem Tatort allerdings blieb er abrupt stehen, schloss entsetzt die Augen und ging wie von selbst zwei Schritte zurück. Dann drehte er sich um, lief zu der kleinen Baumgruppe zu seiner Rechten, lehnte sich mit dem Rücken an den dicken Stamm einer alten Eiche, natürlich außer Sichtweite des Tatortes, und atmete konzentriert tief ein und aus.

So schlecht war ihm zuletzt am Tag nach seiner Sauftour mit Ewe gewesen, kurz bevor er über der Kloschüssel hing. Herr im Himmel, der Anblick des Toten war grauenvoll. Überall Blut, der Körper aufgerissen, zerfleischt, der Brustkorb offen, die Rippen stachen grausam verbogen heraus, als hätte sich vom Inneren des Körpers etwas einen Weg nach außen gesucht, die Eingeweide … oh Gott … Die Eingeweide überall verstreut, herausgerissen, schleimig, blutig. Der kurze Blick in den ausgehöhlten, leeren Körper hatte gereicht, ihm beinahe den Magen umzudrehen.

Wenige Minuten später tippte ihm sein Freund Ewe vorsichtig auf die Schulter.

»Geht's?«, fragte er besorgt.

Florian öffnete die Augen und sah ihn an. »Klar. Muss.«

»Wenn es dich beruhigt, ich habe so etwas auch noch nie gesehen.«

Jetzt bemerkte Florian einen Mann, der freundlich lächelnd hinter Erwin stand und grüßend die Hand hob.

»Das ist der Herr, der die Leiche gefunden hat«, erklärte der Gerichtsmediziner. »Ich dachte, vielleicht willst du ihn befragen.«

»Puschel«, stellte sich der Mann vor und streckte dem Hauptkommissar seine rechte Hand entgegen. »Ralf Puschel, Revierjäger. Und bitte keine Witze über meinen Namen«, fügte er lachend hinzu. »Ich kenne sie bereits alle.«

Doch zum Witzereißen war Florian absolut nicht zumute. Stattdessen gab er dem Jäger die Hand und stellte sich vor.

»Das ist wirklich faszinierend«, verkündete der Revierjäger beinahe begeistert, mäßigte sich dann aber und tat schnell sein Bedauern über den schrecklichen Todesfall kund. »Der Täter war mit Sicherheit ein erfahrener Jäger.«

»Und wie kommen Sie darauf, Herr Puschel?« Sein spätes Frühstück von vor einer Stunde rebellierte immer noch in seinem Magen und er bemühte sich redlich, es bei sich zu behalten. Er bekam den schrecklichen Anblick der Leiche einfach nicht mehr aus dem Kopf. Außerdem hatte er das Gefühl, es würde selbst hier, meterweit vom Tatort entfernt, nach Blut und Verwesung riechen. Doch das war vermutlich nur Einbildung.

»Ganz professionell ausgeweidet wurde der Mann. Das ist die Arbeit eines Profis gewesen. Ich würde Ihnen das

gern näher erläutern, aber vielleicht sollten Sie sich erst einmal übergeben, Herr Hauptkommissar. Sie sind ganz grün um die Nase.«

»Mir geht es gut, Herr Puschel«, sagte Florian etwas gequält. »Reden Sie einfach weiter.« Er begann wieder, tief und konzentriert ein- und auszuatmen.

»Na gut. Also, bei der Exenteration eines Tieres, zum Beispiel eines Rehbocks, geht man folgendermaßen vor.« Der Revierjäger schob seine linke Hand in die Hosentasche und benutzte die rechte dafür, an seinem eigenen Körper zu verdeutlichen, was beim Ausweiden wann und wie gemacht werden musste. »Zuerst, nachdem man das erlegte Tier aufgespürt hat, setzt man einen tiefen Schnitt an der Kehle, so …« Er zog seine Hand einmal quer über seinen Hals. »Das ist bei dem Mann dort hinten auch so gemacht worden«, fügte er hinzu und spähte einmal um den Baum herum zum Tatort etwa 20 Meter hinter dem Hauptkommissar.

»Im Anschluss wird der komplette Bauchraum bis hoch zu dem Schnitt an der Kehle sehr vorsichtig angeschnitten.«

»Angeschnitten?«, fragte Forster und lehnte sich wieder an den Baum. Ihm war leicht schwindelig.

»Ja«, erklärte der Jäger nickend. »Nur wenige Millimeter tief wird die Haut eingeschnitten. Man möchte damit erreichen, dass die Oberhaut mit dem Fell so weit auseinanderklafft, dass man die Haut darunter sauber durchtrennen kann.«

»Aha«, brachte der Hauptkommissar stöhnend heraus. »Fell? Das da hinten ist aber ein Mensch.«

»Ja, schon. Aber haben Sie gesehen, wie viel Brusthaar der Mann hat«, scherzte der Jäger, hörte den Hauptkom-

missar husten und bemerkte dann, wie dieser sich gequält die Stirn rieb.

»Wollen Sie vielleicht jetzt doch kurz …?« Ralf Puschel sah ihn besorgt an, wurde aber sofort von Florians heftigem Kopfschütteln unterbrochen.

»Gut«, fuhr der Revierjäger fort. »Beim Durchtrennen der Haut muss kleinlich darauf geachtet werden, die darunterliegenden Organe nicht zu verletzen. Das gelingt unerfahrenen Jägern nicht immer. Dazu gehören etwas Geschick und viel Übung. Werden die Innereien, vor allem der Darm, mit der scharfen Klinge beschädigt, gelangt deren Inhalt, also auch der Kot, in die Bauchhöhle.«

Forsters Atmung beschleunigte sich merklich und er lächelte gequält.

»Man sticht hier vorsichtig hinein, hebt die Haut an und zieht das Messer einmal längs hindurch, bis man den Kehlschnitt erreicht. Die Organe im Bauchraum, wenn man denn nichts erwischt und versehentlich angeritzt hat, liegen dann frei und sind vollständig sichtbar. Als Jäger möchte man aus genannten Gründen schließlich vermeiden, dass sich der Darminhalt in den Bauchraum ergießt.«

Als der Hauptkommissar sich plötzlich blitzartig umdrehte und heftig zu würgen begann, lächelte Puschel ein wenig bedauernd.

»Gut so, Herr Hauptkommissar«, sagte er beruhigend. »Das passiert nicht wenigen meiner Jagdhelferschüler. Und die haben im Leben noch keinen ausgeweideten Menschen gesehen.«

»Ich mag gar nicht fragen«, sagte Forster etwas später. Seine Atmung war nach wie vor flach und beschleunigt. »Wie kommen denn die Organe aus dem Körper heraus?«

»Oh ja, das ist das Faszinierende an dieser Leiche«, antwortete der Jäger und klang erschreckenderweise durchaus beeindruckt. »Ein Rehbock verfügt über eine andere Skelettstruktur. Natürlich ist bei Säugetieren der Knochenbau immer sehr ähnlich, doch der Rehbock hat ein relativ kurzes Brustbein. Der Knochen, der in der Mitte die Rippen zusammenhält, ist nur etwa so lang.« Er hielt dem Hauptkommissar seinen Daumen und Zeigefinger, deren Abstand zueinander die Länge andeuten sollte, vor das Gesicht. »In etwa so lang«, wiederholte er. »Deshalb ist es relativ leicht, das Brustbein eines Rehbocks zu durchtrennen, um dann die Rippen auseinanderzubiegen, den Schlund des Tieres zu packen und alles in einem Rutsch herauszuziehen.«

»Oh Gott«, stöhnte Florian und schloss wieder die Augen. Er konnte sich lebhaft an das Bild der männlichen Leiche erinnern, die nicht weit von seinem derzeitigen Standort entfernt ebenfalls mit offenem Brustkorb dalag, die Eingeweide neben dem Körper im frischen Gras verteilt. Es sah ein wenig so aus, als hätte man den armen Mann gesprengt.

»Das Brustbein eines Menschen«, fuhr Revierjäger Puschel unbeeindruckt fort, »ist viel länger und mit Sicherheit sehr schwer zu durchtrennen. Ich vermute, man muss es regelrecht aufsägen. Das kostet enorm viel Kraft und braucht seine Zeit. Das ist sicher nicht einfach.«

»Verstehe. Ewe? Kommst du mal?«, rief der Hauptkommissar, ohne sich zum Tatort umzudrehen. »Danke, Herr Puschel. Wären Sie so freundlich, mir das Ganze trotzdem aufzuschreiben und am Montag ins Präsidium zu kommen?« Er reichte Herrn Puschel eine Visitenkarte.

»Und ich bräuchte auch eine Liste von Jägern aus der Umgebung. Wo bekomme ich die denn her?«

»Von mir natürlich. In meinem Revier sind neben mir drei weitere Jäger tätig. Einer davon wohnt gleich dort hinten.« Er wies mit ausgestrecktem Arm Richtung Westen. »Die anderen zwei kommen aus Augsburg.«

Die Adresse des Jagdhelfers Günther Lochbichler, die Revierjäger Puschel ihm gegeben hatte, war nicht weit vom Tatort entfernt. Deshalb entschied Florian, den Mann gleich aufzusuchen und zu befragen. Der Tag war sowieso gelaufen und es war immer gut, alle Informationen so schnell wie möglich zusammenzutragen. Außerdem hatte er dadurch einen guten Grund, diesen schrecklichen Ort des Grauens endlich verlassen zu können.

Er lenkte seinen dunkelblauen Kombi in die Hofeinfahrt eines kleinen, etwas heruntergekommenen Bauernhofes und überlegte kurz, warum ihm das Haus so bekannt vorkam. Dann fiel es ihm wieder ein.

Im letzten Jahr war er mit Berthold einmal kurz hier gewesen, um eine Vermisstenmeldung aufzunehmen, war dann aber umsonst gekommen, denn die junge Frau war von ganz allein wieder aufgetaucht.

Er stieg aus und ging auf den Mann zu, der vornübergebeugt auf einer Bank neben der Eingangstür saß und schwer atmete.

»Kripo Kempten. Forster ist mein Name«, rief er schon von Weitem. »Herr Lochbichler? Alles in Ordnung mit Ihnen?«, fügte er hinzu und blieb direkt vor dem breitschultrigen, etwa 50-jährigen Mann stehen.

Erst jetzt sah der Mann auf, blickte den Hauptkommissar ängstlich an, öffnete den Mund, um etwas zu sagen,

und sank dann wieder schluchzend in sich zusammen. Neben ihm lehnte ein Jagdgewehr an der Sitzfläche der Bank. Der Mann griff nach dem Jagdgewehr und Florian zog erschrocken seine Waffe und richtete sie auf den Sitzenden. Dieser allerdings streckte nur die Hand mit dem Gewehr aus und hielt es Florian entgegen.

»Sie ist tot«, flüsterte er, als der Hauptkommissar ihm das Gewehr abnahm. »Sie ist … tot.«

»Wer?« Florian war verwirrt. Die Leiche im Wald war männlich. Wen meinte Herr Lochbichler? Oder stand der Mann vor ihm einfach unter Schock?

»Sie ist oben«, brachte er heraus und starrte abwesend auf irgendeinen Punkt am anderen Ende des asphaltierten Hofes. »Im Schlafzimmer.«

Der Mann wehrte sich nicht, als Florian ihm Handschellen anlegte und ihn an einem kurzen Zaunabschnitt neben der Eingangstür ankettete.

Schon als der Hauptkommissar die angelehnte Haustür aufstieß, fiel ihm ein beißender Brandgeruch auf. Mit jeder Stufe, die er in den ersten Stock hinauflief, wurde es schlimmer.

Die gesamte Decke und ein Teil der Wände im Flur waren schwarz von Ruß. Seine Augen brannten bereits und es wurde immer unangenehmer zu atmen. Außerdem war es warm hier oben.

Ob noch irgendwo ein Feuer schwelte?

Der Raum, in dem das Feuer ausgebrochen war, das Schlafzimmer von Herrn Lochbichler, war komplett verkohlt und über und über mit Schaum aus einem Feuerlöscher bedeckt. Der Schaum tropfte von der pechschwarzen Decke, lief in Rinnsalen die verkohlte Wand hinunter und sammelte sich auf dem Fußboden und auf dem Bett.

Und dann sah er den schwarzen Körper eines Menschen auf dem verbrannten Bettgestell liegen, die Gliedmaßen unwirklich verkrümmt, der Kopf zu einem dunklen Klumpen verglüht, haarlos, gesichtslos, der lippenlose Mund wie zu einem Schrei geöffnet.

»Ja, das ist eindeutig eine Frau«, bestätigte Ewe eine gute halbe Stunde später. Inzwischen wimmelte es hier auf dem Hof von Beamten der Spurensicherung und der Polizei. Auch ein Einsatzteam der Feuerwehr war ausgerückt. Der Brandmeister untersuchte das Haus auf eventuelle Schwelbrände und prüfte die Sicherheit der Dachbalken in dem verbrannten Raum.

»Dein Jäger hat wohl gerade noch rechtzeitig den Brand gelöscht, bevor das Feuer sich auf die Nebenräume ausbreiten konnte«, sagte Ewe, während er vorsichtig die verkohlten Überreste untersuchte. »Da ist allerdings nicht mehr viel dran.«

»Also kannst du mir noch nichts sagen, was mir bei der Identifizierung hilft?« Florian hielt sich ein mit Minzöl getränktes Tuch vor die Nase, das ihm eine Kollegin gereicht hatte. Der beißende Rauchgeruch war fast unerträglich und er konnte nicht verstehen, wie sein Freund Ewe das ohne Atemschutz aushielt.

»Die Größe kann ich dir ungefähr sagen, beim Alter möchte ich mich nicht festlegen. Die Knochen sind viel zu verbrannt«, erklärte der Gerichtsmediziner und sah sich die Zähne der Toten näher an. »Aber der Mann, den du verhaftet hast, hat doch gesagt, es wäre seine Frau. Schöne Zähne übrigens. Ganz vage möchte ich behaupten, dass die Frau auf jeden Fall unter 30 war.«

»Vage und auf jeden Fall unter 30«, wiederholte Florian

mit einer Spur Sarkasmus. »Dann könnte es sich tatsächlich um die Ehefrau handeln, die war angeblich 29 Jahre alt.«

»Aber den Ehemann schätze ich auf um die 60«, stellte Ewe verwundert fest. »Bin fast ein wenig beeindruckt. Eine so viel jüngere Frau, die einen dann auch noch heiratet, muss man erst einmal finden.«

»In der Grundschule«, stellte Florian trocken fest.

»Wieso? War sie Lehrerin?«

»Ich rede nicht von der Leiche, sondern von dir.« Jetzt grinste der Hauptkommissar breit. »Eine 30 Jahre jüngere Frau müsstest du in der Grundschule suchen. Die wäre nämlich aktuell gerade etwa acht Jahre alt.«

Der Gerichtsmediziner verzog angewidert das Gesicht.

»Und wie ist das Feuer ausgebrochen? Hat die Frau im Bett geraucht?«, wollte Florian wissen, doch Ewe hob nur unwissend die Schultern und schüttelte den Kopf.

»Das ist nicht mein Fachgebiet.«

»Da war eindeutig ein Brandbeschleuniger im Spiel«, hörte der Hauptkommissar jemanden sagen und drehte sich zur Tür um. Dort stand in voller Feuerwehrmannmontur der Zugleiter des Löschwagens, der angerückt war. »Das ganze Bett hat nachweislich gleichzeitig zu brennen begonnen, das kommt nicht von einer Zigarette«, erklärte er und reichte Florian seine Hand. »Peter Riese, Einsatzleiter und Experte für Brandermittlung.«

»Hauptkommissar Florian Forster. Sie meinen also, die Frau ist mit voller Absicht angezündet worden, Herr Riese? Dann war es Mord«, stellte er fest und dachte angestrengt nach. »Wie abartig ist das, einen Menschen im Schlaf anzuzünden?« Forster schüttelte verständnislos den Kopf.

»Nicht so abartig, wie einen Menschen bei lebendigem Leibe auszuweiden«, bemerkte Ewe und trat einen Schritt von der Leiche weg.

Florian sah ihn entsetzt an. »Der Mann hat noch gelebt, als er … als er …?« Er konnte es nicht aussprechen.

»Das muss ich noch einmal genauer in der Gerichtsmedizin untersuchen. Es deutet zwar alles darauf hin, dass der Kehlschnitt die Todesursache war. Allerdings …«, er sah seinen Freund fast mitleidig an, »vermute ich, dass Revierjäger Puschel unrecht hatte, denn meiner Meinung nach ist der Bauchschnitt zuerst ausgeführt worden. Und der war nicht sofort tödlich.«

»Herrgott noch mal«, fluchte der Hauptkommissar. »Du meinst, der Mann hat zuerst seine eigenen Organe gesehen, bevor er gestorben ist?« Ihm wurde wieder übel. Und der schlechte Geruch hier im verbrannten Zimmer machte es nicht besser. Also atmete er zwei-, dreimal durch das minzgetränkte Tuch, bevor er seinen Freund fragend ansah.

»Vermutlich ist er vor Schmerz bewusstlos geworden, bevor er … Jedenfalls hoffe ich das für den Mann.«

11

Die Identität des ausgeweideten Mannes hatten sie inzwischen herausgefunden. Herr Schaffner, das Mordopfer, war Mitarbeiter des Finanzamtes gewesen. Die einzige Verbindung zu Herrn Lochbichler, die Hauptkommissar Forster bisher ermitteln konnte, bestand in der Steuererklärung, die der Landwirt vor ein paar Wochen eingereicht hatte. Doch war ein unerfreulicher Steuerbescheid wirklich ein ernsthaftes Motiv für den Mord an dem Finanzbeamten? Auch einen persönlichen Kontakt konnte Florian dem Verdächtigen nicht nachweisen, deshalb konzentrierte er sich bei der Befragung auf die verbrannte Frauenleiche.

Die Vernehmung des verhafteten Ehemannes war anstrengend. Auf welche Art auch immer Florian Forster die Fragen stellte und den Mann mit Ermittlungsergebnissen unter Druck setzte, der Jagdhelfer wiederholte immer nur die Geschichte, die er dem Hauptkommissar auf dem Hof schon erzählt hatte. Dem Mann war, als er mittags auf seinen Hof zurückkam, sofort das Feuer im ersten Stock aufgefallen. Also war er mit einem Feuerlöscher nach oben gerannt und hatte die Flammen gelöscht. Von dem Toten im Wald wollte er angeblich nichts wissen, kannte den Mann nicht und saß zur Tatzeit, noch kilometerweit von seinem Heimatdorf entfernt, im Auto zusammen mit einem Freund. Er hatte das Wochenende in Österreich verbracht, in einem kleinen Landgasthof knapp hinter der

deutschen Grenze. Ein Ausflug, den er jedes Jahr etwa zur gleichen Zeit mit seinem Freund unternahm.

Sein Alibi bestätigte sich schließlich. Seine Mutter, die ebenfalls auf dem Lochbichlerhof lebte, verbrachte derzeit ihren Urlaub bei ihrer Schwester in Berlin. Die zuständigen Beamten vor Ort hatten die Dame informiert und sich im Anschluss telefonisch beim Hauptkommissar in Kempten gemeldet. Scheinbar bedauerte die alte Dame den Tod ihrer Schwiegertochter in keinster Weise, war allerdings entsetzt über den Schaden, den das Feuer im Haus angerichtet hatte. Die obere Etage war unbewohnbar geworden.

Für den Nachmittag hatte Florian die beiden anderen Jagdhelfer von Revierjäger Puschel vorgeladen, glaubte allerdings nicht, einen von ihnen als Mörder der beiden Personen zu überführen.

»Es gibt diese Frau nicht.« Berthold stand vor seinem Schreibtisch, machte ein sorgenvolles Gesicht und schüttelte dann heftig mit dem Kopf. »Sie existiert nicht.«

»Wie jetzt?«, fragte Florian abwesend. Er war mit seinen Gedanken gerade bei dem Bericht des Revierjägers, kämpfte sich zum wiederholten Mal durch die detailverliebten Beschreibungen der Ausweidung eines Rehbockes und verglich sie mit den Obduktionsergebnissen der Leiche des ermordeten Mannes, die Ewe ihm geschickt hatte. Diese Aktion war aber pure Quälerei und brachte ihn kein einziges Stückchen weiter.

»Die zweite Leiche«, half Berthold seinem Chef auf die Sprünge, »die verbrannte Frau. Es gibt keine Mona Lochbichler. Nicht bei Einwohnermeldeämtern, nicht bei Zulassungsstellen. Sie hat keine Sozialversicherungsnummer und es gibt keine Geburtsurkunde, die zu Namen und Daten passt, die der Ehemann uns gegeben hat.«

»Das kann doch gar nicht sein.« Jetzt hatte Kommissar Willig die volle Aufmerksamkeit des Hauptkommissars. »Es müssen sich im Haus doch irgendwo Unterlagen finden lassen. Der Ehemann und auch die Schwiegermutter sind schließlich von ihrer Existenz überzeugt«, sagte er etwas spöttisch. »Außerdem haben wir eine Leiche. Es gibt diese Frau also definitiv. Die Spurensicherung hat mit Sicherheit irgendwelche Dokumente gefunden.« Er griff nach dem Telefonhörer, um die zuständige Abteilung anzurufen.

»Ich habe den Bericht hier.« Berthold warf einen Ordner auf den Schreibtisch. »Nichts, absolut nichts.«

»Nichts? Wie meinst du das?« Der Hörer landete wieder auf dem Telefon. Stattdessen öffnete Florian jetzt die Akte und begann zu lesen.

»Es gibt keine Unterlagen, keine Fotos, keine Fingerabdrücke«, zählte Berthold auf. »Nicht einmal eine zweite Zahnbürste haben die Beamten gefunden. Absolut keine DNA-Spuren, keine Kleidung, keine Kosmetikartikel, absolut nichts. Die haben sogar die Haare aus dem Abfluss der Dusche untersucht.«

»Ja, aber …«, begann der Hauptkommissar, doch Willig unterbrach ihn.

»Komisch ist allerdings, dass alle Nachbarn die Frau ebenfalls gesehen und auch gesprochen haben wollen. Die Personenbeschreibung der voneinander unabhängig befragten Nachbarn ist immer dieselbe und passt scheinbar ganz gut zu den Erkenntnissen von Gerichtsmediziner Buchmann. Du sollst ihn übrigens dringend anrufen, hat er vorhin gesagt.«

»Na endlich, Mann«, hörte Florian die genervte Stimme seines Freundes durch den Telefonhörer. »Was hast du

an ›sofort anrufen‹ nicht verstanden? Oder hat Willig dir nicht gleich Bescheid gegeben?«

Hauptkommissar Forster ignorierte seine Fragen und lehnte sich rückwärts an die Fensterbank, in der einen Hand den Hörer, in der anderen eine Tasse Kaffee.

»Was hast du denn für mich, Ewe?«

»Du errätst nie, woran die verbrannte Frau im Schlafzimmer gestorben ist«, sagte Erwin Buchmann und es klang beinahe triumphierend.

»Da hast du recht«, gab Florian trocken zur Antwort. »Ich werde nämlich nicht raten. Du wirst mir sagen, woran die Frau gestorben ist.«

»Diese Obduktion war mal wieder eine richtige Herausforderung«, berichtete der Gerichtsmediziner begeistert. »Sehr knifflig, sehr spannend und mit einem mehr als überraschenden Ergebnis.«

Eine Pause entstand und Florian wusste, dass sein Freund jetzt vermutlich mit einem breiten Grinsen in seinem Büro stand und darauf wartete, dass der Hauptkommissar ungeduldig nach Einzelheiten fragte. Doch diesen Gefallen tat er ihm nicht.

»Todesursache, Ewe. Mehr brauche ich nicht zu wissen«, sagte er stattdessen nüchtern.

»Todesursache: Ertrinken«, entgegnete Ewe und Florian hörte ihn siegessicher lachen, bevor Ewe das Gespräch abrupt beendete. Einem erneuten Anruf des Hauptkommissars konnte er sich natürlich mehr als sicher sein.

12

»Ich mag ihn«, schwärmte Paula und musterte den jungen Ecuadorianer ungeniert von oben bis unten. »Er ist so sexy.«

»Du weißt aber schon, Paula«, sagte Jessica leicht irritiert, »dass Rico keine zwei Meter vor dir steht und jedes Wort verstehen kann? Tut mir leid, Rico«, wandte sie sich jetzt an ihren Mitbewohner, der zugegebenermaßen, so leicht bekleidet mit nur einem kurzen Handtuch um die Hüften geschwungen, durchaus appetitlich aussah. »Sie meint es nicht so.«

»Natürlich meine ich es so«, entrüstete sich ihre Freundin. »Rico, du siehst zum Anbeißen aus, also eile davon und rette dich vor den lüsternen Blicken der anwesenden Damen. Wer weiß, wie lange ich mich noch beherrschen kann.« Sie machte eine wegwischende Geste mit ihrer rechten Hand und lachte dann laut.

Und Rico grinste breit.

»Brauchst du noch etwas aus dem Supermarkt, Jessica?«, fragte er jetzt. »Ich gehe gleich noch kurz hin.«

»Nein, vielen Dank, Rico. Ich glaube, wir haben alles hier.«

»Ich gehe mich anziehen«, verkündete er und drehte sich auf dem Absatz um.

Im selben Moment läutete es an der Haustür. Rico, der das Wohnzimmer ohnehin gerade Richtung Flur verlassen wollte, sagte: »Ich mach schon auf.« Dann verschwand er,

schloss die Wohnzimmertür hinter sich und ließ die zwei Frauen allein zurück.

Ein kurzer Blick durch den Türspion verriet ihm, dass der Besucher bereits direkt vor der Wohnungstür stand. Also riss er die Tür auf, lächelte freundlich und fragte höflich und etwas gestelzt nach dem Anliegen des Mannes auf der anderen Seite der Türschwelle.

Doch mehr als ein etwas entsetzt klingendes »Ähm« brachte dieser nicht heraus. Stattdessen starrte er Rico ebenso an, wie Paula es getan hatte, nur sah er dabei nicht bewundernd und lüstern, sondern irritiert und misstrauisch aus. Rico hätte es nicht gewundert, wenn der Fremde plötzlich zu knurren begonnen hätte, denn sein Gesichtsausdruck wechselte plötzlich von Verwirrtheit zu purer Abneigung.

»Kann ich Ihnen helfen?«, fragte Rico wieder höflich und lächelte entwaffnend, doch sein Lächeln schien die Situation nur zu verschlimmern, denn jetzt knurrte der Mann wirklich.

»Wollte nur etwas für Jessica abgeben«, brummte er drohend. »Ist sie da?«

»Ja, klar«, sagte Rico und dachte sich nichts dabei, als er hinzufügte: »Doch sie kann jetzt wirklich nicht an die Tür kommen. Geben Sie es doch mir, ich werde es an sie weiterreichen, aber erst, wenn ich fertig bin.« Dass er damit sein Vorhaben meinte, sich etwas anzuziehen, um die beiden Frauen im Wohnzimmer nicht erneut mit seinem Anblick zu schockieren, konnte der Besucher natürlich nicht wissen.

»Also gut«, hörte Rico den Mann zähneknirschend sagen. »Ich sollte ihr das hier schon im Präsidium geben, aber sie war heute nicht da. Schönen Tag noch«, brachte er

mühsam heraus und reichte Rico einen Umschlag, bevor er sich umdrehte und die Treppe wieder hinunterlief.

Rico schloss die Haustür und legte den Umschlag auf die Anrichte im Flur.

»Da bist du ja schon wieder«, wurde Florian von Ewe begrüßt, als dieser kurze Zeit später die Beifahrertür des alten BMW seines Freundes aufriss, sich auf den Sitz fallen ließ und die Tür hinter sich zuknallte. »War Jessica nicht zu Hause?«

Florian warf seinem Freund einen vernichtenden Blick zu. »Doch, war sie.«

»Dann ist es doch gut«, sagte Ewe und startete den Wagen. »Und? Kommt sie auch zur Hochzeit?«

Vor ein paar Stunden hatte seine Kollegin Petra Waldhorn, die erst kürzlich in ein anderes Revier versetzt worden war, Florian im Aufenthaltsraum des Präsidiums getroffen und ihn gebeten, die Hochzeitseinladungen unter den befreundeten Beamten zu verteilen. Ihre Hochzeit fand in nicht einmal zwei Wochen statt und sie wollte mit über 150 Gästen, darunter all ihre ehemaligen Kollegen, dieses Ereignis königlich feiern. Florian hatte bereits alle Einladungen verteilt bis auf zwei: Jessica hatte heute frei und ein weiterer Kollege lag krank zu Hause. Deshalb hatte er sich entschlossen, diese zwei Adressaten nach Feierabend abzufahren.

»Keine Ahnung«, grummelte Florian abfällig. »Wenn er mit ihr fertig ist, wird sie sich sicher der Einladung widmen können.« Er verschränkte die Arme vor der Brust und starrte aus dem Seitenfenster, als Ewe auf die Hauptstraße bog und Gas gab.

»Oh«, sagte dieser nur bedauernd. »Das tut mir leid.«

»Was tut dir leid?«, fauchte Florian und fuhr zu ihm herum, obwohl Ewe für seine schlechte Laune nun wirklich nichts konnte. »Sie kann machen, was sie will. Sie ist Single.«

»Na, scheinbar ja nicht mehr, wenn ich deine Andeutung richtig interpretiere.«

»Boah, halt oifach dei Gosch.«

Sein Herz raste.

Er stützte sich mit dem rechten Arm auf Kopfhöhe an der hölzernen Wand der Turnhalle ab und lehnte seine verschwitzte Stirn an seinen Unterarm. Herrgott noch mal, er bekam kaum noch Luft.

»Du neigst durchaus zur Selbstzerstörung, mein Freund. Die Trennung von Jessica tut dir nicht sonderlich gut.« Ewe legte ihm beruhigend die Hand auf die Schulter.

Badminton war sowieso schon ein anstrengender, schneller und sehr kraftraubender Sport, doch heute hatte es Florian total übertrieben. Heute spielte er fast brutal, ein Schmetterball folgte dem anderen und Ewe, sonst durchaus der überlegene Spieler, hatte sichtlich Mühe, mit der Geschwindigkeit des Spiels mitzuhalten. Im Gegensatz zu Florian allerdings war er taktisch um Längen besser, lief nicht so oft um die Bälle herum, um sie einfacher mit der Vorhand anzunehmen, sondern traf äußerst geschickt auch schwierige Bälle mit einer perfekten Rückhand.

»Was ich nicht verstehe«, begann Ewe erneut. »Wenn du noch so an ihr hängst, dann kämpfe doch um sie, anstatt beim Sport einem Herzinfarkt nachzuhetzen oder an anderen Tagen an einer Alkoholvergiftung zugrunde zu gehen.«

Florian winkte genervt ab. Sprechen fiel ihm in seinem Zustand äußerst schwer.

»Was ich … nicht verstehe, ist …« Er rang nach Luft, legte beide Hände auf seine Brust und atmete ein paar Mal tief durch. »Warum wird eine sowieso schon tote, ertrunkene Frau Monate später auch noch angezündet?«

Erwin Buchmann schüttelte resigniert den Kopf. Sein Freund Florian ließ sich auf kein ernsthaftes Gespräch über Jessica ein, stattdessen ließ ihn seine Arbeit selbst in der Freizeit kaum noch los. Erst heute Nachmittag hatte der Gerichtsmediziner dem Hauptkommissar berichtet, dass die junge Frau, die sie vor einigen Tagen verkohlt auf dem Lochbichlerhof vorgefunden hatten, zum Zeitpunkt des Verbrennens bereits seit vielen Wochen tot war. Sie war ertrunken, später eingefroren, wieder aufgetaut und schließlich angezündet worden. Erwin schätzte den ursprünglichen Todeszeitpunkt auf einen groben Zeitraum vor vier bis sechs Monaten. Die DNA-Untersuchungen hatten schließlich ergeben, dass es sich bei der Leiche nicht um die Ehefrau des Jagdgehilfen Günther Lochbichler handelte, sondern um seine Schwester. Die Mutter der Verstorbenen war zuerst schluchzend zusammengebrochen und hatte dann, ohne lange nachzudenken, ihre Schwiegertochter beschuldigt, die ja aber nachweislich nicht existierte. Die Sache war mehr als mysteriös und Florian hatte angeordnet, sowohl mithilfe der Mutter als auch des Ehemannes unabhängig voneinander zwei Phantomzeichnungen der nicht identifizierten Frau anfertigen zu lassen. Am Montag würde er sich das Ergebnis ansehen. Dann würde sich herausstellen, ob die beiden diese ominöse Schwiegertochter beziehungsweise Ehefrau vielleicht nur vorschoben, um

sich selbst zu entlasten. Doch nun kam erst einmal das Wochenende.

»Und jetzt gehen wir noch ein Bierchen trinken«, beschloss Florian, als sich seine Atmung und sein Herzschlag langsam wieder normalisiert hatten. »Und über Jessica und ihren neuen Lover verlieren wir kein Wort mehr. Hättest du gesehen, wie der Typ aussieht, dann würdest du mir so etwas Hirnverbranntes wie ›sie zurückgewinnen‹ überhaupt nicht vorschlagen. Der Typ ist quasi eine in Bronze gegossene griechische Statue, perfekter Körper, perfekte Zähne, höchstens 25 Jahre alt. Also lassen wir dieses Thema bitte.«

»Oh, scheiße, Mann. Ist gut, lassen wir das«, sagte Ewe, knuffte seinem Freund aufmunternd gegen den Oberarm und sah ihn dabei etwas zu mitleidig an. »Du armer, armer, alter Mann.«

13

Der Raum war erdrückend steril. Keine Bilder an den Wänden, keine Gardinen vor den schlichten quadratischen Fenstern. Weiße Wände, schwarze Fensterbretter, nur die dunkelblau lackierte Tür stach farblich etwas heraus. Auf dem Glastisch vor ihm lagen ein paar Ordner, drei Wassergläser und eine entsprechende Glaskaraffe standen in der Mitte.

»Ich habe da eine weitere Bedingung«, warf Dr. Wiedemann zum wiederholten Male ein, und Alexander Richter musste sich sehr zusammenreißen, um nicht genervt mit den Augen zu rollen. Stattdessen lächelte er mechanisch.

»Ich finde allerdings«, begann Herr Rosinski, der an der Stirnseite des Tisches saß und sich jetzt vorbeugte, »dass Richter Security mit den von Ihnen bisher geforderten Wiedergutmachungen mehr als entgegenkommend war.«

Die Schlichtungsveranstaltung, der Alexander im Namen seiner Firma Richter Security zugestimmt hatte, sollte ein Gerichtsverfahren verhindern. Alexander war zwar überzeugt, eine derartige Verhandlung bei der aktuellen Sachlage zu gewinnen, dennoch machte sich ein öffentlicher Streit mit einem Auftraggeber nie gut. Deshalb hatte er bereits zugestimmt, die Alarmanlage im Haus von Dr. Wiedemann umgehend auf den allerneusten Stand zu bringen. Natürlich kostenlos. Das allein würde ihm mehrere Tausend Euro Verlust einbringen. Allerdings hatte im Gegenzug Dr. Wiedemann akzeptiert, die Erhö-

hung der monatlichen Kosten für die Überwachung von fünf Prozent zu akzeptieren.

»Heute ist Freitag«, fuhr Wiedemann unbeirrt fort. »Ich vermute, ich kann vor Montag nicht mit Ihrem Team in meinem Haus rechnen?«

»Wir sind am Montag ab 6 Uhr in der Früh bei Ihnen, Herr Wiedemann. Das ist gar kein Problem. Ich habe die neue Technik für Ihre Alarmanlage spätestens um 10 Uhr installiert, dann ist mittags alles auf dem neusten Stand.« Alexander Richter lehnte sich in seinem Stuhl zurück und lächelte wieder freundlich.

»Das reicht mir aber nicht.« Der Blick, den der Doktor ihm über den Tisch zuwarf, war bohrend und irgendwie triumphierend. Er wusste, dass Richter Security noch so einiges mehr tun würde, um den Fall nicht vor Gericht verhandeln zu müssen.

»Vorher geht es auf gar keinen Fall, Herr Wiedemann.« Richter schüttelte den Kopf. »Aber ich versichere Ihnen, dass die alte Anlage ebenfalls einwandfrei funktioniert. Sie und Ihre Frau sind also auch in den nächsten zwei Tagen absolut sicher.«

»Bis auf die kaputte Überwachungskamera am Eingang«, konterte Wiedemann und lächelte jetzt etwas überheblich. »Hoffen wir also, ein potenzieller weiterer Einbrecher kommt durch ein Seitenfenster und nicht erneut durch die Haustür.«

»Herr Wiedemann«, begann Alexander aufgebracht. »Ich habe Ihnen mehrmals angeboten, die Kamera auszutauschen, doch Sie …« Er unterbrach sich selbst. Vorwürfe hatten gar keinen Sinn, also bot er stattdessen erneut an, noch heute Nachmittag die Anlage zu aktualisieren, damit das Haus am Wochenende einen vollen Rundumschutz hatte.

»Das kommt gar nicht infrage«, polterte Dr. Wiedemann. »Ich bin doch nicht blöd. Die Anlage ist scheinbar extrem anfällig bei Sturm, und die Meteorologen haben für Samstag orkanartige Böen angesagt. Ich will die neue Anlage am Montag und am Wochenende persönlichen Schutz für meine Frau. Ich bin übers Wochenende nicht im Haus. Sie werden meine Frau beschützen.«

Nach einem erneuten Versuch des Schlichters, diese Forderung abzuschwächen, stimmte Dr. Wiedemann schließlich zu, die Kosten für den Personenschutz am Wochenende zu übernehmen, doch für Alexander Richter und seine Mitarbeiter bedeutete das viele Überstunden und keine Aussicht auf ein wohlverdientes freies Wochenende.

»Ich weiß wirklich nicht, wer bei so einem Allgäuer Schietwedder noch behaupten kann, im Norden sei das Wetter schlechter als hier im Süden.« Herbert Grothe reichte seiner Tochter seinen Koffer und zog dann die regennasse Jacke und die Schuhe im Treppenhaus aus, bevor er die Wohnung betrat. Er war kurz vor Weihnachten das letzte Mal dagewesen, aber die beiden Kinder taten, als hätten sie ihn ewig nicht gesehen.

»Opa!«, riefen beide gleichzeitig und fielen ihm begeistert um den Hals.

»Schön, dass du da bist, Paps«, begrüßte Jessica ihren Vater und trug seine Jacke ins Badezimmer. »Du kannst in Ricos Zimmer schlafen. Er hat nichts dagegen.«

Der junge Ecuadorianer hatte um einen zweiwöchigen Urlaub gebeten, weil seine Schwester heiratete, und war heute in der Früh bereits in ein Flugzeug Richtung Südamerika gestiegen.

»Ich bin froh, dass du einspringen konntest. Ich hätte sonst nicht gewusst, wie ich das mit den Kindern machen soll.« Erst jetzt nahm auch Jessica ihren Vater in die Arme. »Möchtest du einen Kaffee?«

»Gern«, sagte Herbert Grothe und folgte Jessica in die Küche. »Wie läuft's denn so im Präsidium? Hast du dich schon gut eingelebt?«

»Weißt du doch, Paps. Du stellst mir diese Frage nahezu jedes Mal, wenn wir telefonieren.« Sie nahm vier Tassen aus dem Schrank, goss ihrem Vater und sich Kaffee ein und machte den Kindern einen Kakao. Außerdem holte sie den Kuchen aus dem Kühlschrank, den sie heute Vormittag mit den Kindern gebacken hatte. »Ich bin froh, dass ich endlich wieder den Job mache, der mir am meisten Spaß macht.«

Ihr Vater lächelte und nickte wohlwollend. »Du warst immer eine gute Ermittlerin. Du wirst es auch hier in Kempten gut machen. Und sonst?« Jessica wusste, was er wissen wollte, denn er schaute verstohlen zu den Kindern und sah dann augenzwinkernd seine Tochter an. »Schließlich siehst du ihn jetzt fast täglich.«

»Wen siehst du täglich?«, fragte Svenja, der nie ein Gesprächsfetzen zu entgehen schien, stach mit der Gabel in den Käsekuchen auf ihrem Teller und schob sich ein großes Stück in den Mund.

»Opa meint wohl meinen Chef«, log Jessica, ohne rot zu werden, und sah vorwurfsvoll zu ihrem Vater, der jetzt heftig nickte.

»Ja, genau. Den meine ich«, sagte er mit vollem Mund. »Weil man sich doch gut verstehen muss mit seinem Chef. Nur deshalb hatte ich gefragt.«

Svenja sah ihren Opa misstrauisch an.

»Aber Jessys Chef ist doch Herr Götze und nicht Florian. Und du meinst doch Florian, oder?«

Jetzt hob auch Tobias seinen Kopf und sah neugierig in die Runde.

»Du hast wie immer recht, Svenja. Kluges Mädchen.« Herbert Grothe ignorierte den ärgerlichen Blick, den seine Tochter ihm zuwarf, griff über den Tisch und tätschelte erst Svenja, dann Tobias den Kopf.

»Sie hat so viel von ihrer Mutter«, sagte er später zu Jessica, als sie allein im Wohnzimmer saßen und vor dem Schlafengehen noch ein Glas Wein tranken.

»Nein, hat sie nicht«, entgegnete Jessica bestimmt. »Svenja ist nicht wie Susanne.«

Ihr Vater seufzte. »Ob du es willst, oder nicht. Susanne ist nicht durch und durch schlecht. Sie hat viele gute Eigenschaften.« Er lehnte sich auf dem Sofa zurück und trank einen großen Schluck Wein, bevor er das Glas auf den kleinen Tisch zu seiner Rechten abstellte. »Sie ist sehr klug, immer freundlich, offen, kann wunderbar mit Menschen umgehen. Svenja ist auch so.«

»Du hast vergessen zu erwähnen, wie manipulativ sie bereits in dem Alter war, in dem Svenja jetzt ist. Außerdem ist sie brutal, ohne jede Empathie. Sie ist eine Soziopathin und Mörderin. Svenja ist ganz anders.«

Das Lächeln ihres Vaters sah versöhnlich aus. »Ja, Jessy. Svenja hat ja auch viel von ihrem Vater. Und der war sehr freundlich und liebenswert, sanftmütig und ebenfalls sehr klug. Können wir uns darauf einigen, dass sie von beiden das Beste abbekommen hat?«

Eine Antwort blieb Jessica ihrem Vater schuldig. Sie konnte bis heute nicht verstehen, warum er seiner Tochter Susanne all die schrecklichen Dinge vergab, die sie im

letzten Jahr getan hatte. Selbst der Tod ihrer Mutter ging vermutlich auf das Konto ihrer Schwester. Und das würde Jessica ihr niemals verzeihen können.

Doch Herbert Grothe schüttelte den Kopf. Wie immer wusste er, was seine Tochter dachte.

»Nein, Jessy. Ich vergebe ihr all diese Morde nicht. Sie muss sich für ihre Taten verantworten. Doch ich hasse sie auch nicht. Sie ist meine Tochter und ich vertraue darauf, dass du sie eines Tages verhaftest, dass sie hinter Gitter kommt und nie wieder einem Menschen etwas antun kann. Bis dahin hoffe ich inständig, dass kein anderer Polizist ihr zu nahe kommt. Denn dann wird sie es provozieren, erschossen zu werden. Und das würde ich nicht ertragen.«

14

Das Haus war riesig, doch das Überwachungssystem funktionierte tadellos.

Also hatte Alexander Richter seinen Laptop in der Küche aufgebaut und klickte sich in regelmäßigen Abstän-

den durch die Liveaufnahmen der verschiedenen Kameras, die am Haus angebracht waren, trank nebenbei Kaffee und lief jede halbe Stunde durch das gesamte Erdgeschoss, um alle Fenster zu kontrollieren. Diese Aktionen waren seiner Meinung nach komplett unnötig, doch wollte er sich auch nicht nachsagen lassen, er hätte seinen Job nicht ernst genommen. Allerdings nervte es ihn schrecklich, dass die ganze Nacht von Samstag auf Sonntag verschenkt war. Zurzeit lief die Six Nations Rugby Championship, und das heute stattfindende Halbfinale zwischen Schottland und Wales hätte ihn durchaus interessiert. Stattdessen bewachte er eine schlafende Frau.

Er hatte Frau Wiedemann den ganzen Abend nicht gesehen, sich bei seiner Ankunft nur kurz davon überzeugt, dass sie in ihrem Bett lag und schlief und hatte dann die Haushälterin Luise Kramer und seinen Kollegen von der Tagesschicht in ihren wohlverdienten Feierabend entlassen.

Jetzt saß er die Zeit ab, wartete auf den Morgen und den Beginn seines eigenen arbeitsfreien und viel zu kurzen Restwochenendes.

Es war kurz vor 1 Uhr in der Nacht, als er ein verdächtiges Knacken im Flur hörte. Oder war es schon nach 3? Die Zeiger der Küchenuhr an der gegenüberliegenden Wand verschwammen vor seinen Augen, also warf er einen Blick auf seinen Computer, doch der ganze Bildschirm leuchtete in einem grellen Rosa, bevor er abwechselnd in den buntesten Regenbogenfarben erstrahlte.

Herrgott noch mal, warum wollte er wissen, wie spät es ist? Er rieb sich die Augen. Sein Kopf war schwer, er konnte ihn kaum aufrecht halten, zumindest nicht, ohne seine Hände zu Hilfe zu nehmen.

Das Geräusch.

Er hatte ein Geräusch gehört.

Er würde nachsehen müssen. Doch als er versuchte, sich zu erheben, gaben seine Beine nach. Der Stuhl, an dem er sich festhalten wollte, fiel scheppernd zu Boden und er selbst knallte mit dem Brustkorb so ungeschickt auf die Kante der Lehne, dass auf der linken Seite eine Rippe brach. Er spürte, wie sich der zersplitterte Knochen in seine Lunge bohrte, doch er fühlte keinen Schmerz. Nur diese bleierne Schwere, die es ihm unmöglich machte, sich aufzurichten. Und er bekam sehr schlecht Luft, rang nach Atem, griff sich an die Kehle und hob mühsam den Kopf.

Was er dann sah, ließ ihm das Blut in den Adern gefrieren. Ein Wesen, groß, schwarz, mit riesigen Krallenfüßen und viel zu langen Armen und Beinen, schwebte in die Küche und fauchte ihn an. Speichel tropfte diesem Monster aus seinem aufgerissenen Mund mit den spitzen Zähnen.

Hunderte von Zähnen.

Speichel und Blut.

Und dann dieses bestialische Brüllen gepaart mit diesem schrillen Pfeifen, das ihm im Kopf widerhallte und sein Gehirn zu zerreißen drohte. Die Schmerzen wurden immer stärker, die schwarze Gestalt kam rasend schnell näher.

Alexander schrie. Jedenfalls glaubte er das, doch hören konnte er seine eigene Stimme nicht, denn das schrille Pfeifen erfüllte fast sein komplettes Denken.

Es gibt keine Monster.

Verzweifelt kniff er ganz fest die Augen zu, versuchte tief einzuatmen, doch es war, als würde ein zentnerschweres Gewicht auf seinem Rücken liegen. Mit jedem Atem-

zug bohrte sich die zerstörte Rippe tiefer in seine Lunge, füllte sie mit Blut. Er konnte sich nicht bewegen und versuchte es dennoch, immer und immer wieder.

Es gibt keine Monster.

Er stand unter Drogen, das war klar. Doch was konnte er tun? War das, was er sah, real? Träumte er? War er eingeschlafen und hatte jetzt einen Albtraum? War jemand im Haus? Warum lag er auf dem Boden? Und wie spät war es? Woher kam dieses grässliche Knurren?

Es gibt keine Monster.

Es gibt keine Monster.

Trotz oder gerade wegen dieses monotonen Mantras, das er unablässig aufsagte, fiel ihm das Denken immer schwerer. Träumte er wirklich? Wo war er?

Drogen.

Jemand hatte ihn unter Drogen gesetzt.

Er hörte eine Sirene. Das Geräusch wurde lauter und lauter, übertönte das Knurren, übertönte selbst das schrille Pfeifen. Alles um ihn herum begann sich zu drehen. Das Heulen kreischte in seinen Ohren, die Luft war dick und zäh wie Sirup. Es war schwer zu atmen, es war unmöglich, sich zu bewegen.

Donnergrollen, Knurren, brennende Luft.

Er musste das Gift aus seinem Körper bekommen.

In diesem Viertel von Kempten war Jessica bisher nie gewesen. Die Häuser waren herrschaftlich, die Grundstücke groß und meist mit hohen Hecken oder gusseisernen Zäunen und Mauern begrenzt. Die Vorgärten, wenn man sie denn überhaupt einsehen konnte, waren gepflegt und sauber und hinter den Häusern ragten uralte Bäume weit über die Dächer der Villen hinaus. Hier wohnten

keine normalen Leute. Wer hier ein Haus besaß, war ein Teil der gehobenen Gesellschaft mit einem Jahreseinkommen, von dem einfache Menschen wie sie nur träumen konnten.

Doch selbst hier war man, trotz teurer Alarmanlagen und Überwachungskameras, nicht gänzlich vor Verbrechen geschützt.

Hauptkommissar Kern stand neben der Leiche und schaute mit versteinerter Miene auf die tote Frau hinunter. »Und wer ist das da drüben?«, fragte er die Dame von der Gerichtsmedizin, die sich den Körper näher ansah. »Ist der auch unter die Räder gekommen?«

»Soviel ich weiß, ist das der Haupttatverdächtige«, erklärte die Gerichtsmedizinerin, ohne dabei aufzusehen. »Der Wagen, der die Frau überrollt hat, gehört ihm. Der Schlüssel war in seiner Hosentasche. Er ist nicht ansprechbar, hat einen linksseitigen Rippenbruch – typisch für einen Autounfall, wenn man gegen ein Lenkrad knallt. Meiner Meinung nach ist die Sache eindeutig.«

»Ist der Airbag nicht ausgelöst worden?«, fragte Jessica. »Wurde die Frau denn überhaupt umgefahren? Ich sehe keine Unfallspuren an der Stoßstange.« Sie beugte sich hinunter und prüfte die schwarz glänzende Stoßstange auf Lackschäden oder Dellen, fand aber keine.

Jetzt stand die Gerichtsmedizinerin auf und sah Jessica lange an.

»Was ich Ihnen bisher sagen kann, Frau Hauptkommissarin, ist, dass die Frau zweimal überrollt worden ist. Zuerst fuhr das Auto vorwärts mit dem rechten Vorderreifen über den Brustkorb des Opfers, beim Zurücksetzen dann über ihren Hals. Sollte die Frau anfangs noch gelebt haben, ist sie spätestens bei der Halsquetschung

gestorben. Das Auto wiegt gut 1,5 Tonnen und die Frau ist sehr mager – wenn sie noch 45 Kilo auf die Waage bringt, ist das viel.«

Die Frau auf den regennassen Pflastersteinen wirkte, als würde sie schlafen. Die Quetschungen, von der die Gerichtsmedizinerin sprach, waren kaum zu sehen. Der Brustkorb war leicht eingedrückt. Nur die Reifenspuren auf ihrem schneeweißen Nachthemd zeigten eindeutig, dass das schwere Auto die Frau tatsächlich überrollt hatte.

»Ist die Dame umgefahren worden oder hat sie bereits gelegen, als das Auto sie überrollte?«, fragte Jessica erneut, ohne die Gerichtsmedizinerin anzusehen. Stattdessen ging sie jetzt um das Tatfahrzeug herum, blieb an der offenen Fahrertür stehen und schaute hinein.

Der pechschwarze Geländewagen stand etwas schräg in der Auffahrt, die Räder komplett nach links eingeschlagen. Auf der Heckklappe entdeckte Jessica das silberne Firmenlogo und fuhr erschrocken zusammen.

»Richter Security? Ist etwa jemand von Richter Security tatverdächtig?«

»Ja, genau. Der Typ, der den Wagen gefahren hat, heißt Alexander Richter«, bestätigte die Gerichtsmedizinerin und Jessica schüttelte ungläubig den Kopf. Sie kannte Alexander Richter, ein langjähriger Freund von Florian. Sie selbst hatte ihn nur zweimal getroffen, ihn aber durchaus als sympathisch empfunden.

»Was ist mit den Überwachungskameras?« Diese Frage kam von Hauptkommissar Kern. »Kann man sich die Aufnahmen ansehen?«

Erst jetzt bemerkte Jessica das kleine schwarze Gerät, das über der Garage angebracht und so ausgerichtet war, dass es die gesamte Auffahrt gefilmt haben müsste.

»Die Leiche weist keine typischen Unfallspuren auf«, erklärte die Gerichtsmedizinerin. »Wenn eine Person angefahren wird, dann entstehen Verletzungen vor allem an den Schienbeinen oder Knien, bei hoher Geschwindigkeit des Fahrzeuges oder der Person eventuell zusätzlich Prellungen und Brüche an Armen, Kopf und Oberkörper, wenn der Körper gegen die Windschutzscheibe prallt. All das ist hier nicht der Fall. Ich vermute, die Frau lag bereits genau so. Ob sie beim Überrollen noch lebte, kann ich erst später sagen. Dagegen spricht eventuell die merkwürdige Körperhaltung.«

»Wieso?«, fragten Detlef Kern und Jessica beinahe gleichzeitig.

»Ja, sehen Sie das denn nicht? Die Frau hat ihre Arme weit ausgestreckt. Keine Zeichen von Abwehr oder Schutz. Wenn auf mich eine Gefahr zukommt und ich nicht ausweichen kann, dann schütze ich meinen Körper doch mit den Armen, rolle mich klein zusammen oder versuche, meinen Kopf zu sichern, indem ich ihn eng an den Körper ziehe.« Zur Verdeutlichung hob sie die Arme und schlang sie demonstrativ um ihren Kopf. »Sie können sich den Unfallhergang drinnen ansehen. In der Küche steht ein Laptop, der Zugriff auf die Überwachungskameras hat.«

»Herr im Himmel«, entfuhr es Jessica, als sie nun die Körperhaltung der Verstorbenen das erste Mal bewusst wahrnahm. »Sie liegt da, wie Jesus am Kreuz hing.«

»Alexander?«

Jessica legte ihre rechte Hand behutsam auf seinen Arm. Florians Freund sah grauenvoll aus. Dunkle Ränder unter den Augen, das Gesicht fahl, ein paar Strähnen seines dunklen Haares klebten schweißnass an seiner

Stirn. Sein Brustkorb war fest eingebunden in einen weißen Verband, Handschellen fixierten sein rechtes Handgelenk am Rahmen des Krankenhausbettes. Er öffnete kurz die Augen, blinzelte und drehte den Kopf zur Seite. Sein Atem ging schwer und flach. Er schien Schmerzen zu haben.

Nachdem die zwei Hauptkommissare noch am Tatort die Videoaufnahmen der Überwachungskameras gesichtet hatten, hatte Kern beschlossen, dass Jessica sofort den tatverdächtigen Chef der Sicherheitsfirma vernehmen sollte, der mittlerweile ins Krankenhaus gebracht worden war. Er selbst wollte auf die Rückkehr des Hausherrn und Ehemanns der Verstorbenen warten.

»Alexander. Ich bin's, Jessica. Ich muss mit dir reden«, versuchte sie es erneut. Die behandelnde Ärztin hatte ihr Okay gegeben, Alexander Richter zu befragen, denn er war mit dem einfachen Rippenbruch nicht allzu schwer verletzt. Die Ergebnisse der Blutuntersuchung standen allerdings noch aus. Ein Schnelltest jedoch hatte ergeben, dass sein Blutalkohol bei fast zwei Promille lag.

»Jessica Grothe?« Seine Stimme klang gebrochen und schwach. »Was ist denn passiert?«

»Das wollte ich ja gerade von dir wissen. Kannst du mir sagen, was im Haus von Dr. Wiedemann passiert ist?«

»Dr. Wiedemann?« Er sah sie beinahe ängstlich an. Dann schüttelte er fast unmerklich den Kopf. »Bin ich verhaftet?« Jetzt hob er demonstrativ den angeketteten Arm ein Stück an und die Handschellen machten ein mechanisch klirrendes Geräusch. »Warum denn?«

Jessica seufzte. »Frau Wiedemann ist tot, Alexander. Warum warst du im Haus? Was hast du dort getan?«

»Nein, das kann nicht sein.« Er schüttelte wieder seinen Kopf, dieses Mal etwas heftiger. »Sie hat doch oben geschlafen, als ich sie das letzte Mal gesehen habe. Was ist denn passiert?«

»Und wieso warst du dort? Bei den Wiedemanns?«

»Ich sollte auf Frau Wiedemann aufpassen. Dr. Wiedemann hat sich Sorgen gemacht. Er musste zu einem Seminar. Sie wäre sonst allein gewesen.« Seine Augen fielen erneut zu und er verzog schmerzhaft das Gesicht.

»Soll ich eine Schwester rufen? Hast du Schmerzmittel bekommen?«, fragte Jessica besorgt und legte wieder beruhigend ihre Hand auf seinen Arm.

»Ich will keine Schmerzmittel«, winkte Alexander ab. »Ich glaube, jemand hat mir Drogen eingeflößt. Ich kann noch immer nicht ganz klar denken. Der Schmerz hilft mir etwas dabei, einen klareren Kopf zu bekommen.«

»Das waren keine Drogen, Alexander. Du hast Alkohol getrunken. Du hattest fast zwei Promille. Und ich hatte gedacht, du würdest überhaupt nicht trinken.« Jetzt zog Jessica sich den orangen Plastikstuhl ans Bett und setzte sich. »Warum hast du im Dienst getrunken, Alexander? Florian hat immer so große Stücke auf dich gehalten. Du seist so verantwortungsvoll und verlässlich.«

»Ich habe bestimmt nichts getrunken.« Mehr sagte er nicht.

»Der Bluttest sagt etwas anderes«, erklärte ihm Jessica. »Außerdem hast du dich in der Küche der Wiedemanns übergeben. Im Erbrochenen war eine hohe Konzentration an Alkohol.«

»Herrgott, ich habe mir aus lauter Verzweiflung den Finger in den Hals gesteckt, um die Drogen loszuwerden, Jessica. Ich habe keinen Alkohol getrunken«, wie-

derholte er und sah sie verzweifelt an. »Ich habe Kaffee getrunken, mehr nicht.«

»Von welchen Drogen redest du? Hast du denn Drogen genommen?«

»Natürlich nicht. Du kennst mich doch. Ich bin Sportler. Ich ernähre mich gesund, deshalb trinke ich auch keinen Alkohol. Warum, bitte sehr, sollte ich dann Drogen nehmen?«

Als Jessica nicht antwortete, seufzte er vernehmlich.

»Ich habe plötzlich alles verschwommen gesehen, konnte mich nicht mehr bewegen und habe langsam den Verstand verloren. Da war mir klar, dass ich unter Drogen stehe. Und da ich nur Kaffee getrunken habe, muss ich die Drogen über dieses Getränk aufgenommen haben. Du musst den Kaffee aus der Kanne oder aus meiner Tasse untersuchen lassen, Jessica.«

Jessica biss sich auf die Unterlippe und sah den verletzten Mann vor sich verzweifelt an. Sie hatte gehofft, ihn als Tatverdächtigen sofort ausschließen zu können, denn die Filmaufnahmen auf dem Laptop zeigten ihn nicht. Der Fahrer des Wagens war auf der Beifahrerseite ein- und auch wieder ausgestiegen. Und dieser Bereich der Auffahrt wurde von der Kamera nicht erfasst. Man konnte also nicht eindeutig sagen, wer gefahren war.

»Es tut mir leid, Alexander, aber du solltest dir schnell einen Anwalt besorgen. In der Küche hat die Spurensicherung keinen Kaffee gefunden, keinen Becher und auch keinen Kaffeerest in der Maschine.«

»Jessica.« Er griff mit der freien Hand nach ihrem Arm und sah sie flehend an. »Jemand war in der Küche, bitte, du musst mir glauben.«

»Aha, gut. Wie sah er denn aus?«

Jetzt hatte Alexander Tränen in den Augen, blinzelte und schniefte vernehmlich. »Ich habe keine Ahnung«, brachte er flüsternd heraus. »Bitte hilf mir, Jessica.«

15

»Ich glaube, sie spricht mit jemandem«, stellte Hauptkommissar Kern fest, als er zum wiederholten Male die Überwachungsvideos ansah. »Zumindest nickt sie doch, oder etwa nicht?«

Jessica, die hinter ihrem sitzenden Kollegen stand und ihm über die Schulter blickte, stimmte ihm zu. »Ja, ich glaube das auch. Sie starrt auch immer auf einen Punkt irgendwo neben dem Garagentor.« Der Bereich, den die Kamera gefilmt hatte, zeigte die linke Seite des Geländewagens ab der Fahrertür und reichte bis zum gusseisernen Tor, dass die Einfahrt von der Straße trennte. Der hintere Bereich des Fahrzeuges und das Garagentor waren nicht auf der Aufnahme, dennoch sah es so aus, als würde Frau Wiedemann zur Garage hinüberschauen. Jetzt lächelte sie

sogar. Als die Aufnahme zeigte, wie Frau Wiedemann sich langsam auf den Boden legte und die Arme ausstreckte, wandte Jessica sich ab. Sie wollte nicht erneut sehen, wie der Wagen die arme Frau überrollte, ohne dass diese sich auch nur im Geringsten wehrte.

Kern unterbrach die Aufnahme, lehnte sich in seinem Bürostuhl zurück und drehte sich zu Jessica um. »Gibt es schon Ergebnisse aus dem Labor?«

»Nein, nicht vor morgen«, gab Jessica die Worte weiter, die ihr die Gerichtsmedizinerin vorhin als Antwort gegeben hatte, als sie telefonisch nach neuen Erkenntnissen gefragt hatte. »Bin gespannt, ob sie Drogen nachweisen kann. Das Krankenhaus hat das Blut ja parallel untersucht, doch bisher gibt's auch von dort nichts Neues.«

»Du glaubst also tatsächlich, dieser Richter sagt die Wahrheit?«, fragte Hauptkommissar Kern seine junge Kollegin, gab dann aber zu bedenken, dass Dr. Wiedemann den Chef von Richter Security mit seiner Aussage gestern Nachmittag sehr belastet hatte.

»Warum sollte Richter Security sich auf einen Vergleich einlassen, wenn ein Gerichtsverfahren höchstwahrscheinlich zugunsten der Sicherheitsfirma ausgefallen wäre, nur um kurze Zeit später aus Rache eine derartige Straftat zu begehen?« Jessica Grothe schüttelte heftig den Kopf. »Das ergibt doch keinen Sinn, oder? Was wäre denn dann das Motiv?«

»Vielleicht sehen wir das Motiv einfach noch nicht«, gab Kern zu bedenken. »Wir sollten Herrn Richter nicht vorschnell ausschließen. Warten wir erst einmal ab.«

»Ja, ist gut. Und was haben die Techniker gesagt? Gibt es schon eine Aussage zu dem Jackenärmel, der auf den Aufnahmen zu sehen ist?«

Der Fahrer des Geländewagens und damit der Mörder von Frau Wiedemann hatte nach Vollendung seiner perfiden Tat die Fahrertür geöffnet, war aber trotzdem wieder zur Beifahrertür ausgestiegen, um von den Kameras nicht erfasst zu werden. Doch die Kamera hatte das Bild seines Armes in der offenen Tür festgehalten.

»Das Emblem auf dem oberen Jackenärmel zeigt das Logo der Firma Richter Security«, erklärte Kern. »Das haben die Techniker bestätigt. Kommt mir allerdings komisch vor.«

»Und warum?« Jessica ging zurück zu ihrem Schreibtisch an der Wand neben der Tür und lehnte sich gegen die Tischkante. »Das würde immerhin für Alexander als Täter sprechen.«

»Das schon«, gab Kern zu. »Aber der Mann scheint mir nicht so blöd zu sein. Wenn er so neben der Spur war, dass er nicht an die Kamera gedacht hat, warum ist er dann nicht auf der Fahrerseite ausgestiegen? Und wenn das Öffnen der Fahrertür tatsächlich ein Versehen gewesen wäre, dann hätte er doch die Aufnahmen auf seinem Laptop nachträglich löschen können, um Spuren zu verwischen.«

»Also glaubst du auch nicht an Alexander Richters Schuld?« Jessica lächelte zufrieden.

»Nein.« Kern schüttelte den Kopf. »Der Mann war nicht ansprechbar, als die Kollegen ihn gefunden haben. Ich vermute, er ist ganz bewusst ausgeschaltet worden und hatte wohl einfach Glück, dass der wahre Täter ihn am Leben gelassen hat.«

»Dann müssen wir nach jemandem suchen, der Frau Wiedemanns Tod wollte«, überlegte Jessica und fuhr sich mit der Hand durchs Haar. »Wir sollten Dr. Wiedemann vorladen und noch einmal vernehmen.«

»Was ist das?«

Der hellbraune Umschlag war zugeklebt und mit einem einfachen Aktenzeichen beschriftet. Florian nahm ihn entgegen und betrachtete ihn von beiden Seiten.

»Da sind wohl die angefertigten Phantomzeichnungen drin. Habe sie mir noch nicht angesehen«, erklärte Berthold Willig. Er hätte nie gewagt, einen verschlossenen Umschlag, den er ausdrücklich seinem Chef übergeben sollte, einfach zu öffnen. Obwohl er natürlich schon neugierig war, wie die nicht existente, angeblich verschollene Schwiegertochter und Ehefrau wohl aussieht.

»Hast du es schon gehört?«, fragte der junge Kommissar und setzte sich seinem Chef gegenüber auf den Holzstuhl vor dessen Schreibtisch. »Das von Alexander Richter?«

Der Hauptkommissar schüttelte langsam den Kopf, schob den Zeigefinger unter die Lasche und riss den Umschlag auf. »Hat er wieder Ärger mit diesem Wiedemann?«

»Und ob«, sagte Berthold und es klang irgendwie triumphierend. Doch Florian wusste, dass es einfach nur die Art seines Untergebenen war, immer etwas Drama in seine Berichte zu legen.

»Alexander Richter steht unter Mordverdacht. Er soll Frau Wiedemann auf dem Gewissen haben.«

»Frau Wiedemann ist tot?«, brachte Florian fassungslos heraus. »Alexander soll sie getötet haben?« Als Berthold heftig nickte, fügte er hinzu: »Das glaube ich nicht.«

»Stimmt aber«, berichtete Berthold. »Er habe getrunken und die Frau in der Einfahrt überfahren.«

»So ein Blödsinn«, polterte der Hauptkommissar, warf den Umschlag auf den Schreibtisch und stand auf. »Wer bearbeitet den Fall?«

»Das Team Grothe und Kern ist auf den Fall angesetzt, soviel ich weiß. Habe gehört, dass Jessica den Verdächtigen schon vernommen hat, und dieser konnte die Tatvorwürfe wohl in keiner Weise entkräften. Jessica hat dem Staatsanwalt zugestimmt, ihn in Untersuchungshaft zu nehmen.«

»Das darf doch nicht wahr sein. Was fällt der eigentlich ein? Alexander hat doch niemanden umgebracht. Verdammte Scheiße«, fluchte er wütend, lief zur Tür, riss sie auf und verließ das Büro.

Hauptkommissar Kerns Bürotür schwang auf und krachte donnernd gegen die Wand direkt neben Jessicas Schreibtisch, als ein sichtlich aufgebrachter Hauptkommissar Forster ins Zimmer stürmte und sich vor seiner Ex-Freundin aufbaute, ohne den älteren Kollegen hinter seinem Schreibtisch auch nur eines Blickes zu würdigen.

»Kruzifix, Mädel. Bist du deppert? Was um alles in der Welt hast du denn in deiner norddeutschen Polizeischule gelernt, wenn du nicht einmal in der Lage bist, einen Unschuldigen vor der Untersuchungshaft zu bewahren?« Er schlug mit der flachen Hand auf die Tischplatte ihres Schreibtisches und sah sie wütend an. »Alexander hat doch niemanden umgebracht.«

Als er eine Hand auf seiner Schulter spürte, fuhr er wütend herum. »Was ist?«

Doch Hauptkommissar Kerns Blick war unerbittlich. »Mäßigen Sie sich bitte, Herr Forster«, befahl er streng. »Sie wissen scheinbar nicht, worum es geht. Und wie man sich benimmt, wissen Sie wohl noch weniger«, fügte er hinzu.

»Und Sie wissen scheinbar nicht, wie man korrekt ermittelt«, äffte Florian ihn verächtlich nach. »Oder wie kann

es passieren, dass ein Unschuldiger in Untersuchungshaft sitzt?« Florian ging drohend einen Schritt auf seinen älteren Kollegen zu, doch dieser wich weder ihm noch seinem ärgerlichen Blick aus.

»Jetzt pass einmal auf, Florian«, mischte sich nun auch Jessica ein, und Florian drehte sich erneut zu ihr um. »Du hast gar kein Recht, hier so reinzuplatzen. Du weißt doch gar nicht, was passiert ist, oder?«

Als er drohend seine Hand hob und mit seinem Zeigefinger vor ihrem Gesicht herumfuchtelte, legte sie eine ihrer Hände um seine und die andere ganz behutsam an seine Wange. Diese Aktion verwirrte ihn so sehr, dass er verwundert eine Augenbraue hochzog und sie beinahe erschrocken ansah.

»Setz dich.« Jessica griff nach seinen Oberarmen, drehte ihn herum und drückte ihn in ihren Schreibtischstuhl. »Du nimmst dir jetzt die Akten, liest dir die Berichte der Gerichtsmedizin und der Spurensicherung durch, dann die Verhörprotokolle von Alexander und von Dr. Wiedemann.« Sie reichte ihm den grünen Pappordner von ihrem Schreibtisch und lächelte.

»Ich werde derweil mit Herrn Kern in der Teeküche einen Kakao trinken. Und wenn wir in 20 Minuten wiederkommen, dann reden wir vernünftig über den Fall.«

Wieder spürte er die Hand von Kern auf seiner Schulter.

»Genau so machen wir das, Herr Hauptkommissar«, sagte Kern belustigt und folgte Jessica nach draußen.

»Hey, Jessica«, hörte Florian Kerns Stimme aus dem Flur. »Du hast das wütende Biest in ihm aber unheimlich gut im Griff. Respekt!«

16

Heute sah er schon viel besser aus, stellte Jessica fest, als sie die Tür des Einzelzimmers, in dem Alexander Richter lag, von innen hinter sich schloss. Er nickte ihr kurz zu und versuchte zu lächeln, doch das misslang ihm gänzlich. Ihm war vermutlich einfach nicht nach Fröhlichkeit zumute. Morgen sollte er in die JVA Kempten verlegt werden. Das war auch der Grund, warum Jessica ihn heute erneut besuchte. So konnte sie den lästigen Papierkram umgehen, den es benötigte, um einen Gefangenen im Knast zu besuchen und zu verhören. Das ging dann auch meist nicht ohne Anwalt und immer nur nach Terminabsprache. Hier war es viel einfacher. Hier musste sie nur ihre Polizeimarke hochhalten, um Alexander Richter zu sehen.

»Du siehst etwas besser aus als letztes Mal, Alexander. Hast du noch schlimme Schmerzen?«, begrüßte sie ihn und reichte ihm ihre linke Hand. Seine rechte war immer noch am Bettrahmen fixiert.

»Gibt es denn inzwischen etwas Neues?«, fragte Alexander mit gelangweiltem Tonfall und ignorierte ihre Frage. Vermutlich glaubte er nicht mehr daran, dass entlastendes Material aufgetaucht war, nach dem, was Jessica ihm vor ein paar Tagen erzählt hatte.

»Das gibt es tatsächlich.« Sie ging um das Bett herum, zog einen Schlüsselbund aus ihrer Hosentasche und

befreite ihn von seinen Handschellen. »Du hattest recht, man hat dir Drogen gegeben.«

»Das habe ich doch gesagt.« Jetzt lächelte er tatsächlich. »Was war es denn?« Er rieb sich das rechte Handgelenk, als die Handschellen gelöst waren.

»Ehrlich gesagt ist das Labor da überfragt«, erklärte Jessica ihm, ging wieder auf die linke Bettseite und setzte sich dieses Mal direkt auf die Bettkante neben ihn. Der orangefarbene Plastikstuhl stand unter dem Fenster. »Die Drogen sind dem Labor wohl nicht bekannt, aber sie weisen Ähnlichkeiten mit LSD auf, was zu Halluzinationen, Wahnvorstellungen und so weiter führt. Ein Teufelszeug, das dir in sehr hoher Konzentration verabreicht wurde. Hättest du dich nicht übergeben, hätte es in Verbindung mit dem Alkohol mit Sicherheit zum Tod geführt, sagt das Labor.«

»Aha«, sagte Alexander nur, schloss kurz die Augen und nickte dann. »Gut.«

»Hauptkommissar Kern und ich vermuten, dass du nichts mit dem Mord an Frau Wiedemann zu tun hast, aber wir haben bisher noch keine anderen Verdächtigen.« Wieder tätschelte sie beruhigend seinen Arm. »Die meisten Anschuldigungen sind allerdings haltlos, deshalb ist es nur eine Frage der Zeit, bis du wieder aus dem Gefängnis draußen bist. Die paar Tage hältst du doch aus, oder?«

Wieder nickte Alexander Richter. »Danke, Jessica.«

Die Tür zu seinem Zimmer wurde vorsichtig geöffnet und Florians Kopf erschien.

»Hey, Alex. Darf ich reinkommen?«, fragte er, betrat das Zimmer und erblickte Jessica. Er nickte ihr zu, boxte seinem Freund behutsam gegen die Schulter und stellte

den Plastikstuhl auf die andere Bettseite. »Wie geht's dir, Alter? Du siehst völlig ramponiert aus.«

»Mach dir keine Hoffnung, Flo«, lachte Alexander. »Bin bald wieder auf den Beinen.«

»Ich verschwinde jetzt und lasse euch beide allein«, sagte Jessica und erhob sich.

Alexander griff nach ihrem Arm. »Du hast mir noch nicht alles berichtet, Jessica.« Er zog sie zurück auf die Bettkante. »Waren die Drogen denn im Kaffee?«

»Du weißt ja bereits, dass man keinen Kaffee in der Maschine gefunden hat. Und auch keine Tasse«, berichtete Jessica. »Doch es war tatsächlich Kaffee im Erbrochenen, deshalb sind Kern und ich uns auch ziemlich sicher, dass jemand Becher und Maschine gesäubert hat. Wenn du es nicht warst, dann muss noch jemand in der Küche gewesen sein. Genau wie du behauptet hast.«

»Und die Sirene, die ich gehört habe?«, fragte Alexander jetzt. »War das die Alarmanlage?«

Jessica schüttelte den Kopf.

»Die Alarmanlage ist nicht losgegangen«, erklärte sie. »Ich glaube, du hast die Sirenen der Einsatzfahrzeuge gehört. Das würde auch die zeitliche Abfolge der Ereignisse erklären.«

»Gibt es denn da neue Erkenntnisse?« Diese Frage kam von Florian, der sich mit den Armen auf das Bett stützte und zu Jessica aufsah.

»Laut Bericht des Labors war es so, dass du dich zuerst übergeben, dann mit deiner Hand in das Erbrochene gefasst hast und über den Fußboden gerobbt bist – fast bis zur Küchentür. Das sind knapp drei Meter.«

»Und?«, fragten Florian und Alexander wie aus einem Munde.

»Der Mord wurde etwa eine Stunde, nachdem du dich übergeben hast, begangen«, berichtete sie weiter. »Das Labor konnte wohl anhand des Zustandes deines Mageninhaltes auf dem Küchenfußboden feststellen, wie lange er Zeit hatte zu trocknen. Der Mord geschah, wie gesagt, etwa eine Stunde später«, wiederholte sie.

»Und die Sirenen?«

»Erst am Morgen«, sagte Jessica. »Erst über vier Stunden nach dem Mord. Du warst wohl lange Zeit bewusstlos.«

»Aber dann ist doch klar, dass Alexander den Wagen nicht gefahren hat«, entschied Florian und klopfte seinem Freund aufmunternd auf die Schulter. »Dann bist du entlastet.«

»Noch nicht ganz«, gab Jessica zu bedenken und fing sich einen bösen Blick ihres Ex-Freundes ein. »Alexander hatte den Autoschlüssel in seiner Hosentasche. Außerdem wurden keine weiteren Spuren im und ums Haus gefunden. Keine Fingerabdrücke, keine Fußspuren, keinen einzigen Beweis, der die Behauptung belegt, noch jemand sei im Haus gewesen. Die einzige Hoffnung ist, dass der Staatsanwalt das Fehlen von Erbrochenem im Tatfahrzeug als Beweis für Alexanders Unschuld akzeptiert. Er hätte am Lenkrad oder am Türgriff Spuren hinterlassen müssen. Doch da war nichts.«

»Und es gibt kein Motiv, nur Indizien. Und selbst davon nur sehr wenige.« Diese Bemerkung kam erneut von Florian.

»Das ist richtig«, stimmte Jessica ihm zu. »Deshalb arbeiten Kern und ich fieberhaft daran, Alexander zu entlasten und den wahren Täter zu finden.«

»Scheinbar nicht fieberhaft genug«, fuhr Florian seine

Ex-Freundin an. »Alexander steht schon seit fast einer Woche unter Tatverdacht. Ich glaube, ihr seid froh, einen Schuldigen zu haben, und wollt euch nicht eingestehen, dass ihr einfach unfähig seid, richtig zu ermitteln.«

»Jetzt reicht es aber, Florian!« Der wütende Einwand kam von Alexander. »Ich bin froh, dass Jessica ermittelt. Sie macht ihre Arbeit gut.«

»Hast vermutlich durch die ganze Ablenkung zu Hause nicht so viel Lust, dich richtig auf den Fall zu konzentrieren«, zischte Florian, sodass man es kaum hören konnte. Sein Blick war vernichtend, seine Hände ballten sich zu Fäusten.

Jessica sah ihn verwirrt an. Hatte Kern sein Versprechen gebrochen und Florian von dem Brief ihrer Schwester Susanne erzählt? Woher konnte er sonst wissen, wie es zurzeit um ihr Seelenleben stand und dass sie in der ständigen Angst lebte, Susanne könnte wieder auftauchen und ihr Leben erneut durcheinanderbringen?

»Woher weißt du …?«, begann sie, wurde aber rüde unterbrochen.

»Hab den Typen gesehen, von dem du dich vögeln lässt«, blaffte Florian und es klang gekränkt und wütend. »Vermutlich ist er der Grund, warum du mehr an Sex als an deine Arbeit denkst.«

Jessica starrte Florian fassungslos an, doch als Alexander schlichtend eingreifen wollte, legte sie ihre Hand auf seine Schulter, sah ihn an und schüttelte fast unmerklich den Kopf.

Dann ging sie.

An der Tür drehte sie sich noch einmal um und wünschte Alexander mit einem leichten Zittern in der Stimme gute Besserung.

»Und Florian – du bist ein verdammtes Riesenarschloch!«

Sie schaffte es gerade noch so lange, Florian wütend anzustarren, bis die Tür hinter ihr ins Schloss fiel. Dann begann sie zu rennen, lief den langen Krankenhausflur entlang. Ihre Augen füllten sich mit Tränen. Als sie den Fahrstuhl erreichte, drückte sie auf den Knopf fürs Erdgeschoss, sank auf den Boden des engen Raumes, legte ihr Gesicht auf die Knie, schlang ihre Arme um den Hinterkopf und begann hemmungslos zu weinen. Es war gut, dass er dachte, sie würde ein Verhältnis mit Rico haben. Es war gut, denn dann würde er sie in Ruhe lassen.

Doch es tat einfach so verdammt weh, derart von ihm beschimpft zu werden.

17

Die Zeremonie in der Kirche hatte etwas Erhabenes, etwas fast majestätisch Schönes. Die St.-Lorenz-Basilika in der Kemptener Innenstadt direkt neben dem imposanten Residenzgebäude stand auf einem kleinen grasbewach-

senen Hügel und überragte die benachbarten Gebäude mit zwei Türmen und dem Kuppeldach über dem Altarbereich. Ein wirklich beeindruckendes Bauwerk, sowohl innen als auch außen.

Obwohl sich Jessica schon immer schwertat, den fast überschäumenden Verzierungen in katholischen Kirchenhäusern etwas abzugewinnen, faszinierte sie diese Kirche dennoch. Allerdings war es kalt im Inneren und die Bänke waren zum Sitzen irgendwie zu schmal. Wenn sie sich ungeschickt bewegte, hatte Jessica das Gefühl, nach vorne zu fallen. Katholiken sollten es in der Kirche wohl nicht allzu bequem haben.

Dennoch, die Trauung ihrer Kollegin Petra war erstaunlicherweise sehr modern, der Pfarrer aufgeschlossen und äußerst humorvoll.

Das alles entschädigte etwas dafür, dass sie eigentlich überhaupt keine Lust gehabt hatte auf diese Veranstaltung. Erst gestern hatte ihre Freundin Paula sie mit einem fürchterlichen Krächzen in der Stimme angerufen und ihr verkündet, dass sie nicht kommen würde. Sie lag mit Fieber im Bett. Eigentlich war sie Jessicas Begleitung für die spätere Feier gewesen, denn allein wollte sie nicht gehen. Hauptkommissar Kern hatte seine Teilnahme bereits vor einigen Tagen abgesagt. Wenn Jessica alleine kommen würde, wäre die Wahrscheinlichkeit groß, zusammen mit Florian und Erwin an einem Tisch sitzen zu müssen, die laut Aussage der Braut ohne Begleitung waren.

Nach Paulas Absage hatte Jessica ihren Vater gefragt, der noch bis Sonntag in Kempten sein würde, doch er wollte den letzten Abend lieber mit den Enkelkindern verbringen.

»Möchtest du meine Jacke?«, fragte Rico neben ihr auf

der schmalen Kirchenbank und sah sie besorgt an. »Es ist ganz schön kalt in euren Kirchen.«

»Geht schon«, bedankte sich Jessica lächelnd. »Ist ja gleich vorbei.«

Die Entscheidung, Rico mitzunehmen, war ihr schwergefallen. Doch seinen Argumenten hatte sie schließlich nichts mehr entgegenzusetzen gehabt. Herbert Grothe war da, um auf die Kinder aufzupassen, und er, Rico, besaß bereits einen Anzug, den er kürzlich auf der Hochzeit seiner Schwester getragen hatte. Außerdem würde er auf einer deutschen Hochzeit am meisten über die Kultur eines fremden Volkes lernen, hatte er behauptet. Dafür wäre er schließlich hauptsächlich nach Deutschland gekommen. Jetzt hatte Jessica zwar eine Begleitung, doch fühlte sie sich zwischen all den Gästen in Tracht und Dirndl dennoch etwas deplatziert.

Als sie und Rico eine Stunde später den Landgasthof »Tobias« im Kemptener Wald betraten, hatte sie in ihrem dunkelblauen kniefreien Etuikleid die Aufmerksamkeit jedenfalls auf ihrer Seite. Vielleicht lag es aber auch an Rico. Der passte mit seinem hellblauen Jackett, der schwarzen Anzughose und dem weißen Hemd ohne Krawatte, dessen obere Knöpfe geöffnet waren, noch weniger in diese Umgebung als sie selbst. Zumindest waren sie beide farblich sehr gut aufeinander abgestimmt. Immerhin.

Wie erwartet hatte die Braut für Jessica und Rico einen Platz weit weg vom sogenannten Singletisch reserviert, an dem fast alle ihre Kollegen aus dem Revier untergebracht waren. Jessica und Rico durften sich einen großen runden Tisch mit zwei älteren Ehepaaren teilen, die sich als Nachbarn des Brautpaares entpuppten. Außer-

dem saß ein weiteres Paar, etwa in Jessicas Alter, neben ihnen. Eine Freundin der Braut und ihr Mann.

Im Laufe des Abends, nach einem viel zu üppigen Mahl, diversen Gläsern Wein und ausgelassenen Gesprächen mit anderen Gästen, kam Jessica nicht umhin, mit dem einen oder anderen Kollegen zu tanzen, auch weil Rico sich mehr von den zwei jungen Brautjungfern anhimmeln ließ, als sich um sie zu kümmern. Doch das war nicht schlimm. Wenigstens er konnte sich richtig amüsieren.

»Darf ich bitten?«

Als sie sich umdrehte, stand Ewe vor ihr, reichte ihr seine Hand und verbeugte sich etwas zu förmlich.

»Muss das denn sein?«, fragte Jessica und sah ihn misstrauisch an.

»Ja, muss es.« Er griff nach ihrer Hand und riss sie vom Stuhl hoch. »Nur, weil du Florian doof findest, heißt das doch nicht, dass wir beide nicht miteinander tanzen können.«

Jessica brummte verächtlich, ließ sich aber widerstandslos zur Tanzfläche ziehen.

Hoffentlich war die blöde Veranstaltung bald vorbei. Sobald die ersten Gäste sich verabschiedeten, würde sie sich anschließen, sich ein Taxi rufen und nach Hause fahren.

»Du siehst gut aus«, bemerkte Ewe, als sie ihre Hand auf seine Schulter legte und sich von ihm übers Tanzparkett führen ließ. »Sehr hübsches Kleid.«

»Komm einfach zur Sache, Ewe«, fuhr sie ihn an. »Auf Small Talk habe ich überhaupt keine Lust.«

»Na gut«, sagte Ewe, grinste dann breit und zwinkerte ihr zu. »Gib doch bitte Florian noch eine Chance.

Der ist unerträglich zurzeit. Der trauert dir immer noch nach.«

Wieder hörte Ewe Jessica verächtlich schnauben.

»Da sind ein paar nette, äußerst hübsche Singlefrauen hier auf der Hochzeitsfeier«, schlug sie verärgert vor. »Soll er sich eine von denen schnappen und sich … etwas abreagieren.«

»Und was ist mit dir? Warum soll er sich nicht dich schnappen, um sich abzureagieren? Du bist schließlich auch Single«, behauptete er, denn er war sich sicher, dass zwischen Jessica und diesem jungen, südländisch aussehenden Modeltyp nichts lief. Dafür ging sie den ganzen Abend lang viel zu gelassen mit dessen Flirtversuchen bei diversen Damen um. Keine Spur von Eifersucht.

»Florian hat mir von seiner verbalen Attacke gegen dich im Krankenhaus gestern erzählt«, sagte Ewe, als Jessica ihm keine Antwort gab. »Es tut ihm leid. Wirklich.«

»Klar.« Die abgrundtiefe Verachtung in ihrer Stimme war kein gutes Zeichen.

»Dann erkläre es ihm endlich«, versuchte es Ewe erneut. »Wenn du nicht mehr mit ihm zusammen sein willst, dann muss er damit leben. Doch das kann er nur, wenn du ihm sagst, warum.«

»Das habe ich.« Jessica sah ihren Tanzpartner böse an, konnte aber seinem Blick nicht standhalten. Sie wusste, dass der Grund, den sie Florian vor Monaten genannt hatte, gelogen war. Eine Ausrede, um aus der Beziehung zu ihm schnellstmöglich herauszukommen. Die Lüge war haltlos gewesen, denn inzwischen wusste Florian schließlich, dass sie mit Christian keine Affäre gehabt hatte. Als sie sich jetzt umschaute, sah sie Florian am Rande der

Tanzfläche stehen, ein Glas Bier in der einen Hand, die andere lässig in der Hosentasche. Er beobachtete sie, doch der Ausdruck auf seinem Gesicht war völlig emotionslos und undurchschaubar. Trotzdem wandte er sich nicht ab, als ihre Blicke sich trafen.

Es dauerte eine gefühlte Ewigkeit, bis Jessica endlich die Chance bekam, sich zu verabschieden. Ihren Vorsatz, nicht als Erste die Veranstaltung zu verlassen, hielt sie tapfer ein, wartete die Partyspiele, das Brautverziehen und das Anschneiden der Hochzeitstorte weit nach Mitternacht ab und brauchte dann noch fast 20 Minuten, bis sie endlich zu dem Brautpaar durchdrang, das von einer großen Traube von Gästen umringt war. Rico wollte noch bleiben und Jessica erlaubte ihm, das Auto für die Heimfahrt zu behalten. Er hatte im Gegensatz zu ihr nichts getrunken und würde sicher nach Hause kommen.

Jetzt stand sie zitternd vor Kälte vor dem Gasthof in nahezu absoluter Dunkelheit und wartete auf ihr Taxi. Ihr Mantel lag in ihrem Auto, das am anderen Ende des Parkplatzes abgestellt war. Sie könnte hineingehen und den Autoschlüssel von Rico holen, doch dann würde sie das Taxi verpassen. Sie entschied sich, lieber auf den Fahrdienst zu warten und dabei erbärmlich zu frieren.

Ein unbeschreiblich schöner Sternenhimmel tat sich über ihr auf. Hier, weit ab von beleuchteten Straßen und Wohnsiedlungen, störte kein Licht diesen großartigen Anblick.

Als eine herrlich warme Jacke sich von hinten um ihre Schultern legte, fuhr sie erschrocken herum.

»Du brauchst kein Taxi rufen. Ich kann dich fahren«,

sagte Florian, drehte sie zu sich herum und zog die Jacke vorn zusammen. Dann lächelte er unsicher. »Mein Auto steht da hinten.«

»Das halte ich für keine gute Idee«, erwiderte Jessica, schloss kurz die Augen und seufzte dankbar. Die Wärme seiner Jacke tat unheimlich gut. »Außerdem hast du etwas getrunken.«

»Nur zwei Halbe«, gab er zu. »Vor zwei Stunden. Ansonsten nur Wasser. Ehrlich. Ich kann und ich darf noch fahren.«

Als Jessica nicht antwortete und den pechschwarzen Horizont nach herankommenden Autoscheinwerfern absuchte, schob er beide Hände in seine Hosentaschen, blickte kurz auf den Boden und sah sie dann durchdringend an.

»Ich habe mich gestern unmöglich benommen«, sagte er leise. »Es tut mir wirklich leid. Ich hätte das nicht sagen sollen.«

Es kam kein Auto. Sie würde noch ewig auf dieses blöde Taxi warten müssen.

»Ganz ehrlich, Florian«, warf sie ihm schließlich vor. »Du entschuldigst dich doch jetzt nur, weil du gesehen hast, dass Rico und ich nicht zusammen sind. Ansonsten hättest du dich niemals entschuldigt.«

»Das stimmt einfach nicht«, sagte er und wirkte zuerst betrübt, grinste dann aber. »Gesehen habe ich nur, wie gut du dich mit diesem Knilch verstehst, mehr nicht. Also bin ich zu ihm und habe ihn gefragt, was Sache ist.«

»Gefragt?« Jessica klang misstrauisch. »Du bist niemand, der einfach fragt.«

Jetzt lachte Florian schallend. »Na ja«, gab er zu. »In Wahrheit habe ich ihn im Herrenklo ganz sanft gegen die

Wand gedrückt und ihn lieb gebeten, doch bitte die Finger von dir zu lassen.«

»Oh Gott, Florian. Du bist echt unmöglich!«

Er trat einen Schritt auf sie zu. »Ich will nicht mehr warten«, sagte er, schob mit seinen Fingerspitzen eine verirrte Haarsträhne aus ihrem Gesicht und sah ihr tief in die Augen.

»Worauf denn warten?«, fragte Jessica und kaute nervös auf ihrer Unterlippe.

»Wenn du mir nicht sagst, warum du nicht mit mir zusammen sein willst, dann werde ich einfach dort weitermachen, wo wir gemeinsam aufgehört haben.«

Jessica schüttelte den Kopf und sah ihn flehend an.

»Sag es«, forderte er und als sie wieder nur heftig den Kopf schüttelte, griff er in ihren Nacken, beugte sich zu ihr hinunter und küsste sie, erst sanft, dann fordernd.

Sie befreite sich aus seinem Griff und trat einen Schritt zurück, atmete schwer, sah ihn verwirrt an.

»Sag es«, hauchte er jetzt. »Sag mir, warum du mich nicht willst.«

Dieses Mal war ihr Kopfschütteln kaum erkennbar, also nahm er sie erneut in den Arm, küsste ihre Stirn, ihre Nase, ihre weichen Lippen, fühlte ihre kalten Hände an seiner Hüfte.

Doch wieder drehte sie sich plötzlich weg und er sah die Tränen in ihren Augen.

»Sag es mir«, bat er sie tonlos. Dann seufzte er laut vernehmlich. »Nein«, begann er schließlich erneut. »Sag es mir nicht. Komm einfach mit zu mir nach Hause. Bitte. Egal, was es ist. Ich will es nicht wissen. Ich will nur dich.«

Jessica starrte ihn völlig reglos an. Eine einsame Träne lief über ihre linke Wange.

»Da kommt dein Taxi.« In der Ferne bewegten sich die Lichter zweier Scheinwerfer über die kargen, dunklen Felder neben dem Weg. Als sie sich immer noch nicht rührte, dann aber plötzlich einen Schritt zurücktrat, sich von seiner Jacke befreite und sie ihm entgegenhielt, griff er danach, drehte sich auf dem Absatz um und ging mit großen Schritten zu seinem Auto.

Doch als er hinter sich das leise Klackern ihrer Absätze auf dem asphaltierten Parkplatz vor dem Gasthof hörte, lächelte er erleichtert, blieb aber nicht stehen. Stattdessen bewegte er sich gezielt auf die Beifahrerseite seines dunkelblauen Kombis zu, öffnete die Tür und drehte sich zu Jessica um.

»Wir fahren zu dir, nicht zu mir«, sagte sie unsicher. »Nicht zu mir, okay?«

»Okay. Zu mir«, stimmte er nickend zu, ließ sie einsteigen und schloss die Autotür. Langsam ging er hinten um seinen Kombi herum, konnte sich den völlig tonlosen Triumphschrei und die angedeutete Siegesfaust dennoch nicht verkneifen.

»Mach jetzt nur keinen Fehler mehr, Junge«, sagte er zu sich selbst, bevor er die Fahrertür öffnete, hinter das Lenkrad glitt und Jessica anlächelte.

Während der Fahrt schwieg sie eisern und mehr als einmal überlegte er, einfach ein belangloses Gespräch zu beginnen oder nach ihrer Hand zu greifen, doch vielleicht sagte er dann wieder etwas Falsches oder bedrängte sie unnötig. Er fühlte sich gerade wie damals mit 15, als er nicht wusste, ob er seiner Flamme im Kino den Arm um die Schultern legen durfte oder nicht.

Doch seine Unsicherheit verflog augenblicklich, als Jessica ihre Hand auf seinen Oberschenkel legte, genau

so, wie sie es früher oft getan hatte, wenn sie gemeinsam im Auto saßen.

Und jetzt legte er seine Hand auf ihre, schaute kurz zu ihr hinüber und trat aufs Gaspedal.

Er wollte ganz schnell endlich zu Hause sein.

18

»Was machst du denn hier?« Er drehte sich um, lief durch den Flur, stieg die alte Steintreppe wieder hinauf, die er kurz zuvor heruntergekommen war, und ließ seinen Freund Ewe vor der offenen Haustür stehen.

»Wir sind verabredet«, rief Ewe ihm nach, trat ein und beeilte sich, Florian in seine Wohnung im ersten Stock zu folgen. »Wir wollten Badminton spielen gehen. Es ist 13 Uhr. So besoffen warst du doch gestern gar nicht, dass du so lange einen Rausch ausschlafen musst.«

Florian verschwand in seinem Wohnzimmer und ließ sich in den Sessel fallen, legte die Füße auf den Couchtisch und gähnte.

»Ich kann heute unmöglich zum Sport«, sagte er und gähnte erneut. »Ich habe kaum geschlafen.«

Als Ewe sich auf das Sofa setzte und ihn fragend ansah, schlug Florian vor, eine Pizza zu bestellen und den Sonntag ganz gemütlich ausklingen zu lassen.

»Es ist erst 13 Uhr, Mann«, wiederholte Ewe. »Um diese Zeit lässt man einen Tag noch nicht ausklingen. Was ist denn los mit dir?«

»Muss morgen sehr früh raus«, sagte Florian, rieb sich die Augen und verschränkte dann die Arme hinter seinem Kopf. »Mir ist eingefallen, dass ich in der letzten Woche meine Arbeit etwas vernachlässigt habe. Muss mich dringend wieder um meinen eigenen Fall kümmern, anstatt mich bei dem Wiedemann-Mord unnütz einzumischen.«

»Gute Erkenntnis. Aber was spricht dagegen, jetzt mit mir zum Badminton zu gehen?«, versuchte Ewe es erneut. Er hatte nach dem ausgiebigen Hochzeitsmahl das Gefühl, sich ein paar überflüssige Kalorien abtrainieren zu müssen. »Sport würde dir auch guttun. Man schläft dann auch viel besser«, schlug er vor und sah, wie Florian breit grinste.

»Ich habe gut geschlafen«, ließ Florian ihn wissen. »Zwar nicht viel, aber dafür so gut wie schon lange nicht mehr.«

Jetzt lächelte auch Ewe. »Du hast also meinen Rat befolgt und eine der jungen Damen von der Hochzeitsfeier abgeschleppt? Für welche hast du dich entschieden? Ist sie noch da?« Er sah neugierig in den Flur hinaus und hoffte, wenigstens ein Geräusch zu hören.

Doch Florian schüttelte den Kopf. »Niemand mehr da«, sagte er müde. »Willst du jetzt Pizza, oder nicht?«

Er beugte sich vor und griff nach seinem Smartphone auf dem Couchtisch. »Dort hinten liegt die Karte. Such dir etwas aus, ich lade dich ein.«

»Lenk nicht ab, Flo«, fuhr Ewe neugierig dazwischen. »War es die Rothaarige? Die, die dir ständig zugezwinkert hat?«

Florian sah seinen Freund verwundert an. Er hatte überhaupt nicht bemerkt, dass irgendjemand ihm zugezwinkert haben soll. Scheinbar wurde er langsam wirklich alt.

»Ich komme morgen noch einmal in der Gerichtsmedizin vorbei. Habe noch ein paar Fragen zu der verkohlten Frau.« Auf Ewes Frage ging Florian gar nicht ein. »Bist du dir wirklich sicher, dass die Frau vor dem Brand schon so lange tot war? Das ist dann nämlich sehr merkwürdig. Schließlich habe ich sie noch persönlich gesehen, etwa fünf Monate vor dem Brand.«

Erwin Buchmann schloss genervt die Augen und atmete konzentriert einmal tief ein und wieder aus. »Das können wir doch wirklich morgen besprechen. Du hast meine Frage noch nicht beantwortet«, erinnerte er Florian und sah ihn neugierig an.

»Und du hast mir noch nicht gesagt, welche Pizza du willst«, lachte Florian.

»Herrgott noch mal, ich nehme Salami. Und? Wer hat dir jetzt den Schlaf geraubt?«

Doch auch dieses Mal lächelte Florian nur zufrieden. »Von mir erfährst du nichts!«

Und plötzlich wusste Ewe, welche Frau die letzte Nacht mit seinem Freund verbracht hatte. Es gab nur eine einzige Frau, von der Ewe nie irgendwelche Details erfahren hatte.

»Nein«, rief er total überrascht. »Wie hast du das denn hinbekommen? Ich verneige mich ehrfurchtsvoll vor dir und klopfe dir im Geiste völlig überwältigt auf die Schulter. Verdammt, Mann, jetzt habe ich auch Hunger. Nun bestell schon endlich die Pizza.«

Sie kam im richtigen Moment nach Hause. Sie konnte ihren Vater noch verabschieden, doch es war keine Zeit mehr, die Neugier in seinem fragenden Blick zu stillen. Sie wollte ihm nicht sagen, wo sie die Nacht verbracht hatte. Ricos grinsendes Gesicht verriet allerdings, dass er sehr wohl ahnte, wo sie heute Nacht war. Doch er zwinkerte ihr nur zu, als sie ihren Vater zum Abschied lange umarmte und ihn bat, sie bald wieder zu besuchen. Svenja und Tobias saßen bereits am Küchenfenster, um ihrem Opa winken zu können, wenn er gleich in sein Taxi stieg und Richtung Bahnhof davonfuhr.

Als die Tür sich hinter ihrem Vater schloss, lief sie ins Wohnzimmer und warf sich bäuchlings aufs Sofa, zog ein Sofakissen heran und vergrub ihren Kopf darunter.

Sie hätte das niemals tun dürfen.

Was hatte sie sich nur dabei gedacht?

Wie kam sie aus der Sache jetzt bloß wieder raus?

Diese Gedanken verfolgten sie bis in den nächsten Tag hinein. Der erste Arbeitstag in der Woche kostete von Natur aus schon immer etwas Überwindung, aber an diesem Tag war es besonders schlimm. Bereits kurz nach 6 Uhr in der Früh schlich sie durch den langen Flur des Präsidiums, lief die Treppe hinauf und verschwand im Büro. Ihr Kollege Kern war noch nicht da und würde wohl auch nicht vor 8 Uhr erscheinen. Sie hoffte, dass Florian an diesem Montag viel im Außeneinsatz tätig war

und keine Zeit fand, sie hier aufzusuchen. Seinen gestrigen Anruf hatte sie ignoriert, doch irgendwann würde sie sich der Situation stellen müssen.

Irgendwann, nur hoffentlich nicht heute.

Als er die unterste Schublade des grauen Rollcontainers unter seinem Schreibtisch aufzog und hineinsah, musste er kurz die Augen schließen. Er fuhr sich mit beiden Händen durchs Haar, stöhnte entsetzt und begann dann, all die Papiere, die er letzte Woche achtlos hineingeworfen hatte, wieder herauszukramen. Grund für dieses elende Chaos war der unangemeldete Besuch des Revierjägers Puschel letzte Woche.

Zwischen dem Anruf vom Empfangstresen im Erdgeschoss, der Puschels Besuch angekündigt hatte, und Puschels Ankunft in Florians Büro war nur wenig Zeit geblieben, um all die Ordner und Zettel in die Schublade zu werfen und seinen Tisch von Staub, Kuchenkrümel und ein paar verirrten Büroklammern zu säubern. Ralf Puschel, der davor schon einmal in seinem Büro gesessen hatte, hatte auch bei seinem zweiten Besuch wohlwollend Komplimente über Florians aufgeräumten Schreibtisch fallen lassen. Außerdem hatte er nach dem kleinen Kaktus gefragt, der bei seinem ersten Besuch so dominant in der Mitte des Tisches platziert gewesen war.

Dieser blöde Kaktus, ein Geschenk eines Kollegen, stach Florian jetzt schmerzhaft in die Finger, als er beherzt einen weiteren Stapel Ordner aus der Schublade fischte.

»Verdammter Mist.«

Der Zeigefinger seiner rechten Hand blutete heftig. Immerhin war es nicht so eine fiese Pflanze, deren Stacheln Widerhaken hatte. Er schob sich den Finger in den

Mund und suchte, dieses Mal etwas vorsichtiger, nach Papiertaschentüchern. Normalerweise lagen immer welche auf seinem Schreibtisch, also musste er sie mit den Papieren in die Schublade verstaut haben.

Sein Telefon klingelte.

»Forster, Kripo Kempten«, meldete sich Florian, als er das eingehende Telefongespräch entgegennahm. »Ja, ich habe um Rückruf gebeten.« Endlich fand er die Taschentücher, versuchte vergeblich, mit der blutenden Hand eins aus der Plastikhülle zu fischen, und steckte dann einfach seinen verletzten Finger in die Verpackung zwischen die Tücher. »Ja, genau«, rief er in den Hörer. »Es geht um den Stofffetzen, den ich Ihnen letzte Woche geschickt habe. Konnten Sie darauf etwas finden? DNA oder andere Spuren?«

Das kleine Stück Stoff hatte Ralf Puschel einige Tage nach dem Mord an einem Ast im Wald gefunden. Über 100 Meter vom Tatort entfernt. Deshalb war es den Beamten der Spurensicherung nicht aufgefallen. Ob dieser rot karierte Flanellstoff überhaupt irgendetwas mit diesem ekelhaften Ausweidungsmord zu tun hatte, war noch nicht klar.

»Ach so«, sagte Florian jetzt, »wann denn?« Er drehte sich mitsamt dem Stuhl zu seinem Computer um und drückte den Knopf, um ihn hochzufahren. »Ja, dann schaue ich mir das gleich mal an. Vielen Dank. Ja, das wünsche ich Ihnen auch.« Das Gespräch war beendet.

Laut Labor waren ihm die Ergebnisse bereits am Freitag per E-Mail übermittelt worden, doch da er schon vor der Mittagspause das Präsidium verlassen hatte, um Alexander im Krankenhaus zu besuchen, hatte ihn die Nachricht vor dem Wochenende nicht mehr erreicht.

Florian gab das Passwort ein und rief sein E-Mail-Konto auf. Das dauerte wie immer einige Sekunden, also hob er vorsichtig den Kaktus aus der Schublade und stellte ihn zurück auf die Tischplatte. Im Topf war kaum noch Erde und das stachlige grüne Gewächs neigte sich nun etwas nach links, doch wen störte das? Ihn bestimmt nicht.

Dann entdeckte er den braunen Umschlag, den Berthold ihm vor ein paar Tagen gegeben hatte, und schüttelte lachend den Kopf. Er hatte sich wirklich nicht sehr um seinen Job geschert in der letzten Woche. Der Mord an dieser Frau Wiedemann hatte ihn mehr beschäftigt, als seine eigenen Aufgaben. Er würde diese Woche wieder konzentrierter an seine Arbeit gehen müssen.

Sein E-Mail-Konto öffnete sich und im Posteingang entdeckte er die Nachricht aus dem Labor. Das Labor hatte Blut am Stoff gefunden und die daraus gewonnenen DNA-Ergebnisse hatten eine Übereinstimmung mit der Datenbank ergeben. Jetzt war er gespannt auf das Foto samt Namen, welches der Mail als Anhang beigefügt war. Ob es ihm in seinem Mordfall irgendwie weiterhelfen würde? Er klickte auf den Button »Anhang öffnen«.

Während er wartete, bis das Bild mit den Untersuchungsergebnissen auf dem Bildschirm erschien, riss er den braunen Briefumschlag auf seinem Schreibtisch auf und zog die Kopien zweier Phantomzeichnungen heraus. Auf den Rückseiten der Phantomzeichnungen war jeweils vermerkt, wann sie angefertigt worden waren, wer gezeichnet hatte und mit wessen Hilfe die Beschreibung abgegeben wurde. Florian drehte die beiden Zettel um, legte sie vor sich auf den Schreibtisch und schnappte entsetzt nach Luft. Die Frau auf den beiden fast identischen Zeichnungen kannte er nur zu gut. Diese angeblich nicht

existente Ehefrau und Schwiegertochter der Lochbichlers, von der es im Haus keine Fingerabdrücke, keine Kleidung und keine Fotos gab, starrte ihn aus den Zeichnungen heraus an.

»Das kann doch nicht sein«, krächzte er tief erschüttert und klang heiser.

Vor ihm auf dem Computerbildschirm erschien nun das Bild der Person, der die DNA vom Blut an dem Stoffstück zugeordnet werden konnte, das nahe des Ausweidungstatorts gefunden worden war.

Die weibliche Person auf dem Bildschirm hatte lange blonde Haare, diejenige auf den Phantomzeichnungen eine dunkle Kurzhaarfrisur. Doch es bestand kein Zweifel, alle drei Bilder zeigten ein und dieselbe Frau: Jessicas Schwester Susanne Reuther, gesucht wegen mehrfachen Mordes und Mordversuchs und seit Monaten auf der Flucht.

19

»Verdammt nochmal, Forster«, fluchte Hauptkommissar Kern, als die Bürotür wieder einmal krachend gegen die Wand schlug und sein junger Kollege aufgeregt ins Zimmer stürmte. »Klopfen Sie gefälligst an, wie höfliche Besucher es tun. Haben Sie das Loch im Putz gesehen, das Sie beim letzten Mal hinterlassen haben?«, rief er vorwurfsvoll und deutete mit der Hand auf die Stelle neben Jessicas Schreibtisch.

Florian blieb abrupt stehen und starrte den älteren Hauptkommissar genervt an, machte dann eine wegwischende Bewegung mit seiner freien Hand und ging zu Jessica.

»Schau dir das an«, forderte er atemlos, denn er war die Treppe in den dritten Stock hinaufgerannt. Sein Puls raste. Er hielt Jessica die Phantomzeichnung viel zu dicht vors Gesicht, sodass diese erschrocken zurückwich. »Wen siehst du?«

Ein kurzer Blick genügte. Die Übelkeit kam ganz automatisch. Und die Angst ebenfalls. Jetzt würde es wieder beginnen. Jetzt war Susanne wieder da.

Anstatt etwas zu sagen, sah sie nur traurig zu Florian auf und zuckte mit den Schultern.

Völlig entsetzt trat er einen Schritt zurück. »Hast du es gewusst?«, rief Florian. »Hast du gewusst, dass sie wieder da ist und dass sie wieder mordet?«

»Ja«, flüsterte Jessica so leise, dass Florian es kaum hörte. »Natürlich nicht das mit dem Morden«, fügte sie

hinzu, hob die Beine auf den Bürostuhl, auf dem sie saß, und zog sie mit den Armen ganz dicht an ihren Körper, die Knie direkt unter ihrem Kinn. Ihr Hals schnürte sich zu, ihr Herz raste. Hoffentlich bekam sie jetzt keine Panikattacke.

»Du weißt … Du weißt …« Es klang beinahe wie ein Fauchen. »Du weißt, dass deine Schwester in der Nähe ist, und hältst es nicht für nötig, mich zu informieren? Sie hat mich fast umgebracht, Jessica! Verdammt noch mal. Erinnerst du dich, dass sie mich töten wollte?«, brüllte er, ballte die Hände zu Fäusten und zerknüllte dabei die Phantomzeichnung. »Warum hast du nicht mit mir gesprochen, kreuzkruzifix? Ich verstehe das einfach nicht.«

»Es tut mir leid«, jammerte Jessica und klang weinerlich, doch die Tränen in ihren Augen ignorierte Florian.

Er unterdrückte verzweifelt den Drang, sie aus dem Stuhl zu reißen und kräftig zu schütteln. Er war so enttäuscht, so wütend. War es ihr egal, dass ihre Schwester ihn so brutal gequält hatte? War es Jessica egal, dass Susanne so viele Leben auf dem Gewissen hatte? Schützte sie sie etwa? Hatte sie Kontakt zu ihr?

»Ich verstehe dich einfach nicht«, wiederholte er voller Verachtung, drehte sich auf dem Absatz um und wollte das Büro verlassen. Doch er blieb in der offenen Tür stehen, starrte in den Flur hinaus und ballte die Hände zu Fäusten.

Wenn sie es gewusst hatte und ihm nichts sagte, dann hatte sie dafür einen Grund. Doch was war es, das sie dazu bewegte, aus ihrem Wissen über ihre Schwester so ein Geheimnis zu machen? Er dachte angestrengt nach.

Auf jeden Fall war er ihr nicht egal. Er kannte sie doch. Sie würde ihm nicht mit Absicht schaden wollen.

Sie hatte ihn schützen wollen.

Sie war diejenige, die neben ihm gelegen hatte all die Wochen nach dem schlimmen Vorfall. Diejenige, die ihn geweckt hatte, wenn er im Schlaf einen dieser schrecklichen Albträume durchlebte, die ihn gehalten hatte, wenn er nicht wieder einschlafen konnte.

Sie war immer für ihn da.

Sie hatte ihn schützen wollen. Ja, so musste es sein. Doch wieso? Und wovor genau?

»Ist Susanne der Grund für unsere Trennung gewesen?«, fragte er und drehte sich langsam wieder zu ihr um. »Bedroht sie dich?«

Jessica schüttelte den Kopf.

Jessicas Umzug, das neue Handy, das neue Auto – und er hatte gedacht, es wäre alles seinetwegen.

»Gleich haben Sie es, Forster«, mischte sich Hauptkommissar Kern aufmunternd ein. »Noch ein wenig weiterdenken, dann haben Sie die Lösung.«

Aber warum sollte sie sich wegen Susanne von ihm trennen? Was war nur der Grund?

»Sie bedroht mich?«, fragte Florian jetzt ungläubig, und als er sah, dass Jessica nickte, lief er zu ihr, riss sie dieses Mal tatsächlich aus dem Stuhl und nahm sie ganz fest in seine Arme.

»Na endlich«, hörte Florian Hauptkommissar Kern hinter sich sagen. »Ich geh dann mal und hole mir einen Kakao. Will noch jemand ein Heißgetränk?«

»Sie haben überhaupt keinen Grund, meinen Mandanten erneut zu befragen.« Die junge rothaarige Anwältin sah Florian über den Tisch hinweg streng an. »Nur, weil Sie seine Frau als flüchtige Mörderin identifiziert haben,

heißt das nicht, dass Herr Lochbichler irgendetwas von den Taten seiner Ehefrau wusste.«

»Aber ausschließen können wir das auch nicht«, mischte sich Kommissar Willig ein, noch bevor Hauptkommissar Forster auch nur den Mund aufmachen konnte.

»Der Staatsanwalt hat beschlossen, Ihren Mandanten vorerst nicht festzunehmen, obwohl die Tatwaffe ihm gehörte und in seinem Haus gefunden wurde, obwohl es keinen einzigen Beweis für die Existenz seiner angeblichen Ehefrau gibt, nicht einmal eine Heiratsurkunde oder Hochzeitsfotos, und obwohl wir die verbrannte Leiche seiner Schwester in seinem Haus vorgefunden haben«, zählte Florian auf. »Und ein Grund dafür ist, dass *ich* es dem Staatsanwalt empfohlen habe! Also kann ich doch jetzt wohl verlangen, dass Herr Lochbichler der Polizei bei der Suche nach Susanne Reuther behilflich ist, oder, Frau Johann?«

»Genau«, bestätigte auch Berthold. »Das wollte ich auch gerade sagen.«

Die Anwältin Anna Johann sah fragend zu ihrem Mandanten hinüber und nickte ihm dann aufmunternd zu.

»Aber ich habe Ihnen bereits alles gesagt, was ich weiß«, brummte der Landwirt unwillig.

Florian verstand seine Reaktion nur zu gut. Susanne hatte ihn belogen und benutzt, vermutlich seine Schwester getötet und ihn von vorn bis hinten manipuliert. Das war kränkend und schwer zu verdauen, erst recht für einen solchen Macho wie Herrn Lochbichler. Er war gute 20 Jahre älter als der Hauptkommissar. In seiner Generation, vor allem auf dem Lande, war immer noch der Mann der Boss und Frauen hatten ihre Meinungen für sich zu behalten und sich anzupassen. Susanne hatte gewusst, wie sie sich

benehmen musste. Bis zu dem Zeitpunkt, an dem sie seine Hilfe nicht mehr brauchte.

Hauptkommissar Forster hatte von Lochbichler erfahren, dass Susanne Herrn Lochbichler und seiner Mutter das Verschwinden ihrer Schwägerin mit einer Liebschaft zu einem Asylsuchenden erklärt hatte. Für die beiden Lochbichlers kam eine Liaison mit einem Ausländer einem Verrat gleich, weshalb sie davon Abstand genommen hatten, nach Lochbichlers Schwester zu suchen. Florian vermutete, dass diese sterben musste, weil sie Susannes Geheimnis gekannt und gedroht hatte, ihre Tarnung auffliegen zu lassen. Umso wichtiger war es, dass Lochbichler ihnen jetzt alles sagte, was er über Susanne wusste.

»Natürlich haben wir schon viele Informationen von Ihnen bekommen«, begann Florian erneut und lehnte sich lässig auf seinem Stuhl zurück. »Wir bei der Kripo wollen herausfinden, wo Ihre …ähm … Ehefrau … sich in den letzten Monaten aufgehalten hat, um eventuell ihre zukünftigen Aktionen besser einschätzen zu können. Wo haben Sie Susanne denn kennengelernt?«

»Das war etwa vor einem Jahr. In Österreich.« Mehr sagte er nicht.

»In Österreich?«, rief Berthold Willig erstaunt, sah dann aber etwas erschrocken zu seinem Chef hinüber und lächelte unsicher. Schließlich wusste er, dass er still zu sein hatte, wenn Florian eine Befragung vornahm.

Hauptkommissar Forster sah seinen jungen Kollegen streng an, doch innerlich amüsierte ihn die Situation außerordentlich, denn er erkannte, dass er selbst wohl ein ähnlich arroganter Macho war wie der Landwirt Lochbichler. Auch er duldete keine Widerrede und eigene Meinung seiner Untergebenen.

»Waren Sie damals auch mit Ihrem Freund in dem Gasthof, wie Sie es im aktuellen Fall als Alibi angegeben haben?«, fragte Florian. Als Günther Lochbichler nickte, beugte er sich über den Tisch, stützte sich auf seine Unterarme und blickte Lochbichler fest in die Augen. »Und dann haben Sie Susanne gleich …?«

»Das geht Sie überhaupt nichts an«, polterte der Landwirt dazwischen.

Florian lächelte entwaffnend. »Ich wollte wissen, ob Frau Reuther, also Susanne, gleich mit Ihnen ins Allgäu mitgekommen ist. Immerhin haben Sie nach eigenen Angaben bereits acht Wochen später geheiratet.«

»Ach so«, sagte Lochbichler etwas beschämt. »Ja, ist sie. Ich habe sie direkt mitgenommen. Sie ist sofort bei mir eingezogen.«

Florian bemerkte, wie die junge Anwältin ihren Mandanten irritiert ansah, sich aber gleich wieder fing. Für sie war es vermutlich unvorstellbar, in einer Beziehung so schnell Nägel mit Köpfen zu machen.

»Das verstehe ich gut«, sagte der Hauptkommissar jetzt. »Sie ist eine gutaussehende junge Frau und jeder Mann kann sich geschmeichelt fühlen, wenn er so einen Fang macht. Hat sie denn irgendetwas aus ihrer Vergangenheit erzählt? Auch wenn es vermutlich gelogen war – vielleicht fällt Ihnen trotzdem das eine oder andere ein«, ermunterte er den älteren Mann.

Doch dieser schüttelte nur langsam seinen Kopf. »Eigentlich haben wir nicht viel geredet«, gab er zu. »Sie hat auf dem Hof fleißig mitgearbeitet. Weil ich nebenbei auf anderen Höfen aushelfe, haben wir uns wenig gesehen.«

»Und dann die gemeinsame Zeit nicht mit Reden verschwendet«, rutschte es Florian heraus.

Doch anstatt pikiert zu sein, brach der Landwirt in schallendes Gelächter aus und klopfte sich zusätzlich mit der flachen Hand auf den Oberschenkel. »So ist es«, sagte er und zwinkerte Florian beinahe vertraut zu. »Frauen sind schließlich nicht zum Reden da. Außerdem war meine auch nicht sehr intelligent.«

»Aber sie war doch Anwältin. Sie hat studiert«, bemerkte Berthold unbedacht.

Florian hätte ihn am liebsten vom Stuhl geschubst. Jetzt wusste er wieder, warum er keine Zwischenrufe duldete. Doch er verdrehte nur genervt die Augen und sah, wie dem Befragten urplötzlich die Gesichtszüge entgleisten und er sich in sein grummeliges Schneckenhaus zurückzog.

Ab diesem Zeitpunkt war die Befragung nur noch zäh und nicht wirklich effektiv. Günther Lochbichler erzählte nur das Nötigste, gab kurze Antworten und war sichtlich froh, als der Hauptkommissar ihn schließlich entließ und Berthold Willig ihn nach draußen begleitete.

»Ich hoffe, mein Mandant war Ihnen trotzdem eine Hilfe«, sagte Anna Johann, während sie ein paar Unterlagen in ihre Aktentasche beförderte.

Florian wartete nur noch darauf, dass auch sie den Raum verließ, um hinter ihr abschließen zu können. »Ja, sicher«, antwortete er und schob die Stühle ordentlich unter den Tisch.

»Ähm, Herr Forster?«

»Was denn?«, fragte er, sah zu der Anwältin hinüber und wollte zur Tür gehen, denn sie schloss bereits die Schnallen an dem kleinen Lederkoffer. Doch Frau Johann versperrte ihm den Weg.

»Also, nicht, dass Sie mich jetzt falsch verstehen«, begann sie und ihr Augenaufschlag war filmreif. Wie

zufällig berührte sie Florians Arm. »Ich mache so etwas eigentlich nicht, aber … ähm … also … Ich habe gesehen, dass Sie keinen Ehering tragen.«

Florian lachte und schüttelte den Kopf. »Frau Johann, bitte. Ich habe …«, begann er, wurde aber sofort von ihr unterbrochen.

»Vielleicht haben Sie Lust, mich in der Mittagspause zum Essen zu begleiten? Ich finde Sie … ähm … sehr nett. Es könnte sehr interessant werden, sich mit Ihnen zu unterhalten«, hauchte sie und tat, als würde sie etwas von seiner Schulter wischen. »Wir könnten uns besser kennenlernen.«

»Na ja«, sagte Florian und rückte die bereits perfekt platzierten Stühle erneut zurecht. So hatte er die Chance, in den Spiegel an der Wand hinter der Anwältin zu schauen, ohne dass Frau Johann sein Gesicht sehen konnte. Er zwinkerte seinem Spiegelbild zu und grinste breit. Als er sich der Anwältin wieder zuwandte, war sein Gesichtsausdruck freundlich reserviert.

»Tut mir leid, Frau Johann«, sagte er. »Aber ich bin in einer Beziehung und außerdem bereits zum Essen verabredet. Trotzdem vielen Dank für das Angebot. Soll ich Sie noch hinausbegleiten oder finden Sie den Weg allein?«

Sie sagte nichts und schaute ihn auch nicht an.

Sie saß ihm nur gegenüber und stocherte mit der Gabel lustlos in ihrem Salat herum.

»Na komm schon, Jessy«, forderte Florian sie auf. »Es macht keinen Spaß, wenn du keine beiläufige Bemerkung fallen lässt.«

Jetzt sah sie verwundert auf und ließ die Gabel sinken.

»Ich hatte gerade überlegt, ob ich übermorgen freinehme und einen Ausflug nach Österreich mache«, sagte sie, sah auf irgendeinen Punkt an der Wand hinter Florian und nickte dann. »Ja, ich werde mich in dem kleinen Alpendörfchen einmal umsehen.«

Es war weder Jessicas noch Florians Aufgabe, Susanne Reuther aufzuspüren. Der Fall gehörte inzwischen einer Kemptener Sonderkommission, doch Florian verstand sehr gut, dass sie etwas tun wollte. Wenn man Angst hatte, musste man sich dieser Angst stellen. Und in Jessicas Fall bedeutete das, ihrer Schwester immer auf den Fersen zu bleiben. Er selbst hatte zwar eine Ausrede für eigenmächtige Nachforschungen – Susanne Reuther war schließlich die Haupttatverdächtige in seinem aktuellen Fall –, doch ohne Genehmigung durfte auch er nicht länderübergreifend in Österreich ermitteln.

»Ich komme mit«, beschloss er trotzdem. »Wir beide könnten endlich mal ein gemeinsames Wochenende verbringen. Das hat bisher nie geklappt.«

»Mmh«, machte Jessica nur, stach in eine Tomate und schob sie sich in den Mund. »Vielleicht bringt es ja auch überhaupt nichts«, warf sie ein. »Aber ich weiß einfach nicht, was ich sonst tun soll. Sie ist ja wieder untergetaucht.«

»Wir fragen uns vor Ort einfach mal durch. Vielleicht erinnert sich jemand an Susanne«, schlug Florian vor. »Und dann gehen wir schön essen, nehmen uns im Anschluss ein Zimmer und am nächsten Morgen kommst du mit mir ins Allgäu. Das ist sozusagen die Nachstellung des Tathergangs.«

»Das wird aber kein romantischer Ausflug, sondern ist reine Ermittlungsarbeit«, verkündete sie ihm, stopfte sich

ein großes Salatblatt in den Mund und konnte so verhindern, dass Florian sah, wie sie grinste.

»Ach komm schon, Jessy«, bat er sie. »Die Nacht nach der Hochzeitsfeier ist schon so verdammt lange her.«

»Drei Tage«, sagte sie trocken. »Die Anwältin eben war wirklich hübsch.« Er wollte eine beiläufige Bemerkung, also bekam er sie jetzt auch.

»Ach, ehrlich? Ist mir gar nicht aufgefallen.« Florian spielte mit. Er sah Jessica durchdringend an, griff nach seinem Weizenglas, hob es an, trank aber nicht. Er wartete.

»Oh ja, und es ist dir sehr wohl aufgefallen, Freundchen«, warf sie ihm gespielt entrüstet vor. »Sonst hättest du nicht so frech in den Spiegel gegrinst. Passiert dir das eigentlich öfter?«

»Was meinst du damit?« Sein Gesichtsausdruck war lauernd, doch ansonsten völlig emotionslos.

»Wie oft wirst du denn von hübschen Anwältinnen oder Zeuginnen angemacht?«, fragte sie bissig und trank schnell einen Schluck Cola. Sie hatte leider ihre Mimik nicht so gut im Griff wie er. Sein Pokerface war beeindruckend.

»Selten.« Jetzt nahm er doch einen großen Schluck aus seinem Glas und stellte es zurück auf den Tisch. »Aber wenn, dann sind die Frauen leider meist …«, er unterbrach sich und musste nun doch lächeln, »… meist nicht so sexy und rothaarig wie diese bildhübsche Anwältin. Sexy und rothaarig ist eine verdammt gefährliche Kombination, Jessy. Das kannst du mir glauben. Zum Glück habe ich mich rechtzeitig daran erinnert, dass du hinter dem Spiegel stehst und das Verhör beobachtest.« Jetzt schaute er schuldbewusst zu ihr hinüber, doch Jessica erkannte durchaus etwas Lauerndes in seinem Blick.

»Du wirst dich doch wohl an noch etwas erinnern!« Sie

sah ihn streng an, kniff die Augen dabei leicht zusammen und blinzelte nicht.

»Und an was?«

»Daran, dass blonde norddeutsche Frauen verdammt noch mal die viel gefährlichere Kombination sind.«

20

Das Wohnzimmer war riesig. Die große Panoramascheibe auf der Südseite bot einen uneingeschränkten Blick über die große Terrasse und den imposanten Garten mit dem alten Baumbestand. Eine schöne Aussicht, selbst in dieser Jahreszeit kurz nach Frühlingsbeginn, in der bis auf die Rasenfläche alles noch dunkelbraun und nass war.

Seit Jessica und ihr Kollege Kern das Haus des Ehepaares Wiedemann betreten hatten, hatte der Hausherr die Hauptkommissarin konsequent ignoriert und es nicht einmal für nötig befunden, ihr die Hand zu geben. Stattdessen richtete er sein Wort ausschließlich an Hauptkommissar Detlef Kern.

»Und Sie haben diesen Verbrecher wirklich laufen lassen?« Dr. Wiedemann klang ungehalten und lief aufgeregt im Zimmer auf und ab. »Aber er ist doch Schuld, dass meine Frau jetzt tot ist.«

»Wenn ich mich einmischen darf«, sagte Jessica und sah ihren Kollegen Kern an, der wohlwollend nickte. »Sie haben zwar allen Grund, Herrn Richter eine Mitschuld am Tod Ihrer Frau zu geben. Immerhin hatte er den Auftrag, an genau diesem Wochenende auf sie aufzupassen. Doch, Dr. Wiedemann, Sie sind doch auch klug genug, um zu verstehen, dass Alexander Richter selbst ein Opfer war.«

Der Hausherr blieb vor seinem Schreibtisch stehen, der neben der Tür zur Küche auf der Westseite des Raumes stand, und sah Jessica lange an. Dann wandte er sich erneut an ihren Vorgesetzten.

»Aber *Sie* müssen doch auch verstehen, Herr Hauptkommissar, dass mir der Verlust meiner Frau sehr wehtut und ich in meiner Not den Schuldigen finden will. Ich begreife nämlich nach wie vor nicht, warum Moni sterben musste.«

»Sie sagten, Ihre Frau hatte keine Feinde«, führte jetzt Hauptkommissar Kern die Befragung fort. »Kann es denn sein, dass man eigentlich Sie treffen wollte, Herr Dr. Wiedemann?«

»Und der Täter hat nicht bemerkt, dass nicht ich, sondern meine Frau in der Auffahrt lag, als er über sie drübergefahren ist?«, rief Wiedemann sarkastisch.

»So meinte mein Kollege das doch gar nicht und das wissen Sie«, mahnte Jessica und sah Dr. Wiedemann streng an. »Haben Sie Feinde? Gibt es jemanden, der Ihnen schaden will?«

Der Ehemann der Ermordeten hatte eine ganz perfide Art, seine Gesprächspartner in die Defensive zu bringen, doch Jessica hatte ihn durchschaut und ließ seine Spielchen nicht zu.

»Und wie sieht es mit den Medikamenten aus, die Ihre Frau nehmen musste? Waren da welche dabei, die ihr durchaus merkwürdiges Verhalten erklären könnten? Immerhin hat sie sich scheinbar freiwillig in die Auffahrt gelegt. Sie sind Arzt. Sie sind der Experte.« Jessica war zu Dr. Wiedemann hinübergegangen und dicht vor ihm stehen geblieben. So hatte er keine Chance, sie weiterhin zu ignorieren.

Der Mediziner sah sie erneut lange an. »Nein«, sagte er ungerührt. »Aber da Sie mir eben erzählt haben, dass Alexander Richter unter Drogen stand, wird der Täter meiner Frau wohl auch Drogen verabreicht haben.« Er ließ die Hauptkommissarin nicht aus den Augen. »Verkaufen Sie mich nicht für blöd, junge Frau.«

»Sie haben natürlich recht, Herr Wiedemann«, mischte sich Hauptkommissar Kern wieder in die Befragung ein. »Die Obduktion hat ergeben, dass Ihrer Frau dieselben Drogen verabreicht wurden wie Herrn Richter. Herrn Richter allerdings in viel höherer Konzentration.«

»Ihre Frau litt an Depressionen?«, fragte Jessica und lehnte sich lässig gegen den Schreibtisch. »Wie lange war sie schon in Behandlung?«

»Seit zwei Jahren«, informierte Dr. Wiedemann sie kurz angebunden.

»Also ungefähr seit der Zeit, als Sie beide geheiratet haben.«

»Was wollen Sie denn damit sagen?« Der Arzt klang wütend und verschränkte die Arme vor der Brust.

»Gar nichts, entschuldigen Sie, Dr. Wiedemann«, bedauerte Jessica, klang allerdings ungerührt. »Eigentlich wollte ich nur feststellen, dass Sie, Herr Wiedemann, zu dem Zeitpunkt gerade erst ein paar Wochen geschieden waren. Kann es sein, dass Ihre Ex-Frau der Grund für die Depressionen Ihrer jetzigen Frau war?«

Hauptkommissar Kern sah seine junge Kollegin völlig entgeistert an. Doch als er bemerkte, dass der Befragte innerlich vor Wut kochte und Jessica hasserfüllt ansah, nickte er zufrieden.

»Wir ermitteln in alle Richtungen, Dr. Wiedemann. Deshalb müssen wir auch ausschließen, dass Ihre Ex-Frau etwas mit dem Tod Ihrer Frau zu tun hat.« Jessica musste sich wegdrehen, um ihm nicht dreist ins Gesicht zu lächeln.

Doch Dr. Wiedemann, eben noch so aufgeregt, war plötzlich wieder absolut ruhig.

»Sie sind keine gute Ermittlerin, Frau Grothe«, stellte er herablassend fest. »Ich habe mich nicht scheiden lassen von meiner ersten Frau. Wenn Sie gut recherchiert hätten, dann wüssten Sie, dass ich Witwer war, bevor ich erneut geheiratet habe.«

Jetzt drehte sich Jessica wieder zu ihm um. »Und wenn Sie mich als Frau nicht so konsequent unterschätzen würden, Herr Wiedemann, dann hätten Sie zumindest vermutet, dass ich Sie nur testen wollte. Natürlich weiß ich, dass Sie nicht geschieden, sondern Witwer waren. Übrigens genau wie jetzt wieder«, fügte sie hinzu und ließ ihn nicht aus den Augen. »Und ich weiß auch, dass Sie Ihre erste Frau für tot erklären lassen haben. Fast zehn Jahre, nachdem Sie sie als vermisst gemeldet haben.«

»Zwischen dem Verschwinden meiner ersten Frau und

meiner erneuten Heirat lagen fast zehn Jahre«, erklärte er ungehalten. »Sie können mir doch nicht vorwerfen, dass ich nach so vielen Jahren mein Leben wieder in geordnete Bahnen gelenkt habe.« Er sprach von Ordnung, nicht von Liebe.

»Das wirft Ihnen mit Sicherheit niemand vor, Herr Dr. Wiedemann«, bemerkte jetzt Kern und reichte ihm die Hand. »Meine Kollegin und ich werden uns jetzt verabschieden. In diesem Mordfall werden wir wohl noch viel, viel tiefer graben müssen. Schließlich wollen Sie doch auch wissen, wer diese Freveltat begangen hat, oder?«

»Hätte nicht gedacht, dass du so eine eiskalte Ermittlerin bist, Jessica«, bemerkte Kern belustigt, als sie auf dem Weg zurück ins Präsidium gemeinsam im Streifenwagen saßen.

»Ich mag den Kerl einfach nicht«, gab Jessica zu. »Mit dem stimmt etwas nicht. Gut, er hat ein wasserdichtes Alibi für die Tatzeit, doch irgendwie ist der mir suspekt.«

Als Kern lachte, wurde Jessica doch unsicher.

»Bin ich zu weit gegangen? Immerhin hat er kürzlich seine Frau verloren. Vielleicht ist es einfach seine Art, mit der Trauer umzugehen.«

»Das ist dann sein Problem und nicht deines«, bestimmte Hauptkommissar Kern und bog an der Kreuzung nach links ab. »Ich habe mir schon vor Jahren abgewöhnt, Rücksicht auf die Verdächtigen zu nehmen. Mein Job ist es, einen Mörder zu finden, nicht, den Menschen Honig ums Maul zu schmieren. Außerdem: Der Mann trauert doch gar nicht wirklich.«

»Du hältst ihn also auch für verdächtig?«

Kern lachte wieder. »Auf jeden Fall verschweigt er irgendetwas. Komischer Kauz.«

»Ich hab übrigens am Freitag frei«, sagte Jessica. Es sollte beiläufig klingen, denn sie wollte nicht, dass ihr Kollege von ihren heimlichen Ermittlungen erfuhr. Hauptwachtmeister Götze hatte ihr vorhin kurz vor ihrem Aufbruch zur Villa Wiedemann das Okay für den außerplanmäßigen Urlaubstag gegeben.

»Also ein Ausflug zusammen mit Forster«, stellte Kern fest. »Bevor du fragst: Ich habe Forster vorhin telefonieren gehört. Er sagte in dem Gespräch, er würde für zwei Tage nach Österreich fahren.«

»Ja, da hast du recht«, gab sie leise zu. »Wir wollen zusammen verreisen.«

»Und zusammen nach deiner Schwester suchen.« Bevor seine junge Kollegin etwas sagen konnte, fügte er hinzu: »Berthold hat in der Teeküche vom Verhör erzählt. Auch, dass Susanne Reuther in diesem kleinen österreichischen Dorf in den Alpen untergetaucht war.«

»Verstehe. Dir entgeht wirklich nichts, Detlef«, sagte Jessica und sah ihn bittend an. »Verrate es keinem. Ich möchte nicht, dass Götze von meinen heimlichen Ermittlungen erfährt.«

»Götze hat keine Ahnung«, sagte Kern. »Und es ist auch gut, dass er nichts von dir und Forster weiß. Beziehungen zwischen Kollegen sind im Präsidium nicht erwünscht.«

21

Die Gehwege und Straßen waren gut geräumt und überall lag dieses schwarze Granulat, das bei jedem Schritt unter den Schuhen knirschte. Auf den Hausdächern, an den Wegrändern und in den Vorgärten allerdings lag noch eine beachtliche Menge Schnee. In Kempten selbst war es schon seit Wochen nicht mehr weiß, doch hier in dem recht hoch liegenden Alpendorf war selbst Mitte März noch tiefster Winter.

»Es soll wohl heute Abend auch wieder schneien«, sagte Jessica, setzte sich eine Mütze auf und zog sich die dunkelblauen Wollhandschuhe an, an die sie kurz vor der Abreise glücklicherweise noch gedacht hatte. »Himmel, es ist verdammt kalt hier.«

»Ich hab dich noch nie mit Mütze gesehen«, hörte sie Florian hinter sich sagen. »Dreh dich mal um.«

Den Schal bis übers Kinn hochgezogen, den Mantelkragen hochgeschlagen und die Mütze mit dem lustigen Bommel bis knapp über die Augenbrauen hinuntergezogen, schauten nicht viel mehr als ihre Augen heraus, als sie sich ihm zuwandte und ihn ernst ansah. »Wehe, du lachst«, nuschelte sie in den dicken Wollschal. »Ich hasse Mützen.«

Doch er konnte nicht anders, als breit zu lächeln. »Das steht dir wirklich … ganz … ausgezeichnet«, behauptete er und hatte plötzlich wieder diesen emotionslosen Ausdruck auf dem Gesicht, der kaum erraten ließ, was er

dachte oder fühlte, wäre da nicht das leichte Zucken seiner Mundwinkel.

»Hauptsache, ich friere mir nicht die Ohren ab«, ließ sie ihn wissen, als sie sich wieder umdrehte und weiter die Hauptstraße entlangging. »Hast du im Hotel schon gefragt?«

Sie waren erst vor 20 Minuten angekommen und hatten vor dem Gasthof geparkt, dessen Adresse Günther Lochbichler Florian genannt hatte. Florian hatte sie beide an der Rezeption angemeldet, während Jessica den zu dieser Jahreszeit leeren Biergarten und die schneebedeckte Wiese hinter dem Haus erkundet und auf seine Rückkehr gewartet hatte. Beide wollten sofort damit beginnen, im Dorf nach Hinweisen auf Susanne zu suchen.

»Die wissen nichts«, berichtete Florian jetzt, schloss zu ihr auf und nahm ihre Hand. »Der Gastwirt sagte, er erinnere sich zwar an den Jagdhelfer, weil der Stammgast ist und jedes Jahr mit seinem Freund ein paar Tage hier verbringt, doch an Susanne konnte er sich nicht erinnern. Er wird aber seine Frau und seine Tochter noch fragen.«

»Gut.« Jessica sah sich suchend um. »Dann lass uns hier mal reingehen und uns erkundigen.« Sie deutete mit der freien Hand auf einen kleinen Tante-Emma-Laden an der Ecke einer Querstraße. »Susanne war hier, also muss irgendjemand sie doch auch wiedererkennen.«

Nach dem dritten Geschäft und einigen befragten Passanten, die sie in der Fußgängerzone angetroffen hatten, waren Florian und Jessica bereits ziemlich frustriert gewesen. Das hatte sich auch nicht geändert, als der Apotheker des Dorfes ihnen gesagt hatte, er hätte die Dame auf dem Bild möglicherweise gesehen, wäre sich aber nicht sicher. Nach der Apotheke waren sie zu der kleinen

Dorfkirche auf dem Hügel am anderen Ende des Städtchens gegangen, doch der Pfarrer konnte sich nicht an Susanne, ob nun mit blonden langen Haaren oder mit dunkler Kurzhaarfrisur, erinnern. Anschließend hatten sie im Frisörsalon des Dorfes gefragt. Das junge Mädchen hatte sie jedoch auf morgen vertröstet, da wäre die Chefin wieder da. Um nicht so viel Zeit zu verlieren, hatten Florian und Jessica nach dem Frisörbesuch beschlossen, getrennt weiterzufragen. Jessica war in das kleine Café am Marktplatz gegangen. Dort hatte ihr eine weißhaarige alte Dame erzählt, dass sie zu der Zeit, als Susanne angeblich hier im Dorf gewesen sein soll, mit einem angebrochenen Hüftknochen für mehrere Wochen im Hospital gelegen hätte. Zwei Tassen Kräutertee und ein Stück Streuselkuchen später hatte Jessica es endlich geschafft, sich dem Gespräch der resoluten Frau zu entziehen und sich höflich zu verabschieden. Jetzt trat sie gerade durch die Tür des Cafés ins Freie.

»Wo warst du denn so lange?«, rief Florian und es klang wie eine Mischung aus Vorwurf und Erleichterung. »Habe dich schon überall gesucht.« Er kam von der anderen Straßenseite herübergelaufen und blieb direkt vor ihr stehen.

»Eine nette alte Dame hat mir von ihrer Hüft-OP und der anschließenden Reha erzählt«, sagte Jessica. »Hast du denn wenigstens etwas Neues?«

Florian schüttelte den Kopf. »Der Fotograf da drüben war so freundlich, mir Fotos vom vorletzten Winterfest zu zeigen. Das hat etwas gedauert, hat aber gar nichts gebracht. Wollen wir jetzt erst einmal etwas essen?«

»Hatte gerade Kuchen«, gab Jessica zu, zog ihr Smartphone aus der Manteltasche und schaute auf das Display nach der Uhrzeit. »Ich rufe schnell zu Hause an. Es ist

schon fast 19 Uhr. Wir sollten für heute die Suche abbrechen und ins Hotel zurückgehen.«

»Gute Idee, da gibt's heute Schweinebraten.«

Beim Gasthof angekommen, holte Florian ihr Gepäck aus dem Kofferraum seines Kombis, folgte Jessica in den Empfangsbereich und verlangte am Tresen ihren Zimmerschlüssel.

»Ah, de Herr Forschtrr und d' G'mahlin. Herzlich willkommen z'ruckch«, wurden beide vom Wirt persönlich begrüßt. »Hand enk an scheena Doog g'hett?«

Da Jessica den Mann nur verwirrt anstarrte, übernahm Florian die Gesprächsführung.

»Scho, dank schee. Uier Ort liggt aber scho wirkle schee do zwischba deane Berg. Und 's Weatter war heit ja au meh' traumhaft. Mir dätet glei no geara ebbs eassa, wenn's goht«, sagte er und warf einen Blick in den nur mäßig besuchten Gastraum der Wirtschaft. »Vor am Ei'gang ho' i g'leasa, dass es heit an Schweinsbroota geit.«

»Ja, und der isch ausgezeichnet«, nickte der Wirt. »Mei' Frau mocht 'n und 's isch d'r bescht Schweinsbrootn weit und broat. Soll'n mir eahna Gepäck scho auf eahna Zimmer bring'n?«

»Des mach i scho sell, dank d'r schee.« Florian nahm den Schlüssel entgegen und stieg die Stufen in den ersten Stock hinauf.

Jessica lächelte dem Wirt etwas unsicher zu und verschwand dann schnell im anliegenden Gastraum, bevor der freundlich lächelnde Mann irgendetwas zu ihr sagen konnte.

Es war kurz vor 22 Uhr, als sie das Hotelzimmer schließlich gemeinsam betraten. Jessica war überwältigt. Der

Raum war riesig. Das breite Bett an der gegenüberliegenden Wand wirkte fast verloren. Hier hätte locker eine mittelgroße Ein-Zimmer-Wohnung reingepasst. Sie hängte Jacke, Mütze und Schal an die Garderobe, zog ihre Schuhe aus und stellte sie ordentlich auf die dunkelgrüne Plastikunterlage neben der Tür.

»Wow, das Bett ist riesig«, staunte sie, überlegte kurz, knöpfte ihre Hose auf und begann, auch die Bluse zu öffnen.

»Was wird das jetzt?«, fragte Florian leicht amüsiert.

»Hast du schon einmal so dicke Daunendecken gesehen?«, rief sie begeistert, warf die Bluse über den Stuhl am Schreibtisch und stieg aus ihrer Jeans. »Da muss ich gleich kurz probeliegen.« Seit Monaten schon nächtigte sie auf dem ungemütlichen Schlafsofa in ihrer Stadtwohnung in Kempten. Wenn die Matratze in diesem Hotelbett genauso verführerisch bequem war, wie die Bettdecken aussahen, würde sie traumhaft schlafen.

Jessica war zwischen all dem Bettzeug gar nicht mehr zu sehen, doch Florian hörte sie wohlig seufzen und lachte.

»Ich gehe noch schnell duschen«, verkündete er. »Dann komme ich nach.«

»Und ich stehe gleich wieder auf«, gähnte Jessica zufrieden. »Ich mach noch schnell ein paar Notizen, bevor wir schlafen gehen, damit wir bis morgen nichts vergessen. Wir müssen noch einmal in den Frisörsalon. Und auch die Wirtin des Gasthofes haben wir noch nicht befragt. Auf dem Tisch liegen Block und Kugelschreiber. Ich schreib's gleich auf.« Sie gähnte erneut.

Als Florian keine fünf Minuten später das Bad verließ, schlief Jessica bereits tief und fest.

Irgendwann in der Nacht wachte Jessica auf, schob Florians Arm weg, kroch unter der Decke hervor und schlich leise ins Bad. Schon kurze Zeit später kam sie zurück, kuschelte sich auf ihrer Bettseite in die dicke Daunendecke und schlief gleich wieder ein.

Kurz darauf wachte Florian auf. Er horchte in die Stille hinein, denn er meinte, ein Geräusch gehört zu haben. Er hörte Jessica tief und regelmäßig atmen, seine Fingerspitzen berührten auf dem Kopfkissen ihr Haar. Sie lag neben ihm und schlief, von ihr konnte es also nicht gekommen sein.

Was hatte ihn dann aufgeweckt?

Das Zimmer war stockdunkel. So dunkel, dass er weder die Umrisse von Jessicas dicker Daunendecke noch den Bettpfosten sah. Das kleine Nachtlicht im Bad, dessen Tür nur angelehnt war, schaffte es gerade, so viel Helligkeit abzugeben, dass man den Türrahmen des gefliesten Nebenzimmers erahnen konnte. Doch der Rest des Raumes war absolut dunkel.

Jetzt hörte er wieder etwas, konnte aber nicht ausmachen, was es war, geschweige denn, woher das Geräusch kam.

War da überhaupt ein Geräusch gewesen? Oder hatte er nur schlecht geträumt? Träumte er vielleicht noch immer?

Florian wagte nicht sich zu bewegen und erst recht nicht, das Licht anzumachen. Er hielt gespannt den Atem an und hoffte, seine Augen würden sich bald an die Dunkelheit gewöhnen und der Rest seiner Sinne würde endlich den Grund für seine aufsteigende Panik bestimmen können.

Er fühlte plötzlich eine unbeschreibliche Angst, wahrscheinlich völlig unbegründet, und doch so machtvoll real.

Dort, an der Wand neben Jessicas Bettseite, war das Fenster. Schwere dunkle Vorhänge verhinderten, dass von draußen Licht hereinfiel. Er erinnerte sich an die kleine Anrichte neben dem Fenster, auf der eine Vase stand, gefüllt mit Trockenblumen. In der Ecke am anderen Ende des Zimmers war der Fernseher mit einem Schwenkarm direkt an der Wand angebracht. Florian versuchte sich an alle Einzelheiten des Zimmers zu erinnern, hoffte, seinen Augen so endlich einen Anhaltspunkt zu geben, um all diese Möbel und Gegenstände auch zu erkennen. Doch der Raum blieb dunkel. Wo kein winziges bisschen Licht war, konnte man nun einmal nichts sehen, so sehr man sich auch anstrengte.

Irgendwo im Raum knackte der Boden und sein Herz schlug immer heftiger. Sein Atem ging flach und leicht beschleunigt.

War jemand im Zimmer?

Mit der Hand tastete er jetzt doch vorsichtig nach dem Schalter der Nachttischlampe, fand ihn schließlich und betätigte den Kippschalter, aber das Licht ging nicht an.

War der Stecker nicht in der Dose? Am Abend hatte die Lampe doch noch funktioniert.

Plötzlich spürte er Jessicas Hand an seiner Schulter. Die Berührung fühlte sich allerdings nicht beruhigend an. Dafür drückte sie ihn zu fest, krallte sich mit den Fingern in seine Haut. Sie ängstigte sich ebenso wie er.

Hatte sie das Geräusch auch gehört? Oder übertrug sich einfach seine eigene Angst auf sie?

Wieder dieses Knacken.

»Ist da jemand?«, rief er und schaffte es tatsächlich, ohne Panik in der Stimme zu sprechen. Als seine Finger

suchend über die Matratze glitten, musste er sich konzentrieren, um das Zittern in seinen Händen unter Kontrolle zu bekommen. In dem kleinen Hohlraum zwischen Matratze und Nachttisch hatte er gestern seine Dienstwaffe verstaut. Jetzt zog er sie heraus, entriegelte sie und richtete sie ziellos in die Dunkelheit vor dem Bett.

»Ich bin bewaffnet. Wer ist da?«, fragte er erneut und bekam auch dieses Mal keine Antwort.

Stattdessen abermals das Knarzen einer Bodendiele, dann noch einmal.

Anschließend war wieder alles still.

Totenstill.

Florian versuchte, sich auf seine Atmung zu konzentrieren, versuchte, durch tiefes Ein- und Ausatmen seine Panik in den Griff zu bekommen und die aufsteigende Übelkeit zu besiegen. Er lauschte angstvoll in die Stille. Die Waffe in seinen Händen konnte er kaum ruhig halten.

Bildete er sich das nur ein oder hörte er ein unterdrücktes Kichern und ein kratzendes Geräusch, als würden Fingernägel über eine raue Tischplatte schaben?

Kam das Geräusch wirklich vom Tisch auf der anderen Raumseite, oder war jemand direkt vor dem Bett?

Er atmete inzwischen so unregelmäßig und hektisch, dass ihm schon leicht schwindelig wurde.

Bildete er sich die Geräusche nur ein?

Hatte er einen Albtraum? Musste er nur wach werden und die Augen aufschlagen?

Wieder starrte er gebannt in die Dunkelheit, versuchte irgendetwas zu sehen und erschrak, als er einen milden, warmen Luftzug in seinem Gesicht spürte, als hätte ihm jemand ins Gesicht geatmet.

Dann vernahm er Schritte. Leise schlurfende Schritte. Erst langsam, dann immer schneller.

Jemand ging über den Teppich.

Ja, ohne Zweifel. Jemand rannte jetzt durch den Raum. Der Rhythmus der Schritte wurde immer schneller und ihr Hall bewegte sich durch den Raum, am Bett vorbei. Florian konnte kaum ausmachen, woher diese bedrohlichen Schritte kamen oder wohin sie gingen.

Mit ausgestreckten Armen und der Waffe in den Händen folgte er dem Geräusch, hatte Mühe, seine Hände ruhig zu halten, und war kurz davor, auf etwas zu schießen, das er nicht sehen konnte, das ihm aber eine unbeschreibliche Angst einjagte und ihn gleichzeitig zu lähmen schien. Er wollte rufen, bekam aber keinen einzigen Ton heraus. Angst und Panik schnürten seine Kehle zu.

Als er plötzlich diesen immens lauten Knall hörte, zog er augenblicklich den Abzug seiner Waffe durch, doch anstatt eines Schusses vernahm er nur ein leises Klicken. Im selben Moment ging das Licht an und der Raum war plötzlich hell erleuchtet.

Und bis auf ihn und Jessica menschenleer.

Die zuschlagende Zimmertür hatte das laute Geräusch verursacht. Das kleine Landschaftsbild direkt neben dem Türrahmen wackelte noch leicht hin und her.

Jessica, die den Lichtschalter an der Wand neben ihrem Nachttisch betätigt hatte, sprang blitzschnell aus dem Bett und lief zur Tür, riss sie auf und schaute in den beleuchteten Gang, der zur Treppe ins Erdgeschoss führte.

Florian kniete auf der Matratze und starrte fassungslos auf seine Waffe.

Das Magazin fehlte. Jemand hatte es herausgenommen. Er hätte gar nicht schießen können.

Er hätte es merken müssen, denn die Waffe in seiner Hand war viel leichter als in geladenem Zustand. Doch seine Panik war zu groß gewesen, um es zu erkennen.

Jessica kam ins Zimmer zurück, verriegelte die Tür von innen, drehte sich um und sah ihn voller Angst an. Ihre Hände zitterten und sie war kurz davor, in Tränen auszubrechen.

»War das … War das Susanne?«, sprach sie aus, was auch Florians erster Gedanke gewesen war, und schnappte nach Luft, schlang ihre Arme um ihren Körper und begann hemmungslos zu zittern.

Florian lief zu ihr und nahm sie in den Arm. »Sie ist weg. Wir sind nicht mehr in Gefahr«, versuchte er sie zu beruhigen. Dabei starrte er gebannt auf die Tür, als würde er erwarten, dass Susanne gleich wieder hereingestürmt kam, um sie beide endgültig auszuschalten. Er war sich absolut sicher, dass es Susanne gewesen war, die sie im Zimmer aufgesucht hatte und die ihm das Magazin aus der Waffe hatte stehlen können, ohne ihn oder Jessica zu aufzuwecken.

Wie lange war sie schon da gewesen, bevor er wach geworden war?

»Sie wusste, dass wir hier nach ihr suchen würden. Sie hat auf uns gewartet. Sie ist uns immer einen Schritt voraus.« Jessica klang atemlos, befreite sich schließlich aus seinen Armen und ging im Zimmer auf und ab. »Und jetzt wird sie dich töten, Florian. Jetzt weiß sie, dass ich gegen ihre Anweisung wieder mit dir zusammen bin.«

»Und warum hat sie das dann nicht getan? Sie hatte meine Dienstwaffe in der Hand. Sie hätte mich im Schlaf erschießen können.« Er wollte beruhigend klingen, doch das misslang ihm gänzlich. Er hatte schon lange nicht mehr

solch eine Angst gehabt und sein Herzschlag beruhigte sich auch jetzt noch nicht. Also konzentrierte er sich wieder auf seine Atmung und begann ebenfalls im Zimmer auf und ab zu gehen.

»Sie wird nicht zurückkommen, oder?«, fragte Jessica heiser, setzte sich auf die Bettkante und beobachtete, wie Florian langsam mit ausladenden Schritten durch das große Zimmer tigerte. Immer von einer Wand zur anderen, die Arme über dem Kopf verschränkt und darauf konzentriert, tief ein- und auszuatmen.

Schließlich blieb auch er stehen und setzte sich auf den Stuhl am Schreibtisch.

»Sie kommt doch nicht wieder, oder?«, wiederholte Jessica und schaute verstohlen zur Tür.

»Nein«, sagte Florian, doch es klang nicht hoffnungsvoll, sondern alarmiert.

Als Jessica ihren Blick prüfend auf seine Augen richtete, sah sie das pure Entsetzen in ihnen. Er starrte auf den Block, der auf dem Schreibtisch lag und auf den sie eigentlich gestern Abend noch ihre Notizen hatten machen wollen. Daneben lag das Patronenmagazin von Florians Dienstwaffe.

»Sie kommt nicht zurück, Jessica. Sie wartet auf einen passenderen Moment, um mich zu töten.«

22

Der Grenztunnel nach Deutschland war einseitig gesperrt, vermutlich hatte es einen Unfall gegeben. Die Autos wurden abwechselnd mit Blockabfertigung von Nord nach Süd oder umgekehrt durch den Tunnel geschleust. Es ging nur sehr langsam voran. Jetzt standen sie schon wieder seit über zehn Minuten und Florian schlug plötzlich genervt mit beiden Händen auf das Lenkrad.

»Verdammter Stau«, brummte er wütend. »Wenn das so weitergeht, sind wir erst am späten Nachmittag zu Hause.« Er wusste, wie sehr Jessica sich wünschte, schnell bei den Kindern zu sein. Ihre Schwester Susanne bedrohte gerade ihr komplettes Leben und niemand konnte ausschließen, dass sie sich Svenja und Tobias schnappen würde. Sie hatten das Hotel deshalb schon am frühen Morgen verlassen.

Jessica wollte nach Hause, und er wollte das auch.

Susanne war tatsächlich in ihrem Zimmer gewesen, davon zeugte die Nachricht, die sie auf dem Zettelblock im Hotelzimmer hinterlassen hatte. Der Zettel lag jetzt auf dem Rücksitz des Kombis. Susanne musste sich einige Zeit in dem Hotelzimmer aufgehalten haben, um eine so ausführliche Nachricht zu verfassen.

Ein nettes Paar gebt ihr beide ab, doch es enttäuscht mich etwas, Schwesterherz, dass du nicht verstanden hast, was ich meinte, als ich sagte, du sollst dich von Florian trennen. Aber ich verzeihe dir.

Florian? Ich war immer etwas neidisch auf Jessica, denn du siehst durchaus zum Anbeißen aus, wie du mit freiem Oberkörper im Bett liegst und friedlich schläfst. Lassen wir dir vorerst den friedlichen Schlaf, oder? Erschießen ist ja auch zu einfach. Du kennst mich, das macht mir einfach keinen Spaß.

Es steht jetzt 2:0, Schwesterherz! Und du weißt, was das bedeutet.

Ja, das wusste Jessica nur zu gut. Ihre nächste Begegnung würde tödlich enden. Was sie allerdings nicht verstand: Wenn es ein 2:0 gab, was war dann das 1:0 gewesen? Als sie jetzt Florian danach fragte, zuckte dieser nur mit den Schultern.

»Vermutlich meint sie ihren Angriff auf mich, damals im Krankenhaus«, schlussfolgerte er. »Immerhin hat sie mich dort auch verschont. Allerdings hätte sie dann 3:0 schreiben müssen.« Seine Gelassenheit war nur vorgetäuscht. Innerlich zerfraß ihn der Gedanke regelrecht, dass Susanne bereits dreimal die Chance gehabt hatte, ihn zu töten. In der vergangenen Nacht, im Krankenhaus und damals in der einsamen Jagdhütte. Er hatte es am eigenen Leib erfahren: »Einfach« machte ihr keinen Spaß, sie wollte quälen. Und sollte sie ihn irgendwann töten, dann würde es grausam und brutal werden. Einen Vorgeschmack hatte er in der Jagdhütte bekommen. Die zahlreichen Verletzungen, die Susanne ihm damals zugefügt hatte, hatten ihn fast umgebracht. Danach hatte er monatelang Albträume gehabt. Jetzt würden diese schrecklichen Träume sicher zurückkommen.

»Es tut mir leid«, flüsterte Jessica, sank im Autositz zusammen und starrte auf ihre Füße. »Ich habe dich in

Gefahr gebracht. Ich hätte nach der Hochzeit nicht zu dir mitgehen dürfen.«

»Du konntest meinem geballten Allgäuer Charme einfach nichts entgegensetzen«, flachste Florian, nahm ihre Hand und lächelte. »Es hätte mich eh nichts davon abhalten können, die Nacht mit dir zu verbringen. Nicht einmal die drohende Gefahr, durch die Hand deiner Schwester qualvoll zu sterben.«

»Das ist nicht komisch, Florian«, fuhr sie ihn an und entzog ihm ihre Hand.

»Nein, ist es nicht«, gab er ernüchtert zu. »Aber sei doch mal ehrlich, Jessica. Du glaubst doch nicht, dass Susanne wirklich Ruhe gibt. Dass sie irgendwann mit dem ganzen Morden und Manipulieren aufhört, oder?«

»Nein, das tut sie nicht.«

»Dann müssen wir sie überführen, und zwar schnell«, schloss Florian zufrieden. »Und wir müssen endlich aufhören, uns von ihr manipulieren zu lassen. Diese Frau bestimmt nicht, ob wir beide zusammen sind oder nicht! Jetzt nicht mehr!«

»Machen Sie doch bitte einmal eine Ausnahme.« Sie sah den Polizeibeamten flehend an, der kurz nach dem Grenzübergang stichprobenhaft einige Autos kontrollierte und ausgerechnet sie herausgewunken hatte. Sie hielt ihm den Dienstausweis der Kripo Kempten entgegen. »Es tut mir leid, dass ich keinen Personalausweis habe, aber der war in der Geldbörse, die mir in Österreich gestohlen wurde. Verdammter Mist«, fuhr sie fort. »Und ich dachte, Österreich wäre so ein friedliches Land.«

Der junge Polizist sah sie streng an, nahm aber zumindest das dienstliche Dokument entgegen, sah es sich auf-

merksam an und reichte es der jungen Frau zurück durch die heruntergelassene Autoscheibe.

»Das eben war natürlich ein Scherz«, sagte die blonde Frau auf dem Fahrersitz und lächelte entwaffnend. »Österreich ist ein wunderbares Land. Deshalb mache ich ja auch so gern Urlaub dort.«

»Frau Grothe, Sie als Beamtin der Kriminalpolizei müssten doch wissen, dass das so nicht geht. Ohne offizielles Dokument mit Lichtbild darf ich Sie eigentlich nicht durchlassen. Und ohne Ihren Führerschein darf ich Sie auch nicht weiterfahren lassen.«

Die junge Frau lachte. »Ja, das weiß ich. Aber ich will doch einfach nur schnell nach Hause. Könnten Sie nicht kurz meinen Kollegen im Präsidium anrufen? Der müsste heute am Samstag Dienst haben, soviel ich weiß. Er heißt Kern, Hauptkommissar Detlef Kern.«

Der Zollbeamte seufzte.

»Ist gut, ich habe die Nummer der Kripo Kempten in meinem Handy. Würden Sie mir für die Zeit, in der ich telefoniere, Ihren Autoschlüssel überlassen? Nur zur Sicherheit.« Er war misstrauisch. Irgendetwas beunruhigte ihn.

Doch das machte nichts. Wenn sie selbst sicher genug auftrat, dann würde sie sein Misstrauen schnell zu Fall bringen. »Aber selbstverständlich. Ich möchte Ihnen ja auch nicht mehr Schwierigkeiten machen, als nötig. Danke für Ihr Verständnis.«

Susanne Reuther hörte aufmerksam zu, als der Beamte erst mit der Zentrale und dann direkt mit Jessicas Kollegen Kern sprach.

»Ihr Kollege hat mir bestätigt, dass Sie gestern nach Österreich gefahren sind und heute zurückkommen wollten. Das deckt sich mit Ihren Angaben. Ich wünsche Ihnen

eine gute Heimreise, Frau Grothe. Und regeln Sie das mit dem Ausweis so schnell es Ihnen möglich ist, damit Sie auch in Zukunft Ihr Lieblingsurlaubsland ohne Probleme besuchen können.«

»Ich danke Ihnen«, sagte Susanne, nahm ihm ihren Autoschlüssel aus der Hand, startete den grünen Ford Fiesta und gab Gas. Nach Kempten waren es von diesem Grenzübergang aus noch ein paar Stunden, doch sie würde ihr Ziel noch vor dem Abend erreichen.

»Aber Herr Kern, was reden Sie denn da?« Hauptwachtmeister Götze klang, als versuchte er, einen Wutanfall zu unterdrücken. »Habe ich das richtig verstanden? Hauptkommissarin Grothe ist in Österreich? *Was tut sie dort?*« Doch da Götze die Antwort bereits kannte, hob er nur genervt die Hand, als Kern ihm die Sachlage erneut erklären wollte.

»Sie hat also auf eigene Faust ermittelt?« Er war so aufgebracht, dass er begann, in dem kleinen Büro im Erdgeschoss auf und ab zu gehen und leise vor sich hin zu fluchen. »Und wie soll ich das der Soko erklären, die seit Wochen nach dieser Mörderin Susanne Reuther sucht? Endlich ein konkreter Hinweis auf ein Hotel in Österreich, und Frau Grothe hat nichts Besseres zu tun, als den Einsatz der österreichischen Beamten zu torpedieren. Verdammte Scheiße!«

»Darum geht es doch jetzt gar nicht, Herr Götze«, versuchte Hauptkommissar Kern mit ruhiger Stimme seinen Chef zu besänftigen. »Die Fahndung muss raus. Susanne Reuther ist in einem grünen Ford Fiesta im südlichen Bayern unterwegs und eventuell auf dem Weg nach Kempten. Das können Sie der Soko zuallererst mitteilen. Alles andere

kann warten«, schlug Detlef Kern vor. »Immerhin haben die Ermittlungen von Hauptkommissar Forster schließlich den Hinweis auf das Hotel in Österreich gebracht. Da kann man doch mal ein Auge zudrücken.«

Doch Hauptwachtmeister Götze blickte misstrauisch zu seinem Kollegen auf der anderen Seite seines Schreibtisches. »Wollen Sie damit andeuten, dass Forster ebenfalls in Österreich war? Zusammen mit Grothe?«

»Was ist jetzt mit der Personenfahndung?«, wich Kern aus und lächelte entwaffnend. Er hatte sich nach dem Anruf des Verkehrspolizisten aus Freilassing zuerst nichts weiter gedacht, sich dann aber doch entschieden, Jessica anzurufen, um sich den Vorfall bei der Kontrolle bestätigen zu lassen. Immerhin war der Grenzübergang, den sie scheinbar genommen hatte, bei Salzburg und diese Stadt war kilometerweit vom direkten Allgäuer Grenzübergang entfernt. Jessica wiederum, die bis zu diesem Zeitpunkt ihre Dienstmarke noch gar nicht vermisst hatte, bat ihn eindringlich, die Fahndung nach ihrer Schwester sofort in die Wege zu leiten.

So dicht waren sie Susanne Reuther seit einem Jahr nicht auf den Fersen gewesen. Vielleicht würde sie jetzt endlich ins Netz gehen. Doch seit der Verkehrskontrolle war bereits fast eine halbe Stunde vergangen.

»Ist gut.« Der Hauptwachtmeister nickte, setzte sich hinter seinen Schreibtisch und griff nach dem Telefonhörer. »Und Sie schicken Frau Grothe sofort in mein Büro, sobald sie am Montag bei der Arbeit erscheint.«

»Mit wem hast du telefoniert?«

Florian beendete gerade das Gespräch an seinem Smartphone und legte das Gerät neben das Festnetztelefon auf die Anrichte, als Jessica ihr Wohnzimmer betrat.

»Ich habe mit deinem Vater gesprochen«, verkündete Florian unumwunden, obwohl er wusste, dass der Inhalt dieses Telefonats Jessica überhaupt nicht gefallen würde. »Davor mit Alexander«, fügte er hinzu und setzte sich auf den Sessel. Kurz war er versucht, die Füße auf den flachen Glastisch vor dem Sofa zu legen, überlegte es sich dann aber anders.

»Und wieso?«, fragte Jessica und verschränkte die Arme vor der Brust. Ihr Gesichtsausdruck verriet ihm, dass sie sein Verhalten absolut missbilligte.

Florian ging nicht auf die Frage ein, sondern entschied: »Du und die Kinder, ihr zieht zu mir ins Haus meiner Mutter!«

Jessica quittierte seine Aussage mit einem abfälligen Laut und einem bösen Blick.

Florian wich ihrem wütenden Blick jedoch nicht aus, sondern lächelte sie stattdessen freundlich, aber bestimmt an. »Hier ist es zu gefährlich, denn diese Mietwohnung kann Alexander nicht so gut kontrollieren wie das Haus meiner Mutter. Das steht frei, ist mit einem hohen Zaun umgeben und ließe sich ausgezeichnet mit Kameras ums ganze Gebäude herum überwachen. Außerdem ist Platz für alle da«, fuhr er unbeirrt fort, als Jessica gerade ansetzte, etwas zu erwidern. »Sogar für Rico und deinen Vater.«

»Ich werde ganz bestimmt nicht zu dir ziehen.« Sie war wütend. Das hörte er an dem leichten Zittern in ihrer Stimme, die ansonsten ruhig und leise war.

»Und was soll mein Vater hier?«

»Wir brauchen ihn, damit die Kinder sicher in die Schule und in den Kindergarten kommen«, erklärte ihr Florian. Er hatte den gesamten Heimweg über bereits

darüber nachgedacht, wie die nächsten Schritte aussehen würden, sodass die ganze Sache für ihn absolut klar war.

»Die nächsten Tage und Wochen sollen für Svenja und Tobias so normal wie möglich ablaufen. Trotzdem dürfen sie nicht eine einzige Sekunde schutzlos sein. Dein Vater wäre dabei eine große Hilfe.«

»Das will ich aber nicht.« Jetzt sah Jessica ihn so bitterböse an, dass er kurze Zeit überlegte, vielleicht zu weit gegangen zu sein.

Doch dann schüttelte er den Kopf. »Es gibt keine andere Möglichkeit, Jessy«, versuchte er es erneut. »Hier könnt ihr nicht bleiben.«

»Das weiß ich auch.« Ihre Stimme klang jetzt wie ein verzweifeltes Fauchen. »Ich werde mir die Kinder schnappen und abhauen. Ich bringe sie in Sicherheit. Niemand wird erfahren, wo wir wohnen werden. Susanne konnte sich so lange vor uns verstecken, dann kann ich das auch. Wir ziehen um.«

Florian seufzte. »Du weißt doch, dass das Blödsinn ist, oder?« Er stand auf und ging auf Jessica zu, doch diese hob nur abwehrend die Arme und wich vor ihm zurück.

»Du wirst mich nicht aufhalten«, drohte sie mit erhobenem Zeigefinger. Ihre Augen füllten sich mit Tränen, doch sie schluckte sie tapfer hinunter.

»Doch, Jessy«, sagte er ruhig und ließ sie nicht aus den Augen. »Du kannst niemanden schützen, indem du dich vor Susanne versteckst. Sie wird einen Weg finden, dich aus deinem Versteck zu locken.« Jetzt griff er blitzschnell nach ihren Oberarmen und hielt sie ganz fest. »Lass mich dich dieses Mal beschützen, Jessy«, flüsterte er. »Ich verspreche dir, ich passe auf dich auf. Auf dich und die Kinder. Ich werde nicht zulassen, dass euch dreien etwas passiert.«

»Das kannst du doch gar nicht versprechen«, sagte sie so leise, dass Florian es kaum hörte.

»Doch, das kann ich«, bestimmte er und nahm sie in seine Arme. »Niemand auf der ganzen Welt – auch nicht deine Schwester Susanne – wird meiner Familie irgendein Leid zufügen. Ich werde euch beschützen. Du bist bei mir sicher, Jessy.«

23

Keine vier Tage später war alles geregelt. Der Umzug in das große Haus von Florians Mutter verlief problemlos. Alexander Richter, inzwischen dank der Ermittlungsarbeit von Hauptkommissar Kern und Jessica wieder aus der Untersuchungshaft entlassen, hatte alle Hebel in Bewegung gesetzt und die gesamte Außenanlage des Hauses mit einem hochmodernen Überwachungssystem ausgestattet. Bewegungsmelder, Flutlichter und Kameras, die jeden Winkel des Gartens abdeckten, schützten optimal die sieben Personen, die jetzt in der alten Stadtvilla wohn-

ten. Die drei Schlafräume in der oberen Etage teilten sich Svenja, ihr Bruder Tobias und Rico sowie Jessica und Florian. Herbert Grothe bezog das Gästezimmer im Erdgeschoss und wohnte jetzt direkt neben Maria Forster, Florians Mutter, die geradezu begeistert war von dem ganzen Trubel, der in ihr Haus und ihr Leben eingezogen war. Ganz besonders gut verstand sie sich mit dem jungen Ecuadorianer Rico, der ganz versessen auf neue Allgäuer Kochrezepte war und dank Maria auch das regional typische Kartenspiel Schafkopfen für sich entdeckt hatte.

Jessica allerdings fühlte sich merklich unwohl in dieser Umgebung. Florian vermutete, dass es an ihrer Angst lag. Sie war überzeugt davon, dass all der Aufwand, den sie hier betrieben, nicht ausreichen würde, um ihre Schwester von ihrer Familie fernzuhalten. Erst gestern hatte sie ihm gedroht, dass sie ihn fertig machen würde, wenn auch noch ihrem Vater etwas passierte. Dass Herbert Grothe hier war und sich in Gefahr begab, gefiel Jessica überhaupt nicht.

Wenigstens den Kindern schien es zu gefallen. Vor allem den Garten liebten die beiden und nutzten jede freie Minute, um über den Rasen zu toben und auf die alten Bäume zu klettern. Scheinbar störte es sie nicht, dass sie dabei nie unbeobachtet waren und ein Erwachsener immer ein Auge auf sie hatte.

»Ich würde gern mal mit dir sprechen, Florian.«

Florian hörte die Stimme von Jessicas Vater dicht hinter sich, drehte sich zu ihm um und sah ihn fragend an. »Gut. Was gibt's denn?«

»Wir sind beide nicht der Typ fürs lange Drumherumreden«, begann Herbert Grothe, setzte sich in dem alten Geräteschuppen an der hinteren Grundstücksgrenze auf

ein niedriges Regal und verschränkte die Arme vor der Brust. »Ich möchte dir ein Versprechen abnehmen.«

Florian verdrehte gespielt genervt die Augen.

»Ja, Herbert, ich verspreche dir, deiner Tochter immer treu zu sein und ihr niemals weh zu tun«, lachte er und hob die rechte Hand zum Schwur. »Ich schwöre«, fügte er hinzu, lehnte sich rückwärts an die alte Werkbank und verschränkte jetzt ebenfalls die Arme vor seiner Brust. »Und dafür bist du extra hergekommen? Wenn ich mich recht erinnere, dann hatten wir beide so ein Gespräch vor vielen Monaten bereits schon einmal.« Er stieß sich von der Werkbank ab und sah sich wieder im Raum um. »Ich suche für die Kinder gerade meinen alten Fußball. Der muss hier irgendwo sein.«

»Um Jessica geht es hier nicht«, hörte er den Vater seiner Freundin sagen und es klang etwas verzweifelt. »Ich möchte, dass du mir in Bezug auf meine zweite Tochter ein Versprechen gibst.«

Florian fuhr herum und sah Herbert misstrauisch an. »Was ich dir bezüglich Susanne ohne zu zögern versprechen kann, ist, dass ich sie so lange jagen werde, bis sie keine Gefahr mehr für uns alle ist.«

Was wollte Herbert von ihm hören? Jedenfalls verriet der Ausdruck auf seinem Gesicht, dass es um etwas anderes ging.

»Du verlangst doch wohl nicht von mir, dass ich Susanne laufen lasse?«, rief er plötzlich entsetzt. »Sie gehört hinter Schloss und Riegel. Sie bedroht uns. Sie muss weggesperrt werden.«

Als Herbert Grothe langsam nickte und sich schließlich erhob, wusste Florian immer noch nicht, auf was das Gespräch hinauslaufen würde.

»Ich möchte, dass du mir versprichst, meine Tochter Susanne am Leben zu lassen, egal, was passiert«, verkündete Jessicas Vater und wartete dann auf irgendeine Reaktion vom Freund seiner Tochter.

Doch jetzt war es Florian, der den Kopf schüttelte, ebenso langsam wie zuvor Herbert.

»Das kann ich nicht versprechen«, sagte er und musste aufpassen, nicht allzu schroff und ungehalten zu klingen. »Nimm es mir nicht übel, aber nach allem, was sie getan hat, habe ich wenig Skrupel, sie im Notfall auch zu erschießen. Oder mit bloßen Händen zu erwürgen«, fügte er flüsternd, doch voller Abscheu hinzu. »Da draußen … Da drüben in meinem Haus … das ist meine Familie. Niemand bedroht meine Familie. Das sind meine Frau und meine Kinder.«

Herbert Grothe nickte wieder und ging zur Tür des alten Schuppens.

»Das reicht mir als Versprechen völlig aus, Florian«, sagte er, als er sich am Ausgang noch einmal umdrehte. »Du bist ein guter Mann. Du wirst den Kindern nicht ihre leibliche Mutter nehmen. Du wirst Susanne nicht töten. Mehr wollte ich nicht hören.«

Die Zeit, die er auf dem Revier verbringen musste, ohne irgendetwas zum Schutz seiner Familie beitragen zu können und ohne einen einzigen neuen Hinweis auf den Aufenthaltsort von Susanne zu finden, war fürchterlich frustrierend. Neben all den aktuellen Problemen, den langen Nächten mit wenig Schlaf und vielen Albträumen, der Angst und Jessicas grenzenloser Verzweiflung, machte ihm auch der Leichenfund in der Breitachklamm noch immer zu schaffen. In dem Fall ging es keinen einzigen

Schritt vorwärts. Wenn er nicht bald irgendeine neue Idee hatte, wie er die Identität der verstorbenen Frau ermitteln konnte, dann würde dieser Mordfall ungelöst bleiben.

Am späten Vormittag beschloss Florian deshalb, seinem Freund Ewe in der Gerichtsmedizin mal wieder einen Besuch abzustatten.

»Ich habe nichts Neues für dich, Flo«, rief Ewe schon, als er den Hauptkommissar durch die große Schwingtür kommen sah, die den Laborbereich vom Sezierraum trennte.

»Deshalb bin ich nicht hier«, sagte Florian und blieb vorsorglich an der Tür stehen, als er sah, dass Ewe an einem der Edelstahltische vor einem toten Körper stand und gerade dazu ansetzte, den Brustkorb zu öffnen.

Doch Ewe legte das Skalpell neben die Osteotomiezange auf ein Tablett und deckte die Leiche mit einem großen Tuch zu. »Wie kann ich dir helfen?«, fragte er, ging auf Florian zu und schob ihn mit ausgestrecktem Arm zurück ins Labor. »Möchtest du einen Kaffee?«

»Nein, danke. Bin schon nervös genug.«

»Zu Hause alles okay?« Ewe sah ihn fragend an und als Florian nickte, lief er zu der kleinen Küchenzeile an der Ostseite des Raumes und goss sich eine Tasse Kaffee ein.

»Es geht immer noch um den Breitachklamm-Mordfall«, begann der Hauptkommissar, schloss zu seinem Freund auf und lehnte sich mit dem Oberarm an den Kühlschrank. »Ich habe keine Ahnung, wie ich die Leiche identifizieren soll. DNA und Zahnschema haben gar nichts ergeben. Gibt es nicht noch andere Möglichkeiten, eine Identität eindeutig zu bestimmen?«

Ewe dachte nach, nahm einen großen Schluck aus seiner Tasse und stellte sie neben die Spüle. »Eine Prothese,

ein künstliches Gelenk oder ein Herzschrittmacher wären hilfreich«, überlegte er. »Da sind Seriennummern drauf, die man eindeutig zuordnen kann. Doch bei der Leiche haben wir derartige Dinge nicht gefunden. Es fehlt aber nach wie vor das rechte Bein. Der zersplitterte Oberschenkelknochen lässt darauf schließen, dass das Bein, oder ein Teil davon, erst beim Erdrutsch abgerissen ist, der Körper also zum Todeszeitpunkt noch komplett war. Wenn du das Bein finden würdest, hätten wir möglicherweise noch eine Chance. Vielleicht hast du Glück und die Frau hatte ein künstliches Kniegelenk.«

»Aber die Spurensicherung hat doch alles abgesucht und keine weiteren Knochen gefunden«, warf Florian nachdenklich ein. »Und ob ich jetzt noch mal eine Genehmigung bekomme, um den Tatort erneut zu untersuchen, bezweifle ich. Der Fall ist über zwölf Jahre alt und passt auf keine uns vorliegende Vermisstenmeldung. Da ist es Götze vermutlich nicht so wichtig, ob der Fall aufgeklärt wird.«

»Verstehe. Doch mehr Ideen habe ich auch nicht. Wir haben getan, was wir konnten. Auch die wenigen Stoffreste der Kleidung, die nicht verrottet waren, haben keine eindeutigen Hinweise gebracht. Das Material entsprach einer zu der Zeit üblichen Freizeitkleidung, die für Outdoorsportarten und beim Wandern gern getragen wurde. Aber das steht ja in meinem Bericht.«

»Leider passt die Tatsache, dass die Frau vermutlich wandern war, auch auf keine vermisste Person, die wir in der Datenbank haben. Kein Angehöriger hat angegeben, dass die Vermisste in der Nähe der Breitachklamm wanderte oder ihren Urlaub in der Gegend verbrachte. Es ist zum Verrücktwerden. Wie kann denn ein offensichtlich

gesunder, scheinbar gut gekleideter junger Mensch zu Tode kommen, ohne dass ihn jemand vermisst?«

»Nichts ist unmöglich«, bemerkte Ewe, bevor er Florian verabschiedete und seinen Freund hinausbegleitete.

Florian fuhr zurück zum Präsidium. Sein Chef würde der erneuten Untersuchung des Tatortes zustimmen müssen. Wenn es dort noch Knochen gab, würde er sie finden.

24

Das Gespräch war unangenehm gewesen, doch sie hatte wirklich schon schlimmere Standpauken überstanden.

Der Leiter der Sonderkommission »Reuther« hatte sie einbestellt, um ihr nun auch noch persönlich mitzuteilen, was er von ihrer eigenmächtigen Ermittlung in Österreich hielt. Jessica hatte sich alles angehört, reumütig genickt und hoch und heilig versprochen, nichts mehr in dieser Angelegenheit zu unternehmen. Doch Winfried Janukowski, der Mann, der mit seinem Team seit einigen Monaten ihrer Schwester Susanne nachjagte,

war kein leichtgläubiger Mensch. Er wusste, dass Jessica keine Ruhe geben würde, egal, wie sehr er ihr mit Disziplinarverfahren und Suspendierung drohte. Also entließ er sie schließlich mit der Bitte, nichts zu tun, was die Ermittlungen der Soko »Reuther« gefährde, und neue Informationen über ihre Schwester umgehend an ihn weiterzugeben.

Die Sonne schien hell und der Himmel war wolkenlos.

Als sie das Gebäude verließ, schloss sie seufzend die Augen und streckte ihr Gesicht in Richtung Sonne. Sie war müde, litt fast täglich unter Kopfschmerzen und hatte keinen Appetit mehr. An manchen Tagen taten ihr morgens beim Aufstehen alle Knochen weh und es fiel ihr schwer, in Gang zu kommen. Ihre Gedanken kreisten tagein, tagaus immer um Susanne. Ihre Schwester war ihr gerade näher als jemals zuvor, beherrschte ihre komplette Gedankenwelt, begleitete sie durch den Tag und bereitete ihr nachts die schlimmsten Albträume. Trotzdem hatte Jessica, genau wie die Beamten der Soko, absolut keine Ahnung, wo sich ihre Schwester zurzeit aufhielt. Vielleicht war sie weit weg in einer anderen Stadt oder sogar in einem anderen Land.

Vielleicht stand sie aber auch an der nächsten Straßenecke und beobachtete sie gerade jetzt in genau diesem Moment.

Ein paar Meter weiter wartete ihr Kollege Detlef Kern in seinem Dienstwagen.

Im Anschluss an ihr Gespräch mit dem Soko-Leiter hatten sie beide einen Termin beim Therapeuten der überfahrenen Monika Wiedemann. Vielleicht würde diese Unterhaltung ein wenig mehr Licht ins Dunkel bringen, denn Jessica konnte sich immer noch nicht zusammenrei-

men, wer außer dem Ehemann irgendein Motiv für diesen kranken Mord an der armen Frau hatte. Verwandte hatte Frau Wiedemann nicht. Sie stammte allerdings ursprünglich aus einer wohlhabenden Familie und hatte kurz vor ihrer Heirat mit Dr. Wiedemann von ihrem Vater fast eine halbe Million Euro geerbt. Zusammen mit der Lebensversicherung, die Dr. Wiedemann ausgezahlt bekommen würde, sobald der Fall abgeschlossen war, ergab das ein Motiv. Doch neben dem Motiv hatte er auch ein wasserdichtes Alibi.

»Wir sollten die Haushälterin vorladen«, sagte Jessica, als sie die Beifahrertür aufriss und zu Kern ins Auto stieg. »Die ist täglich im Haus und kennt sicher das eine oder andere Geheimnis.«

»Sie hat doch bereits eine Aussage gemacht.« Detlef Kern startete den Wagen und fuhr aus der Parklücke.

»Aber das war im Wohnzimmer ihres Chefs«, erklärte Jessica. »Im Präsidium muss sie keine Angst haben, etwas Falsches zu sagen. Da hört garantiert kein Dr. Wiedemann zu.«

Kern nickte. »Gut. Dann soll sie am besten gleich morgen Vormittag kommen.«

»Möchtest du ein Glas Wein?« Florian betrat das Wohnzimmer und fand Jessica auf dem Sofa vor dem großen Erkerfenster. Sie hatte sich ganz links auf dem Polstermöbel unter der Dachschräge zusammengekauert, war in eine Wolldecke gewickelt und sah ihn so verzweifelt an, dass es ihm in der Seele wehtat, sie so zu sehen. Sie hatte Angst, genau wie er. Doch wie lange würde sie noch durchhalten? Ja, sie war eine starke Frau, doch gerade kam sie an ihre Grenzen.

Er stellte die mitgebrachte Weinflasche auf den Wohnzimmertisch, zwei Gläser daneben und ging dann hinüber zur Anrichte, um aus der Schublade einen Korkenzieher zu holen.

»Für mich bitte nichts«, hörte er sie sagen. »Ich habe Kopfschmerztabletten genommen, die vertragen sich nicht so gut mit Alkohol.«

»Wie war dein Tag?«, fragte er, schob die Schublade wieder zu und ging ohne Korkenzieher zurück an den Tisch. »Gibt es etwas Neues in deinem Mordfall?«

Jessica schüttelte nur den Kopf.

»Du kannst ruhig schlafen gehen«, sagte sie, als Florian sich in den Sessel fallen ließ. »Es ist schon fast Mitternacht. Ich komme gleich nach.«

Über den Tisch hinweg sah er seine Freundin an, lächelte beruhigend und verschränkte dann die Hände hinter seinem Kopf. »Hast du mitbekommen, dass Petra Waldhorn und ihr Mann Harald schon nach wenigen Wochen den ersten Ehekrach hatten?« Diese Information hatte er heute in der kleinen Teeküche aufgeschnappt. Zwei Kolleginnen hatten sich darüber unterhalten. Solche Dinge interessierten ihn eigentlich überhaupt nicht. Doch ihm fiel nichts anderes zu berichten ein. Eine völlig belanglose Unterhaltung war genau das richtige Mittel, Jessica sowohl abzulenken als auch hoffentlich so müde zu machen, dass sie endlich schlafen ging. »Petra wohnt zurzeit wieder bei ihren Eltern.«

Florian redete unbeirrt weiter, obwohl Jessica nicht reagierte und nur starr geradeaus blickte.

Hätte er ihr erzählt, was heute wirklich passiert war, hätte er ihr gesagt, wie nah Susanne ihnen wirklich war, würde sie auch diese Nacht wieder keine Ruhe finden.

Jessica wusste nicht, dass Florian einen Beamten organisiert hatte, der in Zivil den ganzen Vormittag in der Grundschule verbrachte, die Svenja besuchte. Die Lehrer und Lehrerinnen waren zwar informiert, dass nur autorisierte Personen Svenja bringen und abholen durften, doch war die Schule frei zugänglich und der Pausenhof sehr unübersichtlich. Diesem Problem versuchte Florian entgegenzuwirken, indem er Svenja von einem als Hausmeister getarnten Beamten bewachen ließ.

Und heute war Susanne aufgetaucht, war unmittelbar an der Grundstücksgrenze des Schulhofes gestanden und hatte ihre Tochter beobachtet. Doch sie war nicht dumm. Sie hatte den Beamten in Zivil erkannt und schnell begriffen, dass er bereits die Kripo verständigt hatte. Kurz darauf war sie so schnell verschwunden, wie sie gekommen war.

Susanne war in der Nähe und wartete nur auf den richtigen Moment, um zuzuschlagen.

Doch das brauchte Jessica nicht zu wissen.

Nicht jetzt.

Nicht heute.

Vielleicht in ein paar Tagen.

»Ich weiß gar nicht, ob ich das glauben soll«, fuhr er unbeirrt fort, ohne Jessica aus den Augen zu lassen, die bereits zum dritten Mal gähnte. »Aber angeblich hat sie sogar aus Wut ihr Brautkleid zerschnitten und ihrem Mann vor die Füße geknallt. Frauen werde ich wohl nie verstehen.«

Um kurz vor 1 Uhr in der Nacht trug er seine schlafende Freundin schließlich ins Schlafzimmer und legte sie ins Bett. Bereits in ein paar Stunden würde der Wecker wieder klingeln. Hoffentlich würden sie beide heute mal ein wenig besser schlafen.

25

Der Raum war beinahe erdrückend klein. Er maß vielleicht zwei mal drei Meter und besaß kein einziges Fenster. Eine Abstellkammer.

In diesem winzigen Zimmer im Präsidium war Jessica noch nie zuvor gewesen, doch der andere Verhörraum war besetzt und ihr Kollege Kern hielt es für besser, die Haushälterin Luise Kramer nicht freundlich in seinem Büro zu empfangen, sondern ihr das Gefühl zu geben, sie sei im Mordfall ihrer Arbeitgeberin selbst verdächtig.

An der Wand gegenüber der Tür stand ein kleiner Tisch, davor zwei Holzstühle. Luise Kramer saß bereits auf einem von ihnen.

»Möchten Sie auch ein Glas Wasser?« Jessica stellte eine Flasche Mineralwasser und zwei Gläser auf den Tisch und schenkte ein. »Vielen Dank, dass Sie die Zeit gefunden haben, zu kommen«, bedankte sie sich ganz unbegründet. Schließlich hatte die Haushälterin keine andere Wahl gehabt nach der Vorladung, die man ihr hatte zukommen lassen.

»Werde ich denn verdächtigt?«, fragte sie unsicher, nahm das linke Wasserglas und trank einen großen Schluck. »Dann hätte ich mir besser einen Anwalt besorgen sollen.«

»Machen Sie sich bitte keine Sorgen«, beruhigte Jessica sie und legte ihre Hand auf den Unterarm der älteren Frau. »Wir haben nur noch ein paar Fragen.«

»Ich habe Ihnen bereits alles gesagt, was ich weiß. Ich war ja gar nicht im Haus, als der Unfall passierte.« Sie

rutschte etwas nervös auf dem Stuhl hin und her und machte ein besorgtes Gesicht. »Ich weiß doch nicht, wie das alles passieren konnte. Erst der Einbruch, dann … Oh je, ist das alles schrecklich.«

»Sie hatten Frau Wiedemann wohl sehr gern«, stellte Jessica fest. »Beim Einbruch vor einigen Wochen ist eine Halskette gestohlen worden. Bewahrte Monika Wiedemann ihren Schmuck denn immer im Tresor in ihrem Schlafzimmer auf? Dr. Wiedemann hat uns das erzählt.«

Die Haushälterin nickte eifrig. »Ja, die Kette war stets im Tresor. Doch immer, wenn Frau Wiedemann das Haus verlassen hat, hat sie genau diese Kette angelegt, ein Hochzeitsgeschenk von ihrem Mann. Die Kette ist ein Erbstück und gehörte seiner Mutter, wenn ich das richtig verstanden habe. Meine Chefin hat mir das erzählt, als sie noch bei Sinnen war.«

Jessica stützte ihre Ellenbogen auf ihren Knien ab und beugte sich vor. »Erzählen Sie mir doch bitte etwas von dem Zustand Ihrer Chefin. War sie schon immer so depressiv?«

Luise Kramer schüttelte langsam den Kopf. »Sie war einmal eine sehr schöne Frau, lebenslustig und immer zu Scherzen aufgelegt. Ich weiß nicht, was passiert ist, aber plötzlich litt sie unter Angstzuständen, schlief nachts fast gar nicht mehr und wurde immer stiller, immer trauriger und verlor an Gewicht.« Luise Kramers Stimme klang fast ein wenig weinerlich. »Der Doktor hat sich große Sorgen um seine Frau gemacht, doch er konnte ihr einfach nicht helfen. Deshalb war sie ja in Therapie.«

»Aber die Therapie schlug auch nicht an, oder?«

»Nein, ich musste ihr starke Medikamente geben, die ihre Stimmung aufhellen sollten, doch ich glaube nicht,

dass die Tabletten geholfen haben.« Sie griff wieder nach ihrem Glas und trank es in einem Zug leer.

»War die Verabreichung der Tabletten die einzige Aufgabe, die Sie in Bezug auf die Pflege Ihrer Chefin hatten?«

Das Gespräch mit der Haushälterin dauerte über eine Stunde. Die schüchterne Dame entpuppte sich als wahre Informationsquelle, denn sie plauderte ganz ungezwungen und berichtete von ihrem Tagesablauf im Hause Wiedemann, ihrem mäßig guten Verhältnis zu ihrem Arbeitgeber und von ihrer Sorge, jetzt ihren Arbeitsplatz zu verlieren.

»Sie waren eine große Hilfe, Frau Kramer. Vielen Dank, dass Sie gekommen sind.« Jessica wollte sich gerade verabschieden, als Luise Kramer nach ihrem Arm griff und sie sorgenvoll ansah.

»Da wäre noch etwas«, begann sie und sah sich in dem kleinen Raum um, als würde sie irgendwo einen heimlichen Mithörer vermuten. »Kann ich mich auf Ihre Verschwiegenheit verlassen, Frau Hauptkommissarin?«

»Nur in Bezug auf Ihren Arbeitgeber«, erklärte ihr Jessica. »Wenn Ihre Informationen der Aufklärung des Falls dienen, muss ich meine Kollegen und den Staatsanwalt darüber informieren.«

Wieder nickte die Haushälterin, setzte sich auf ihrem Platz gerade hin und strich mit den Händen ihren Rock glatt. »Ich habe Monika Wiedemann morgens und abends Tee gekocht«, begann sie und blickte dann unsicher zu Jessica auf, die jetzt neben ihrem Stuhl stand und die ältere Frau reden ließ, gespannt auf das, was sie wohl zu sagen hatte. Als Jessica weiterhin schwieg, seufzte Frau Kramer vernehmlich und fuhr dann fort.

»Dr. Wiedemann hat darauf bestanden, dass seine Frau die Tasse immer vollständig austrinkt, denn der Tee würde sie beruhigen. Ich musste dafür Sorge tragen.«

»Aber der Tee hat nicht gewirkt?«, fragte Jessica und ließ sich wieder auf dem Stuhl nieder. Was auch immer Luise Kramer ihr erzählen würde, die Haushälterin hielt es jedenfalls für erwähnenswert.

»Doch, ich glaube schon. Sie hat ja nur noch geschlafen. Wochenlang hat sie das Bett nicht verlassen.« Sie druckste etwas herum, bevor sie schließlich weitersprach. Wahrscheinlich war sie sich nicht sicher, ob es richtig war, der Polizei davon zu erzählen.

»Da der Tee scheinbar so gut wirkte, habe ich vor ein paar Wochen etwas davon für meinen Mann mitgenommen. Der hatte seit Tagen nicht geschlafen, weil seine Arbeit ihn so stresste.«

»Und?«, fragte Jessica, als Frau Kramer nichts mehr sagte und nur starr an ihr vorbeiblickte, als würde sie nachdenken.

»Er hatte schlimme Albträume nach dem Tee, hat in der Nacht geschrien und um sich geschlagen und am nächsten Morgen erzählt, er habe gedacht, das Haus würde abbrennen. Überall seien Fledermäuse im Zimmer zwischen den Flammen herumgeflattert, brennende Fledermäuse, und …« Sie unterbrach sich selbst und schaute Jessica wieder unsicher an. »Na ja, wenn es denn an dem Tee lag, habe ich gedacht, dann ist es kein Wunder, dass Frau Wiedemann in so einem schlechten Zustand ist.«

»Wenn Sie das dachten, warum haben Sie ihr den Tee dann weiterhin gegeben?«, wollte Jessica wissen und schaute die verunsicherte Haushälterin streng an.

»Ich habe ihr nur noch Pfefferminztee gemacht. Dr. Wiedemann war ja nicht da. Ich dachte, ein paar Tage würde es schon gehen, ohne dass er es merkt. Doch dann ist Frau Wiedemann in der Nacht aus dem Haus gelaufen.«

»In der Einbruchsnacht?«, fragte Jessica. Die Sache wurde immer interessanter.

»Ja, genau«, sagte Luise Kramer und legte ihre Hände behutsam auf ihren Schoß, die Finger ineinander verwoben, als würde sie beten. »Dr. Wiedemann hat mir erklärt, dass seine Frau wohl doch mit dem Wagen unterwegs gewesen sei in der Nacht, ich es aber niemandem sagen soll. Nur müsste ich in Zukunft unbedingt darauf achten, dass sie ihren Tee wieder regelmäßig trinkt.«

Hauptkommissar Kern setzte sich hinter seinen Schreibtisch und stellte die Tasse mit seinem täglichen Kakao vor sich ab. »Das klingt allerdings sehr merkwürdig«, sagte er und beobachtete seine junge Kollegin, wie sie sich an ihren Schreibtisch setzte und den PC einschaltete. Der Bildschirm leuchtete hell auf, bevor die dunkelgrüne Hintergrundfarbe der Startseite erschien und Jessica routiniert ihr Passwort eingab.

»Was ist, wenn die Drogen, die Alexander Richter verabreicht worden sind und die ja nachweislich auch in der Leiche von Monika Wiedemann gefunden wurden, der Ehefrau über den Tee verabreicht wurden? Was ist, wenn sie quasi permanent unter Drogen stand?«, fragte Jessica und drehte sich mitsamt ihrem Bürostuhl zu Detlef Kern um. »Was ist, wenn die Angstzustände, unter denen sie litt, seit sie verheiratet war, durch die Drogen ausgelöst worden sind, also durch den Tee, den sie immer trinken musste?«

»Dann müssen wir den Staatsanwalt bitten, einer Hausdurchsuchung zuzustimmen, um den Tee sicherzustellen«, beschloss der Hauptkommissar und griff nach dem Telefonhörer. »Dann dürfen wir keine Zeit verlieren.« Er drückte die Kurzwahltaste der Telefonnummer der Gerichtsverwaltung und ließ sich zum zuständigen Staatsanwalt durchstellen.

»Wir brauchen dein Verhörprotokoll«, sagte Kern zu Jessica, während er wartete, den Hörer immer am Ohr. »Und am besten ist es, wenn wir beim Staatsanwalt persönlich vorsprechen. Ich frage, ob er gleich Zeit hat. Geht Luise Kramer heute noch zu Dr. Wiedemann?«

»Nein, sie hat gerade eine Woche Urlaub«, informierte ihn Jessica. »Wir brauchen also nicht fürchten, dass der Doktor misstrauisch wird. Wäre trotzdem gut, wenn wir die Durchsuchung zeitnah veranlassen können.«

Sie kamen zu spät.

Obwohl sie noch am gleichen Tag gegen 18 Uhr mit einem Team der Spurensicherung beim Haus von Dr. Wiedemann eintrafen, fanden die Ermittler in ihrer zweistündigen Hausdurchsuchung keinen einzigen Hinweis auf Drogen und nicht den winzigsten Rest von Tee, welcher Sorte auch immer.

Dr. Wiedemann brüllte und fluchte in einem fort, als die Beamten durch sämtliche Zimmer pflügten, Schubladen aufrissen und in privaten Dingen herumwühlten. Der Drogensuchhund schlug nicht an und die Polizisten gaben die Suche schließlich auf, nachdem sogar Keller und Garage gründlich in Augenschein genommen worden waren.

»Das ist eine bodenlose Frechheit«, wütete Dr. Wiedemann und baute sich drohend vor Jessica auf. »Ich habe Ihnen gesagt, dass ich nichts mit dem Tod meiner Frau zu tun habe. Statt mich hier grundlos zu behelligen, hätten Sie Ihre Arbeit besser machen sollen, Frau Grothe. Vielleicht wäre der Mörder dann nicht mehr auf freiem Fuß. Überlassen Sie komplizierte Polizeiarbeit lieber Ihren männlichen Kollegen.« Er riss die Haustür auf und deutete mit der Hand zur Straße. »Und jetzt verschwinden Sie. Ich erteile Ihnen hiermit Hausverbot.«

»Ohne meine Kollegin Grothe wären wir mit den Ermittlungen noch nicht so weit, wie wir es bereits sind«, mischte sich Hauptkommissar Kern ein. Jessicas Telefon klingelte, als ihr älterer Kollege gerade mit drohend erhobenem Zeigefinger vor Dr. Wiedemann stand und überheblich lächelte. »Wir sind ganz kurz davor, den Fall aufzuklären, Herr Wiedemann.«

Jessica griff nach Kerns Arm und zog ihren Kollegen vom Hausherrn weg, der sie nun beide abwechselnd hasserfüllt ansah.

»Wir sollten gehen, Detlef«, sagte sie, trat hinaus und schob ihr Smartphone in die Innentasche ihres Mantels zurück. Die Information, die sie gerade am Telefon erhalten hatte, war alles andere als erfreulich. »Wir haben ein Problem.«

Als Hauptkommissar Kern sie fragend ansah, seufzte sie nur und wartete mit der neuen Information, bis sie beide im Wagen saßen.

»Es gab einen schweren Verkehrsunfall in der Bodmanstraße. Unfall mit Fahrerflucht«, berichtete sie, griff nach dem Gurt und schnallte sich an. »Luise Kramer ist dabei tödlich verunglückt.«

»Und Dr. Wiedemann hat ein Alibi«, fluchte ihr Kollege und schlug mit den Händen wütend aufs Lenkrad. »Verdammter Mist!«

26

Florian Forster war an diesem Montagmorgen gerade auf dem Weg zu Hauptwachtmeister Götze, der sein Büro im Erdgeschoss direkt hinter dem Empfang beim Haupteingang hatte, als er Christian Hanke von draußen hereinkommen sah.

»Hallo, Christian«, winkte er kurz. »Wenn du zu mir willst, warte kurz. Ich habe gleich für dich Zeit.«

Der Münchener Profiler nickte nur, schob beide Hände in die Hosentaschen seiner Anzughose und tat, als würden ihn die Bilder bekannter Kemptener Bauwerke an den Wänden im Flur sehr interessieren.

Zehn Minuten später fand Florian seinen Besucher zusammen mit einer jungen Frau auf den Stühlen im Wartebereich sitzend. Sie unterhielten sich angeregt.

Als die Frau Florian erblickte, strahlte sie übers ganze Gesicht. »Florian, ist das schön, dich zu sehen«, rief sie, lief auf ihn zu und fiel ihm um den Hals. »Nach unserer gemeinsamen Nacht und deinem plötzlichen Verschwinden hätte ich nicht gedacht, dass du mich noch einmal sehen willst. Gute Entscheidung«, trällerte sie etwas aufgedreht, drückte ihm ihren Zeigefinger gegen die Brust und zwinkerte ihm kess zu.

»Es tut mir außerordentlich leid«, sagte Florian, trat einen Schritt zurück und lächelte entwaffnend, »aber ich glaube, Sie verwechseln mich.«

»Oh, Herr Hauptkommissar«, hauchte sie, »Sie stehen auf Rollenspiele. Bitte verhaften Sie mich, ich bin fürchterlich böse gewesen.« Sie hielt ihm ihre gestreckten Arme entgegen, als erwartete sie, dass er ihr Handschellen anlegte.

Verzweifelt sah Florian erst zu dem Mädchen, dann zu Christian, der die Situation äußerst amüsiert beobachtete. Zu allem Überfluss betrat jetzt auch noch Jessica die Bühne und blieb abrupt stehen, als sie die junge Frau sah, die jetzt zärtlich über Florians Wange strich und ihm zulächelte.

»Ich weiß wirklich nicht …«, begann er, konnte den Satz jedoch nicht beenden, weil sich plötzlich die Lippen der jungen Frau auf seinen Mund pressten. Er war so überrumpelt, dass er sekundenlang nicht reagieren konnte.

»Ähm«, kam es von Christian, »wenn ich mal fragen darf: Wo haben Sie denn den Hauptkommissar kennengelernt?« Er musste sich sein Grinsen verkneifen und sah, wie Jessica fragend eine Augenbraue in die Höhe zog und nicht so recht wusste, wie sie sich verhalten sollte.

»Den Florian habe ich im Januar in Österreich kennengelernt«, erklärte sie, schaute sich aber nicht zu Christian um, sondern himmelte weiter den Mann ihrer Träume an.

Florian war das sichtlich unangenehm. Sie war eine gutaussehende Frau, doch Christian stellte fest, dass sie weder klug noch in irgendeiner Form reif genug war, um seinem Freund Florian gefallen zu können. Seiner Meinung nach war sie nicht älter als 20. »Wir hatten dort eine wahnsinnig schöne Zeit. Der Florian und seine Yvonne! Wir hatten viel Spaß, oder?«

»Also …«, begann Florian erneut und trat vorsorglich noch einen weiteren Schritt zurück, »wenn ich Sie in Österreich … Wenn ich Ihnen dort irgendwelche Hoffnungen … Also, es tut mir wirklich leid, aber ich kann mich nicht an Sie erinnern.« Er sah so verzweifelt aus, dass Jessica sich abwenden musste, um ihm nicht dreist ins Gesicht zu grinsen.

»Natürlich kannst du das«, belehrte ihn die junge Frau, von der er jetzt wusste, dass sie Yvonne hieß. Er würde Ewe fragen müssen, ob er sich im Urlaub vielleicht mal danebenbenommen hatte. Eigentlich hatte Florian geglaubt, seine Abende mit Ewe wären in relativ anständigen Bahnen verlaufen. Alkohol gut und schön, aber wahllos Frauen abschleppen, das war doch schon lange nicht mehr seine Art. Und auf *Kinder* stand er schon mal gar nicht. Himmelherrgott, was sollte bloß Jessica von ihm denken?

»Du hast mir doch Fotos geschickt und mich hierher eingeladen«, sagte sie, sah sich zu Jessica und Christian um und schüttelte dann den Kopf. »Ist es dir etwa peinlich, dass deine Kollegen mich hier sehen?« Sie öffnete ihre

übergroße Handtasche und zog einen Umschlag heraus. »Woher wusstest du denn überhaupt, wo ich wohne?«

Auf dem Umschlag, den Yvonne ihm in die Hand drückte, stand vorne ihre Adresse, hinten die Anschrift des Präsidiums. Florian öffnete den Umschlag und zog ein paar Fotos heraus.

»Siehst du, wir beide auf der Kaas-Alm. Das war ein Spaß«, schwärmte sie und zeigte auf das oberste Foto.

»Oh Gott«, sagte Florian nur, sah dann zu seiner Freundin und schüttelte heftig den Kopf. »Jessy, ich habe wirklich keine Ahnung …«

Mit Jessicas Reaktion hatte er nicht gerechnet. Sie sah ihn plötzlich voller Entsetzen an, rannte zu ihm und entriss ihm die Fotos.

»Was soll denn das?«, fragte Yvonne erbost und sah von einem zum anderen. »Wer ist denn die Tussi?«

»Jessica, das kannst du mir unmöglich vorwerfen.« Florian versuchte sich zu rechtfertigen: »Ich war Single, ich konnte verdammt noch mal machen, was ich wollte. Das kann jetzt nicht zwischen uns stehen.«

»Mein Gott, Florian«, fuhr Jessica ihn an. »Halt doch einfach deine Klappe.«

Sie ging zum Fensterbrett und breitete die sechs Fotos vor sich aus. Auf jedem der Bilder war ihr Freund zu sehen, teilweise in inniger Umarmung mit dieser Yvonne. Auf einem der Fotos saß sie rittlings auf seinem Schoß und presste sein Gesicht in ihr freizügiges Dekolleté. Jessica sah sich um und schaute Florian nachdenklich an.

»Ich kann mich wirklich nicht daran erinnern, aber Ewe wird dir sicher bestätigen …« Florians Verzweiflung wurde immer größer und er schubste Yvonne rüde beiseite, als diese sich bei ihm einhaken wollte.

»Jessica hat gesagt, du sollst deine Klappe halten«, unterbrach ihn Christian aufgebracht, stellte sich neben Florians Freundin und schaute sich ebenfalls die Fotos auf der Fensterbank an. »Das ist eindeutig eine Provokation«, sagte Christian, ohne seinen Blick von den Fotos zu nehmen. »Du weißt, was zu tun ist, Jessica, oder?«

»Na toll, jetzt rede meiner Freundin noch ein, sie muss sich umgehend von mir trennen, du Arsch.« Florian war wütend. Auf Christian, auf diese plötzlich aus dem Nichts aufgetauchte Yvonne, auf die dummen Fotos und vor allem auf sich selbst.

»Das da ist deine Freundin?« Yvonne klang ebenso entsetzt wie Florian zuvor beim Anblick der Fotos. »Du bist mit dieser Trulla zusammen, wenn du mich haben kannst?«

»Boah, halt dei Gosch, Madl«, fauchte Florian in Yvonnes Richtung. Diese verschränkte zornig die Arme vor ihrer Brust, stampfte einmal mit dem Fuß auf wie ein trotziges Kind und sah ihn wütend an.

»Du musst mir das glauben, Jessy«, begann er erneut und fuhr sich mit beiden Händen über das Gesicht, dann durch sein Haar und fluchte dabei viel zu laut. »Scheiße, man! Verdammt! Ich habe wirklich keine Erinnerung an den Abend. Auch weiß ich nicht, wer die Fotos gemacht hat, denn immerhin ist Ewe ja im Hintergrund … auch … mit drauf.« Er verstummte plötzlich, starrte auf einen Punkt an der Wand gegenüber und schnappte dann entsetzt nach Luft. »Oh Gott!«, entfuhr es ihm, und als er zur Fensterbank hinüberlief und Jessica über die Schulter blickte, sah er, dass sie die Fotos alle umgedreht hatte und jetzt zusammen mit Christian die sechs weißen Teile wild hin und her schob. Die Rückseiten der Fotos zier-

ten schwarze Punkte, Striche und Kreise, geschrieben mit einem dicken Filzstift.

Als Jessica das Puzzle schließlich richtig zusammengesetzt hatte, konnte niemand der Anwesenden etwas sagen. Wie gebannt starrten alle auf Susannes Nachricht.

»XXTOD« stand auf den Fotos, gefolgt von einem lachenden Smiley.

Sie hatten sich alle in dem alten Stadthaus verbarrikadiert. Das war zwar ein kluger Schachzug, zeigte aber auch, wie viel Angst sie vor ihr hatten.

Susanne konnte das nur recht sein, denn solange sie alle ihr Leben nach ihr ausrichteten, war sie im Vorteil. Dann konnte sie alle dazu bewegen, das zu tun, was sie sollten, wenn sie die richtigen Hebel zur richtigen Zeit betätigte.

Ihr Informant, der Mann, den sie beauftragt hatte, ihre Schwester und die Kinder und vor allem Florian zu beschatten, hatte ihr berichtet, dass das Haus, in dem sie momentan alle wohnten, eine uneinnehmbare Festung war mit Kameras und Bewegungsmeldern auf dem ganzen Grundstück. Dort würde sie unmöglich hineinkommen.

Ihre Kinder Svenja und Tobias waren sogar gut geschützt, wenn sie sich außerhalb des Hauses aufhielten. Der Kindergarten, den ihr Sohn besuchte, war tagsüber abgeschlossen, sodass niemand, der nicht berechtigt war, unbemerkt eindringen konnte. Bei Svenjas Grundschule wäre es einfacher gewesen, wenn dort nicht ein Beamter auf ihre Tochter aufpassen würde. Zuerst hatte sie den jungen Mann auf dem Schulhof gar nicht bemerkt, doch als er sie etwas zu lange anstarrte und schließlich mit seinem Handy telefonierte, wusste sie, dass sie schnellstmöglich verschwinden musste.

Es gab nur eine einzige Möglichkeit, die Kontrolle wieder gänzlich zu übernehmen. Sie musste eine der Personen von der Herde trennen, damit die anderen gezwungen waren, ebenfalls den schützenden Bau zu verlassen. Das konnte sie tun, indem sie geduldig wartete, bis Ruhe eingekehrt war und der eine oder andere unvorsichtig wurde. Oder sie konnte durch permanente Provokation Aufregung in die Gruppe bringen. Menschen, die in ständiger Angst lebten, womöglich schlecht schliefen und deren Leben sich nur darum drehte, keinen Fehler zu machen, der den Schutz der Familie gefährdete, gingen sich früher oder später so sehr gegenseitig auf die Nerven, dass sie von ganz allein ausbrachen.

Ihre Schwester Jessica war so eine Kandidatin, die unter Dauerstress schnell um sich schlug und dann die Flucht ergriff. Ihr Vater war da anders. Den brachte nichts aus der Ruhe.

Diesen dunkelhäutigen Typ, den ihre Schwester angestellt hatte, um auf die Kinder aufzupassen, konnte Susanne allerdings nicht einschätzen, aber er war für sie auch nicht wichtig. Sie wollte nur Florian. Er war der Grund, warum sie sich verstecken musste, warum sie immer mehr die Kontrolle über Jessica verlor und warum sie so schwer an ihre Familie herankam.

Dieser Mann, den sie abgrundtief hasste, musste sterben.

Als sie vor Wochen seine Dienstwaffe in den Händen gehalten und auf sein Gesicht gezielt hatte, dort in dem österreichischen Hotelzimmer, hätte sie es beenden können.

Doch sie hatte nichts gefühlt dabei.

Es hatte etwas gefehlt. Es wäre zu einfach gewesen, ihn im Schlaf zu töten, denn dann wäre er gestorben, ohne überhaupt vorher zu begreifen, wie sehr sie ihn hasste.

Seit Wochen überlegte Susanne jetzt schon, wie sie ihm wehtun könnte. Sie hatte ihn bereits einmal in ihrer Gewalt gehabt. Sie hatte diesen Mann verletzt, immer und immer wieder. Und er hatte unter unsäglichen Schmerzen gelitten, doch er hatte sie kein einziges Mal angefleht, ihn endlich zu töten und der Qual ein Ende zu setzen. Das aber war es, was sie hören wollte, denn dann tat Susanne dem Menschen, den sie tötete, einen Gefallen. Dann war sein Tod gerechtfertigt und niemals sinnlos.

Florian sollte sie auch anflehen. Mit Panik, Angst und Verzweiflung in seinen Augen.

»Laura, Schatz? Bringst du mir meinen Tee?« Die Stimme aus dem Wohnzimmer ließ Susanne schmunzeln. Die alte Dame, bei der sie hier in Kempten untergekommen war, war ein reiner Glücksfall für sie gewesen. Sie war fast blind, bewegte sich kaum mehr weiter als von ihrem Bett zum alten Ohrensessel vor der Balkontür und hielt Susanne für ihre Enkelin Laura, die sich glücklicherweise bisher nie persönlich um ihre kränkelnde Oma gekümmert hatte, wenn sie denn überhaupt existierte. Die alte Dame war häufig so verwirrt, dass sie oft nicht einmal wusste, wo sie war.

»Ich komme gleich, Oma«, rief Susanne in einem klingenden Singsang und machte sich auf den Weg in die Küche.

Sie musste ihre Schwester in die Finger bekommen, denn sie war die einzige, mit der man Florian richtig wehtun konnte. Es wäre durchaus bedauerlich, Jessica zu töten, doch sie war in diesem Fall nur Mittel zum Zweck. Wenn Jessica vor den Augen von Florian starb, dann würde Susanne genau diese grenzenlose Verzweiflung in Florians Augen zu sehen bekommen, die sie sich

so sehr wünschte. Ja, genau so würde es ablaufen. Sie musste Jessica von der Herde trennen, dann würde ihr Plan gelingen.

27

»Du machst mich wahnsinnig.« Jessica ballte die Hände zu Fäusten und sah Florian so wütend an, dass dieser seine beiden Hände hob und damit signalisierte, dass er keinen Streit wollte.

»Beruhige dich doch«, flüsterte er, denn die Kinder und Rico waren bereits vor über zwei Stunden schlafen gegangen und Jessica stand genau vor der Tür zu dem Zimmer, in dem Svenja und Tobias wohnten. »Lass uns ins Wohnzimmer gehen. Oder am besten gleich ins Bett«, schlug er vor. Doch als er vorsichtig nach Jessicas Schulter griff, um sie von der Kinderzimmertür wegzuschieben, fuhr sie ihn erneut wütend an.

»Lass mich«, brüllte sie und schlug seinen Arm beiseite. »Ich muss hier raus. Mir ist das hier zu eng.«

»Du kannst jetzt nicht raus. Es ist mitten in der Nacht. Wir sollten schlafen gehen. Wir müssen morgen beide früh aufstehen.« Sie wich vor ihm zurück, als er auf sie zuging.

»Ich hasse es, nachts hier eingesperrt zu sein«, wütete sie weiter, bewegte sich dabei nun aber freiwillig ins Wohnzimmer. »Ich kann doch sowieso nicht schlafen. Und *sie* steht vermutlich draußen am Gartentor und lacht sich kaputt über uns.«

»Sie steht nicht dort draußen, Jessy. Das Haus ist sicher.« Diesen Satz hatte er in den letzten Tagen so oft wiederholt, dass er inzwischen irgendwie abgenutzt klang und wenig überzeugend war. Florian war klar, dass die Situation hier im Haus für alle Bewohner schwer zu ertragen war, vor allem, seitdem Susanne regelmäßig neue Fotos und Drohbriefe schickte. Die Soko wurde ihrer auch nicht habhaft, und das, obwohl Janukowski und seine Leute davon ausgingen, dass Susanne sich ganz in der Nähe aufhielt.

Wo auch immer Jessicas Schwester sich gerade befand, sie kam nicht aus ihrer Deckung. Stattdessen versuchte sie nun, alle mürbe zu machen. Bei Jessica hatte diese Taktik scheinbar den größten Erfolg.

»Ich halte das keine Sekunde länger aus«, fuhr sie unbeirrt fort und lief aufgeregt im Wohnzimmer auf und ab. »Ich werde hier noch verrückt.«

Florian betrachtete sie nachdenklich und blieb dabei im Türrahmen stehen, um im Notfall zu verhindern, dass sie aus dem Zimmer und aus dem Haus stürmte und sich in Gefahr begab.

»Gut«, sagte er schließlich. »Dann komm.«

Verwirrt sah Jessica ihn an, starrte auf seine ausgestreckte Hand, dann wieder in seine Augen.

»Wir machen einen Ausflug«, verkündete er. »Nimm die Wolldecke vom Sofa mit und komm.«

»Raus?«, fragte sie, und es klang entsetzt.

»Ja, wir beide machen einen Ausflug. Und morgen will ich nichts mehr davon hören, dass du es hier nicht mehr aushältst, verstanden?«

Eine halbe Stunde später parkte Florian seinen dunkelblauen Kombi auf einem kleinen Parkplatz an einer Serpentinenstraße hinter einer großen Kurve. Der Blick über die Lichter der Stadt war atemberaubend. Sie schauten direkt auf Sulzberg mit der alten Burgruine auf einem Hügel. Weiter hinten, wenn man wusste, wo man hinsehen musste, konnte man die Basilika in Kemptens Stadtzentrum erahnen. Und oben am pechschwarzen Himmel strahlten Tausende Sterne um die Wette.

Jessica beruhigte sich merklich, schaffte es sogar zu lächeln und kroch mit ihm zusammen auf den Rücksitz des Wagens. Rückwärts an seinen Oberkörper gelehnt, saß sie zwischen seinen Beinen und sah auf die bunten Lichter des schlafenden Ortes, lauschte dem scheppernden Klang der Kuhglocken, der nachts von den Berghängen herüberwehte, und gähnte zufrieden. Als sie schließlich einschlief, deckte er sie und sich mit den Wolldecken zu, die sie mitgebracht hatten, legte seine Hand auf seine Dienstwaffe auf der Kofferraumabdeckung, schloss die Augen und schlief ebenfalls ein.

»Was ist denn mit dir passiert? Du läufst wie ein alter Mann mit Hüftschaden.« Erwin Buchmann saß in seinem Büro hinter dem Schreibtisch und sah seinen Freund zweifelnd an. »Warst du heimlich ohne mich beim Badminton?«

Florian kam langsam näher und ließ sich stöhnend auf den Stuhl vor Ewes Schreibtisch nieder. »Sehr witzig, Ewe«, sagte er gequält, griff sich mit der rechten Hand an die Seite und streckte den Rücken durch.

»Hast du auf dem Sofa schlafen müssen heute Nacht?«, fragte der Gerichtsmediziner belustigt, stützte beide Arme auf der Schreibtischunterlage ab und beugte sich vor. »Gibt's Zoff zu Hause?«

»Nein, alles gut. Habe die Nacht auf dem Rücksitz meines Autos verbracht. War sehr ungemütlich«, erklärte er und biss die Zähne fest zusammen, als er versuchte, sich etwas bequemer hinzusetzen, bevor er fragte: »Du wolltest, dass ich vorbeikomme? Gibt es neue Infos zu meiner Breitachklamm-Leiche?«

»Auf dem Rücksitz? Himmel, Flo, dafür bist du doch nun wirklich langsam zu alt«, lachte Ewe, ohne auf Florians eigentliche Frage einzugehen. »Ist das in deinem Alter anatomisch überhaupt noch möglich?«

»Bitte, Ewe, ich bin jetzt wirklich nicht zu Scherzen aufgelegt«, brummte Florian genervt. »Bin auch viel zu müde, um mich mit dir anzulegen.«

»Ja, wenn man die ganze Nacht auf dem Rücksitz rumturnt …« Weiter kam er nicht, denn Florian sprang auf, griff blitzschnell nach Ewes Kragen und zog ihn etwas unsanft über den Schreibtisch.

»Du wolltest mich persönlich sprechen? Was gibt es denn so Wichtiges?«, wiederholte Florian ganz ruhig. Das Gesicht des Hauptkommissars war dem des Gerichtsmediziners so nah, dass sich ihre Nasen fast berührten. Dann ließ Florian seinen Freund los und sank wieder mit einem schmerzerfüllten Stöhnen zurück auf seinen Stuhl.

»Ja«, sagte Ewe, als er sich von seinem Schock erholt hatte, und strich seinen Laborkittel glatt. »Es geht um deine nichtidentifizierte Frauenleiche. Wir haben das fehlende Bein gefunden.«

»Wirklich?« Florian war begeistert. »Und kann ich davon ausgehen, dass du mich persönlich herbittest, weil ihr tatsächlich so ein künstliches Gelenk gefunden habt, mit dessen Hilfe ihr jetzt sagen könnt, wer die Frau ist?«

»Nein.«

»Nein?« Florian verzog das Gesicht. »Und was soll ich dann hier? Weißt du, wie schmerzhaft es in meinem Zustand ist, in ein Auto zu steigen?«

»Das Bein ist nahezu intakt«, erklärte Ewe. »Das ist unser Glück.«

»Aha«, sagte Florian und sah seinen Freund etwas misstrauisch an. »Veräppelst du mich wieder? Ein abgerissenes Bein ist doch nicht intakt. Ein Bein ist intakt, wenn es an einem lebendigen Körper hängt und nicht als verrotteter Knochen in der Breitach liegt.«

»Es lag nicht in der Breitach«, erwiderte Ewe nur und fing sich einen wütenden Blick von Florian ein.

»Der Körper war durch den Erdrutsch so zerstört, dass wir kaum einen heilen Knochen gefunden hatten«, fuhr der Gerichtsmediziner fort. »Doch das Bein ist oben irgendwo hängengeblieben und war unversehrt. Der Leichensuchhund hat es gefunden«, berichtete er. »Jetzt haben wir einen heilen Knochen.«

»Gut, Ewe«, sagte Florian sarkastisch. »Und soll ich jetzt mit dem Teil durch die Nachbarschaft rennen und die Leute befragen, ob sie dieses ›intakte‹ Bein wiedererkennen?«

Erwin Buchmann sah seinen Freund zweifelnd an.

»Natürlich nicht. Aber wir können aufgrund der zwei alten Brüche im Schienbein und im Wadenbein einen Abgleich mit Röntgenaufnahmen von Krankenhäusern machen, weil wir sagen können, wann in ihrer Jugend die Frau sich das Bein gebrochen hat. Das ist doch eine große Hilfe, oder?«

28

Detlef Kern saß hinter seinem Schreibtisch und beobachtete wieder einmal seine junge Kollegin, die vor dem großen Fenster stand und hinaussah. Das Wetter war traumhaft. Der sternenklare Himmel der letzten Nacht hatte es bereits angekündigt. Seit den frühen Morgenstunden war keine einzige Wolke zu sehen und die Sonne schien, als wäre es bereits Hochsommer. Es war herrlich warm, schon jetzt am Vormittag.

»Wir kriegen ihn einfach nicht zu fassen«, hörte er sie zu ihrem Spiegelbild in der Fensterscheibe sagen. »Er ist zu gerissen.«

»Du bist also überzeugt davon, dass dieser Wiedemann seine Frau auf dem Gewissen hat«, schlussfolgerte Kern. »Pech nur, dass er für die Tatzeit ein Alibi hat.«

»Komisch ist, dass er vor zwölf Jahren, als seine erste Frau spurlos verschwand, einen Aufenthaltsnachweis vorlegen konnte, der verhinderte, dass er mit einer eventuellen Tat in Verbindung gebracht werden konnte«, sagte Jessica und drehte sich jetzt zu ihrem Kollegen um. »Du hast die Akten doch auch gelesen. Er war auf einem Medizinerkongress in Berlin, konnte sogar Fotos vorlegen, auf denen er zu sehen war.«

»Uns fehlt im Moment jeder Anhaltspunkt. Wir haben alles untersucht. Die Hausdurchsuchung war vergebens und die Haushälterin als einzige Belastungszeugin ist tot«, zählte Hauptkommissar Kern auf. »Und Alexander Richter stand zur Tatzeit unter Drogen und kann auch keine vernünftigen Hinweise geben. Wir brauchen eine neue Idee.«

»Jemand muss für ihn die Drecksarbeit machen«, vermutete Jessica und kaute auf ihrer Unterlippe. »Wir müssen eine Verbindung zu seinem Handlanger finden.«

»Und wie? Die Kontodaten von Dr. Wiedemann liefern auch keinen Hinweis. So ein Helfershelfer will doch bezahlt werden. Auftragsmorde sind teuer, würde ich vermuten.« Kern stand auf und ging zu Jessica hinüber. »Er bezahlt also nicht mit Geld. Was ist, wenn er diese angeblich gestohlene Diamantkette in Zahlung gegeben hat – für das Beseitigen seiner Ehefrau?«

»Aber hätte er sie dann als gestohlen gemeldet?«, bezweifelte Jessica Detlefs Idee. »Der Täter könnte die Kette dann nie in Geld umwandeln, weil das Diebesgut doch sicher irgendwo auftauchen und die Spur zu ihm

führen würde. Das hätte Dr. Wiedemann nicht riskiert.« Sie dachte nach, rieb sich mit der rechten Hand die Stirn und begann, im Zimmer auf und ab zu gehen.

Plötzlich blieb sie stehen.

»Wir sollten trotzdem versuchen, die Kette zu finden«, beschloss sie schließlich. »Mit etwas Glück liegt die schon bei irgendeinem Pfandleiher.«

»Das haben unsere Kollegen wahrscheinlich bereits untersucht«, sagte Kern, nickte dann aber. »Was anderes fällt mir zurzeit auch nicht ein. Lass uns gleich ein paar Geschäfte abklappern.«

Es dauerte fast zwei Wochen, bis sich schließlich ein Juwelier meldete, dem Jessica Grothe und Detlef Kern ein Foto des gestohlenen Diamantcolliers gemailt hatten.

Der junge Mann auf den Aufnahmen der Überwachungskameras des Juweliers war schnell identifiziert, obwohl er einen falschen Namen und einen falschen Ausweis vorgelegt hatte, als er die wertvolle Kette verkaufte.

Jetzt allerdings saß nicht dieser Mann, sondern sein bester Freund Jochen Riedmüller den Hauptkommissaren Kern und Grothe gegenüber.

»Woher kennen wir uns?«, fragte Jessica und sah den Mann durchdringend an. Er kam ihr bekannt vor, doch sie konnte sein Gesicht nicht einordnen. Auch mit seinem Namen konnte sie nichts anfangen. Riedmüller war blond, schlaksig und Ende 20. Seine etwas zu groß geratene Nase sah aus, als wäre sie bereits mehrmals gebrochen gewesen, die dunklen Ränder unter seinen Augen und die blasse Gesichtsfarbe zeugten von einem unsteten Lebenswandel und durchzechten Nächten.

»Keine Ahnung«, sagte Riedmüller in einem monotonen, gelangweilt klingenden Tonfall, rutschte auf dem alten Holzstuhl im Verhörzimmer nach vorn und streckte die Beine aus, sodass seine Füße auf der anderen Tischseite wieder hervorkamen.

Hauptkommissar Kern trat beherzt gegen die schwarzen Dr.-Martens-Boots und beförderte den jungen Mann damit beinahe von seinem Stuhl.

»Verdammte Scheiße«, fluchte dieser und konnte sich gerade noch an der Tischplatte festhalten, bevor sein Hintern vom Stuhl rutschte. »Was soll der Mist?«

»Sie wissen aber schon, warum Sie hier sind, Herr Riedmüller?« Kern ignorierte die Frage. »Jetzt setzen Sie sich ordentlich hin und dann beantworten Sie meiner Kollegin ihre Frage.«

Nach einem wütenden Blick auf Hauptkommissar Kern wandte sich Jochen Riedmüller wieder an Jessica. »Ich bin Sanitäter«, erklärte er, setzte sich aufrecht hin und legte ordentlich seine Hände auf den Tisch. »Sie haben mich zu dem Unfall an der B12 vor ein paar Monaten befragt, Frau Hauptkommissarin.«

»Der Kleintransporter, der von der Straße abgekommen ist?«, fragte Jessica, beugte sich über den Tisch und sah den Mann aufmerksam an. »Ja, ich erinnere mich.«

»Und wo haben Sie das Diamantcollier her? Kannten Sie Monika Wiedemann?«, mischte sich jetzt Hauptkommissar Kern ein. »Wie haben Sie es ihr abnehmen können?«

»Wer ist Monika Wiedemann?«, wollte Riedmüller wissen. »Das Teil habe ich gefunden, nicht gestohlen. Sie können mir also gar nichts.«

»Was haben Sie für die Kette bekommen, Herr Riedmüller? 12.000 Euro?« Kern sah in seine Unterlagen und

korrigierte: »12.500 Euro. Das ist eine Menge für Diebesgut. Da kommt durchaus eine Gefängnisstrafe in Betracht, noch dazu bei Ihren Vorstrafen«, drohte er. »Wo haben Sie das Collier gefunden?«

»Na, hab ich doch eben schon gesagt. Auf der Wiese an der B12, kurz nach dem Unfall.«

»Wollen Sie damit sagen, dass der Mann aus dem Kleintransporter die Kette bei sich hatte und Sie sie zufällig gefunden haben? Neben dem Unfallauto auf der Wiese?«, wollte Jessica wissen. Die Sache wurde immer mysteriöser. Wie konnte es sein, dass diese wertvolle Kette genau an diesem Unfallort auftauchte? Zufall war das vermutlich nicht.

»Quatsch«, winkte Riedmüller mit einer wegwischenden Handbewegung ab. »Wenn ich auch nur im Ansatz vermutet hätte, dass diese Kette dem Unfallopfer gehört, hätte ich sie doch zurückgegeben. Ich bin doch ein anständiger Mensch.«

Kern konnte sich einen zweifelnden Gesichtsausdruck nicht verkneifen.

»Und wo war die Kette dann genau?« Die Ungeduld in Jessicas Stimme war deutlich zu spüren. »Man schlendert doch als Sanitäter nach getaner Arbeit nicht über eine matschige Wiese und sucht verlorengegangene Schätze.«

»Ich war noch kurz eine rauchen«, erklärte der blonde junge Mann und kratzte sich die Nase. »Am Straßenrand, dort, wo das Auto von der Fahrbahn auf die Wiese gebrettert ist, lag das Teil im Dreck. Ich habe es nur bemerkt, weil ich versehentlich draufgetreten bin. Kann ich jetzt gehen?«

»Nein«, riefen Detlef und Jessica wie aus einem Munde.

29

Es war zum Haare-Raufen.

Jetzt hatte er endlich einen weiteren Anhaltspunkt bekommen, um die Leiche der vergrabenen Frau aus der Breitachklamm zu identifizieren, und erhielt eine bedauernde Antwort nach der anderen. Kein einziger Radiologe, kein Unfallkrankenhaus und kein Hausarzt im ganzen Allgäu hatte eine positive Nachricht für ihn. Zu seinem Bedauern bewahrten viele Ärzte und Krankenhäuser Unterlagen über Unfälle, die länger als zehn Jahre zurücklagen, gar nicht mehr auf. Die Brüche am Bein der jungen Frau hatte Ewe allerdings auf einen viel früheren Zeitpunkt datiert. Dem Gerichtsmediziner zufolge hatte die Frau sich das Bein im Teenageralter gebrochen, also vor weit über 20 Jahren.

»Keine Ahnung, was wir jetzt noch machen können, Chef, ähm, Florian«, überlegte Berthold. »Vielleicht sollten wir die Suche auf ganz Deutschland ausweiten. Immerhin wissen wir nicht, woher die Frau ursprünglich kommt.«

»Ich befürchte, das wird auch nicht viel bringen, Berthold. Aber versuch es trotzdem, wenigstens bei den Krankenhäusern.«

Es klopfte an die Bürotür und Jessica trat ein. »Ich habe gerade deinen Fall gelöst«, triumphierte sie und grinste übers ganze Gesicht. Dann trat sie an den Schreibtisch und legte Florian einen Ordner direkt vor die Nase. »Schau

hinein«, schlug sie vor, schob die Hände in die Hosentaschen und nickte Berthold freundlich zu.

»Was ist das?« Florian sah sie misstrauisch an. Es war unmöglich, seinen Fall zu lösen, das hatte er gerade festgestellt. Außerdem ermittelte seine Freundin schließlich nicht im Breitachklamm-Fall. Wenn also nicht ganz plötzlich jemand aufgetaucht war, der vor lauter schlechtem Gewissen nach zwölf Jahren den Mord an der jungen Frau gestanden hatte, dann machte sie gerade einen Scherz.

»Das wirst du nicht glauben, aber ich habe die Frau identifiziert.« Jessica klang so stolz, dass Florian sie verwundert ansah.

Eigentlich war sie nicht sehr gut im Schwindeln, weshalb Florian auf irgendein Zeichen in ihrem Gesicht wartete, ein Schmunzeln oder ein Zucken ihrer Augenbraue, das sie verriet. Sie verarschte ihn, da war er sich fast sicher.

»Das ist unmöglich«, beschloss er deshalb. »Berthold und ich versuchen das seit Wochen.«

»Und ich komme ganz zufällig darauf. Toll, oder?« Jetzt lachte sie laut. »Schau doch einfach in die Akte.«

Doch Florian schob den Ordner beiseite und sah seine Freundin ernst an. »Erzähl es mir doch einfach, dann bin ich endlich schlauer.«

»Das ist so aufregend«, begann Jessica und winkte dankend ab, als Berthold aufstand und ihr seinen Platz zum Sitzen anbot. »Ich habe dir doch erzählt, dass Detlef und ich die Kette aufgespürt haben, die Dr. Wiedemann als gestohlen gemeldet hatte. Wir haben sie gefunden!«

»Gratuliere«, murmelte Florian, als sie nicht weitersprach und ihn stattdessen erwartungsvoll ansah.

»Vielen Dank.«

Die Fröhlichkeit in ihrer Stimme missfiel ihm. Ihn ärgerte, dass sie nicht mit der Sprache herausrückte und er selbst einfach nicht dahinterkam, worauf sie hinaus wollte.

»Wir hatten so ein Glück«, berichtete Jessica weiter. »Weder der Finder noch der Juwelier haben die Kette gründlich gereinigt. Sie lag im Schlamm, in einer vom Regen aufgeweichten Wiese, und wurde nur mit klarem Wasser abgespült, nicht etwa mit Alkohol oder einem anderen Reinigungsmittel.«

»Ja, und? Was hat das mit meiner Leiche zu tun?« Jessica spürte, dass Florian langsam ungehalten wurde.

»Na, sonst wäre doch die DNA zerstört worden.«

Florian atmete tief ein und aus, nickte dann und sah zu ihr hinauf. »Verstehe«, sagte er, obwohl er jetzt gar nichts mehr verstand. »Doch was hat deine Kette mit meinem Fall zu tun?«

»Herrgott, Florian. Du bist doch sonst nicht so schwer von Begriff«, warf sie ihm belustigt vor. »Die DNA an der Kette stimmt mit der deiner Leiche überein.«

»Aha«, brachte er schließlich heraus. »Wie kann das denn sein?«

»Das kann eigentlich nur sein, wenn die nichtidentifizierte Frau aus der Breitachklamm die Kette getragen hat«, erklärte Jessica. Sie sprach langsam und deutlich, nur, um Florian zu ärgern. Dann zwinkerte sie ihm zu. »Detlef und ich sind uns fast sicher, dass deine Leiche die seit zwölf Jahren vermisste erste Ehefrau von Dr. Wiedemann ist. Und außerdem sind wir beide uns ebenso sicher, dass der werte Doktor etwas mit ihrem Verschwinden und ihrem Tod zu tun hat.«

Dr. Wiedemann missfiel es sichtlich, dass er in einem Verhörraum saß. Die Tatsache, dass er persönlich auf dem Polizeirevier zu erscheinen hatte, war seiner Meinung nach eine bodenlose Frechheit.

»Wenn Sie mir mitteilen wollen, dass Sie meine erste Frau Beate tot aufgefunden haben, dann hätten Sie doch auch zu mir kommen können, anstatt mich wie einen Schwerverbrecher durch zwei Beamte aus meinem Haus hierherzerren zu lassen.«

»Das war leider unumgänglich«, bemerkte Hauptkommissar Kern ohne jedes Bedauern in der Stimme. »Meine Kollegen haben Sie ja bereits über Ihre Rechte aufgeklärt. Nur fürs Protokoll, Sie verzichten also weiterhin auf die Anwesenheit eines Anwaltes, Herr Dr. Wiedemann?«

»Ich habe nichts getan, was auch nur im Entferntesten mit dem Tod von Beate zu tun hat. Ich bin unschuldig und habe ein Alibi für die Tatzeit«, zählte der Doktor auf, verschränkte trotzig die Arme vor der Brust und sah den Hauptkommissar herausfordernd an. »Ich brauche also keinen Anwalt.«

Die Tür zum Befragungsraum ging auf und Hauptkommissar Forster betrat lächelnd das Zimmer.

»Guten Tag, Herr Dr. Wiedemann. Mein Name ist Forster, wie Sie sicher noch wissen«, stellte er sich vor und reichte dem Verdächtigen die Hand, bevor er sich neben seinen Kollegen Kern auf den unbequemen Plastikstuhl setzte und einen roten Pappordner vor sich auf den Tisch legte. »Wir beide haben uns ja bereits kennengelernt. Ich bin leitender Ermittler im Fall des Leichenfundes in der Breitachklamm. Wir haben lange gebraucht, um die Tote als Ihre erste Frau zu identifizieren. Erst jetzt ist es uns gelungen.«

Am Vormittag hatten Detlef Kern, Jessica, Florian und Berthold beschlossen, im Fall Wiedemann in Zukunft gemeinsam zu ermitteln. Immerhin waren die beiden zu Tode gekommenen Frauen aus ihren jeweiligen Fällen mit Dr. Wiedemann verheiratet gewesen. Das allein machte den Ehemann schon tatverdächtig.

»Und das nennen Sie professionelle Polizeiarbeit, wenn es Ihnen nicht einmal gelingt, mit dem heutigen Stand der Technik eine Leiche schnell zu identifizieren«, bemerkte Wiedemann verächtlich. »Deshalb sitze ich wohl auch hier«, fuhr er aufgebracht fort. »In Ermangelung eines wirklichen Täters.«

»Sie, Herr Wiedemann, sitzen hier, weil Sie den ermittelnden Beamten vor zwölf Jahren eine falsche DNA-Probe Ihrer Frau Beate gegeben haben«, sagte Florian, schlug den Ordner auf, nahm ein Blatt heraus und legte es dem Verdächtigen vor. »Wenn das nicht die Zahnbürste Ihrer Frau war, wem gehörte sie dann?« Er deutete auf den entsprechenden Satz im Laborbericht, der eine Zahnbürste als DNA-Nachweis aufführte.

Dr. Wiedemann zuckte gelangweilt mit den Schultern.

»Mit dieser falschen Probe war es unmöglich, Ihre Frau zu identifizieren«, mischte sich jetzt Hauptkommissar Kern ein. »Außerdem haben Sie zwar ein Alibi für die von Ihnen angegebene Zeit, in der Ihre erste Frau angeblich verschwunden ist, doch können wir nach zwölf Jahren den Todeszeitpunkt natürlich nicht mehr auf den Tag genau bestimmen. Damit wird Ihr Alibi unbrauchbar.«

»Das ist eine Unverschämtheit«, zischte Wiedemann, beugte sich über den Tisch und deutete mit dem Zeigefinger auf Hauptkommissar Kern. »Wie können Sie es wagen! Ich habe damals in jeder erdenklichen Art und

Weise kooperiert, obwohl das Verschwinden von Beate mich sehr mitgenommen hatte. Und Ihre verdammte Probe«, jetzt zeigte er auf Florian Forster, »ist falsch. Wenn die Probe nicht zu Ihrer Leiche passt, dann ist es nicht meine Frau. Sie, Herr Hauptkommissar, machen Fehler – zu viele Fehler!«

»Das sehe ich anders«, bemerkte Florian nur, nahm den Zettel, der vor dem Befragten lag und legte ihn zurück in den Ordner. Dann zog er ein Foto hervor und zeigte es Dr. Wiedemann. »Erkennen Sie diesen Gegenstand?«

»Das ist das verschwundene Collier meiner Frau Monika.« Wiedemann sah den Hauptkommissar misstrauisch an. »Haben Sie es endlich gefunden? Wer hat es gestohlen? Wenn Sie den Dieb haben, dann haben Sie doch auch den Mörder von Monika.«

»Wann haben Sie diese wertvolle Kette für Ihre Frau gekauft?«, wollte Hauptkommissar Kern wissen, wandte sich dann aber an seinen Kollegen Forster und sah ihn fragend an. »Möchten Sie auch einen Kakao? Ich glaube, das Verhör dauert noch ein wenig.«

Anstatt zu antworten, drehte Florian sich zu der großen Spiegelwand in seinem Rücken um und rief: »Berthold? Kannst du Herrn Kern einen Kakao bringen? Und mir bitte einen Kaffee. Für Sie auch etwas?« Seine Frage war an Dr. Wiedemann gerichtet, doch der schüttelte mechanisch den Kopf und starrte an der gegenüberliegenden Wand auf sein Spiegelbild.

Florian lächelte. Der Verdächtige war ein Mann, der redegewandt und selbstsicher lieber Vorwürfe machte, als den Hauch einer Mitschuld an den Taten zuzugeben. Es war gut, wenn er jetzt den Eindruck gewann, jemand, den er nicht sehen konnte, würde ihn beobachten.

»Das Collier ist ein Erbstück«, sagte Wiedemann. »Ich habe es meiner Moni zur Hochzeit geschenkt. Wie haben Sie es gefunden?«, wiederholte er seine Frage.

»Dieses Schmuckstück hat trotz der schweren Diamanten eine sehr feingliedrige Kette«, erklärte Hauptkommissar Kern und hob warnend die Hand, als sein Gegenüber ihn unterbrechen wollte. »Zwischen den Kettengliedern haben unsere Labortechniker Haare und Haarfollikel gefunden und daraus eine DNA ermitteln können. Und diese DNA stimmt mit der Leiche der Frau aus der Breitachklamm überein, die vor über zehn Jahren gestorben ist, jetzt aber erst gefunden wurde.«

»Deshalb gehen wir davon aus«, fuhr Florian fort, »dass es sich bei der in der Breitachklamm gefundenen Toten um Ihre vermisste Ehefrau Beate Wiedemann, geborene Sattler, handelt. Unsere Nachforschungen haben außerdem ergeben, dass ein über 20 Jahre alter Beinbruch, den unser Gerichtsmediziner entdeckt hatte, mit der Krankenakte Ihrer ersten Frau übereinstimmt. Wir haben ihren Kinderarzt in Dortmund ausfindig gemacht.« Er lehnte sich zufrieden auf seinem Stuhl zurück, streckte die Beine unter dem Tisch aus und legte sie übereinander.

»Dann ist es wohl tatsächlich meine Beate, die Sie gefunden haben«, stellte der Doktor leise fest und nickte zustimmend. »Dann habe ich jetzt endlich Gewissheit.«

»An Gewissheit mangelt es mir allerdings noch sehr«, warf Detlef Kern ein. »Ihre Frau Beate und auch Ihre Frau Monika sind beide einem Mord zum Opfer gefallen. Warum haben Sie die beiden getötet, Herr Dr. Wiedemann? Beide hatten Vermögen und eine hohe Lebensversicherung. War Habgier Ihr Motiv?«

Wiedemann sah den älteren Beamten lange an, dann lächelte er gelassen. »Ich habe niemanden getötet. Ich habe Alibis«, sagte er ruhig. »Ich war nicht in der Stadt, als Monika überfahren wurde. Und ein Motiv habe ich auch nicht, denn ich bin auf das Geld aus den Lebensversicherungen nicht angewiesen. Sie haben sicher überprüft, dass ich aus einer recht wohlhabenden Familie komme und mein monatlicher Gehaltsscheck auch nicht zu verachten ist. Kann ich Ihnen noch irgendwie behilflich sein bei der Suche nach den Mördern meiner Ehefrauen, oder kann ich jetzt gehen?«

Kern sah seinen Kollegen Forster an, dann nickte er Dr. Wiedemann zu. »Ja, Sie können gehen«, sagte er. »Aber bitte bleiben Sie in Kempten. Wir haben sicher noch weitere Fragen. Jetzt können wir unsere Heißgetränke doch im Büro trinken, Herr Forster.« Er lächelte dem jüngeren Hauptkommissar freundlich zu.

Hauptkommissar Forster stand unterdessen auf und öffnete die Tür zum Flur. »Ich komme dann zu Ihnen, Herr Dr. Wiedemann, sobald ich herausgefunden habe, zu wem die DNA an der Zahnbürste wirklich passt. Das wird Sie doch sicher auch brennend interessieren, oder?«

30

»Was machst du hier im Garten?«

Jessica drehte sich um und sah Florian auf der Treppe zur Haustür stehen. Jetzt lief er barfuß und nur mit Schlafanzughose und T-Shirt bekleidet zu ihr.

»Geh wieder rein, Florian«, sagte sie und starrte erneut in den wolkenverhangenen Himmel. »Es ist kalt hier draußen.« Sie selbst hatte zwar auch einen Schlafanzug an, doch war sie, als sie vor zehn Minuten das Haus verlassen hatte, vorsorglich in eine dicke Strickjacke und in ihre Winterstiefel geschlüpft. Doch langsam wurde ihr trotzdem kalt.

»Was machst du denn hier?«, wiederholte Florian, legte die Arme von hinten um seine Freundin und vergrub sein Gesicht in ihrem Haar. »Komm wieder rein. Lass uns schlafen gehen.«

Doch Jessica seufzte nur.

»Wenn du willst, dann machen wir bald noch einmal einen Ausflug«, schlug er vor. »Ich weiß nur nicht, ob ich in meinem Alter eine weitere Nacht im Auto überstehe. Mir wäre mein Bett hundertmal lieber. Am liebsten mit dir zwischen mir und meiner bequemen Matratze.« Seine Hände schoben sich unter ihre Strickjacke. »Bitte, Jessy«, flüsterte er dicht an ihrem Ohr. Seine Finger fanden einen Weg unter ihr Pyjamaoberteil und glitten über ihre nackte Haut. »Lass mich nicht immer betteln, Jessy. Bitte, komm mit mir nach oben. Ich brauche dich.«

»Weißt du, was merkwürdig ist?«, sagte sie plötzlich, befreite sich aus seiner Umarmung und drehte sich zu ihm um. Florian schloss enttäuscht die Augen, atmete tief ein und aus und rieb sich mit beiden Händen über sein Gesicht.

»Nein«, erwiderte er und klang genervt. »Was denn?«

»Du hältst mich bestimmt für verrückt«, begann Jessica und sah, wie ihr Freund erst heftig nickte, sie dann aber fragend ansah, den Kopf leicht zur Seite geneigt.

»Es geht um den Fundort der Kette«, erklärte sie, trat einen Schritt zurück und deutete auf den kalten und nassen Rasen unter ihren Schuhen. »Dieser Sanitäter Riedmüller hat das Collier angeblich im Gras am Straßenrand gefunden, das habe ich dir ja bereits erzählt.«

»Hast du«, bestätigte ihr Florian kurz angebunden und schlang seine Arme um seinen Oberkörper. Es war wirklich verdammt kalt hier draußen.

»Aber es gibt etwas, das ich dir noch nicht gesagt habe«, fuhr sie fort. »Ist auch eher eine fantasievolle Idee als ein realer, handfester Beweis.«

Dieses Mal sagte er nichts.

»Detlef Kern und ich haben doch die Leiche von Monika Wiedemann noch am Tatort gesehen, auf dem Boden liegend, die Arme weit ausgebreitet. Sie trug ein weißes Nachthemd.« Jessica baute sich vor ihrem Freund auf und streckte die Arme nach links und rechts aus. »Das sieht doch aus wie Jesus am Kreuz, oder? Du kennst doch diese Jesus-Statue in Rio. So sieht das doch aus, oder?«

Obwohl Florian mehr die nackte Haut an ihrem Bauch auffiel, die ihr Schlafanzugoberteil freigab, weil sie die Arme angehoben hatte, nickte er zur Bestätigung.

»Ja«, rief sie jetzt begeistert. »Und genau das hat das Unfallopfer, der Mann, der bei dem schlimmen Sturm von der B12 abgekommen ist, auch gesagt. Hörst du mir überhaupt zu?«

Florian zwang sich, ihr ins Gesicht zu sehen, und nickte wieder.

»Also, der Mann hat gesagt, er hätte Jesus gesehen«, erklärte sie ihm und schlang nun auch die Arme um ihren Körper.

»Das glauben viele, wenn sie den Tod vor Augen haben«, sagte Florian. Er begriff nicht, was sie ihm erzählen wollte. Warum war die Nahtoderfahrung eines Unfallopfers wichtiger als eine aufregende Nacht mit ihm?

»Denk doch einfach mal nach«, rief sie leicht ungehalten. »Die Kette von der Wiedemann wurde an der B12 gefunden. Der Unfallfahrer ist Jesus ausgewichen und Monika Wiedemann ist in der ›Jesus am Kreuz‹-Position überfahren worden. Was denkst du? Ist das alles Zufall? Oder ist der Unfall passiert, weil jemand die Wiedemann überfahren lassen wollte? Passt außerdem zeitlich zu dem angeblichen Einbruch in der …«

»Bitte, Jessy«, jammerte Florian. »Erzähl mir das doch alles morgen noch einmal. Ich kann jetzt wirklich nicht mehr denken.« Er rieb sich mit der rechten Hand über die Stirn und seufzte. »Ich werde jetzt schlafen gehen.« Doch dann fühlte er ihre eiskalten Hände auf seinem Bauch. Sie stand dicht vor ihm, ihr Gesicht ganz nah an seinem.

»Erst versprichst du mir eine heiße Nacht mit dir und dann willst du plötzlich schlafen?«, warf sie ihm belustigt vor. »Was hältst du von einem warmen Schaumbad?«

»Baden? Jetzt? Also ich würde auch gleich …«, sagte er und hörte sie schallend lachen.

»Soll ich etwa damit …«, begann sie, schob mit ihren eiskalten Fingern sein T-Shirt hoch und legte ihre Hände flach auf seine Brust, bevor sie langsam über seinen Rippenbogen immer tiefer wanderte und schließlich den Bund seiner Hose erreichte.

»Soll ich wirklich damit …?« Jetzt hob sie ihre rechte Hand und hielt sie Florian direkt vors Gesicht, die Finger der linken Hand schoben sich unter den Hosenbund.

Florian griff blitzschnell nach ihren Händen. »Okay. Lass uns heiß baden«, stimmte er zu. »Und wenn die Hände wieder warm sind, dann kannst du damit machen, was immer du willst. Nur reden ist ab jetzt verboten, verstanden?«

Die Aufnahmen waren etwas verwackelt und aufgrund des schlechten Wetters noch dazu recht undeutlich.

Schade, denn diese Szenen hätten sich mit Sicherheit wesentlich besser verkauft als die anderen.

Die dürre Gestalt in dem hellen, knöchellangen Nachthemd wirkte gespenstisch. Der Gedanke daran, wie viel Macht er in diesem Moment über die Frau besessen hatte, ließ ihn noch heute wohlig erschaudern. Sie war mit ihm gekommen, ohne zu zögern ins Auto gestiegen, hatte sich schließlich, ohne sich über die Konsequenzen im Klaren zu sein, auf den Weg gemacht und war durch den Sturm gelaufen. Immer auf dem nassen und eiskalten Asphalt der Bundesstraße entlang, die Arme weit ausgebreitet, den Blick geradeaus, mit nackten Füßen und nur wenig Stoff am Körper. Durch Eiseskälte, Dunkelheit und Donnergrollen.

Die Aufnahmen waren faszinierend schön. Im Hintergrund schlug ein Blitz in einen Strommasten ein und ließ die Nacht für wenige Augenblicke taghell aufleuchten.

Er erinnerte sich, wie er insgeheim gefleht hatte, dass sie nicht von einem Blitz getroffen werden würde, denn er hatte etwas anderes sehen wollen. Es war schwer gewesen, ihr zu folgen, denn der Boden neben der Straße war vom Dauerregen so aufgeweicht gewesen, dass seine Schuhe bei jedem Schritt tief im Dreck versunken waren und er außerdem kaum die Kamera hatte ruhig halten können. Wind und Regen hatten ihm unaufhörlich entgegengeschlagen, doch all das hatte ihn nicht aufgehalten. Und sie genauso wenig.

Auf den Filmaufnahmen beobachtete er, wie sie mehr als 200 Meter über den Asphalt ging, bis endlich von Weitem die Scheinwerfer zu sehen waren.

Jetzt hörte er seine eigene Stimme, die ihr befahl, stehen zu bleiben.

Es war ein aufregender Moment gewesen, eine Spannung, die ihn noch jetzt erregte und faszinierte.

Wenn ihr Körper gegen das heranfahrende Auto geprallt wäre, hätte er die Knochen brechen hören, die Gliedmaßen unkontrolliert herumschlackern sehen wie die Tentakel eines Tintenfischs. Das Blut, die Wunden, den geschundenen, zerbrochenen, zerstörten Körper. Oh Gott, es wäre einfach großartig gewesen, wenn er gesehen hätte, wie das Leben aus ihr herausgerissen worden wäre.

Sie war stehen geblieben, wie er ihr befohlen hatte. Und sie hatte sich keinen Millimeter bewegt, nicht einmal gezuckt, als der Wagen auf sie zugefahren war. Ganz knapp vor ihr war er plötzlich ausgewichen und auf ihn und seine Kamera zugerast. Blitzschnell hatte er zur Seite springen müssen, um nicht selbst überfahren zu werden.

Die Nacht war aufregend gewesen, doch sie hatte traurig geendet.

Ohne Unfall.
Ohne Tod.
Ohne Glückseligkeit.

Endlich hatte er den Mann gefunden.

Seit er in Augsburg in den Zug gestiegen war, war er zweimal die komplette Wagenreihe abgelaufen und hatte unauffällig in die Gesichter der Mitreisenden geschaut, doch den Fahrgast, den er suchte, nicht ausfindig gemacht. Inzwischen hatte er schon die Befürchtung gehabt, die gesuchte Person würde im anderen Zugteil sitzen, dem Teil, der im Augsburger Bahnhof an den IC aus Kempten angehängt wurde und den er nicht erreichen konnte. Doch dann hatte er den Mann aus einem der WCs kommen gesehen, war ihm unauffällig zu seinem Platz gefolgt und dann zurückgegangen, um den schmalen Waschraum auf Hinweise zu kontrollieren. Nachdem er nicht fündig geworden war, hatte er sich etwa drei Reihen vom Verdächtigen entfernt auf einen freien Fensterplatz gesetzt. Von hier aus konnte er alles unauffällig beobachten.

Seit er vor ein paar Monaten aus dem Gefängnis entlassen worden war, hatte er es nicht leicht gehabt. Vorbestraft zu sein war für eine Wohnungs- und Jobsuche niemals von Vorteil, aber als vorbestrafter Polizist war es scheinbar noch schwieriger. Das Berufsethos eines Beamten, der im Dienst von Recht und Ordnung stand, lautete nun einmal, immer und überall als gutes Vorbild in der Gesellschaft zu funktionieren. Er hatte sich, wenn auch aus persönlicher Not, dafür entschieden, einen anderen Weg einzuschlagen, und er würde es erneut tun, wenn er damit ein Menschenleben retten konnte. Doch jetzt wollte er nichts weiter, als endlich wieder dazuzugehören, end-

lich wieder ein Teil dieser Gesellschaft zu werden. Rechtschaffen und ehrlich.

Jessica gab ihm diese Chance und er würde sie ergreifen. Wenn alles gut ging, dann würde er eine Anstellung bekommen, trotz seiner Vorstrafe, trotz seines gesellschaftlichen Ausrutschers.

Dieser Dr. Wiedemann war ein absoluter Kotzbrocken, das sah Martin Hansen sofort. Seine aufgesetzte Höflichkeit, als er einer älteren Dame half, den Koffer auf die Hutablage zu wuchten, und sein überfreundliches Lächeln – beides verschwand augenblicklich, als er sich wieder unbeobachtet fühlte. Nichts an dem Mann war echt. Er war arrogant und überheblich. Das zeigte sich auch an der Tatsache, dass er der Kripo in Kempten von seinem Ausflug nach Hamburg berichtet hatte, dass er sich höflich lächelnd bei den Beamten abgemeldet und sogar seine Bahnfahrkarte und eine Hotelreservierung vorgelegt hatte, nur um allen zu beweisen, wie sicher er sich war, nicht des Mordes überführt zu werden.

Doch Jessica war überzeugt davon, dass Wiedemann schuldig war, und Jessica täuschte sich selten. Sie war schon immer die bessere Polizistin gewesen und hatte ihm damals im Dienst in Hamburg mehr als einmal den Arsch gerettet. Er würde sie jetzt nicht enttäuschen und alles tun, um ihr bei der Überführung dieses Mannes zu helfen.

Dr. Wiedemann saß auf seinem Platz am Fenster und schaute stoisch hinaus in den Regen. Erst ab Kassel klarte das Wetter auf und die Sonne kam heraus. Diese schien Wiedemann jedoch weniger zu interessieren als der Regen, denn jetzt las er über eine Stunde lang in einer mitgebrachten Tageszeitung, blätterte mehrmals durch die dün-

nen Seiten, faltete schließlich alles fein säuberlich zusammen und legte die Zeitung auf den freien Platz neben sich. Kurz vor dem Hauptbahnhof Hannover stand er plötzlich auf, zog seine Jacke an und hievte seinen Koffer von der Ablage über dem Fenster.

Martin starrte ihn, verwundert über die plötzliche Geschäftigkeit, etwas zu lange an und wurde dafür von Dr. Wiedemann mit einem überheblich arroganten Lächeln bedacht, bevor er kurz grüßend die Hand hob und in Fahrtrichtung durch den schmalen Gang davonging.

Würde Wiedemann etwa schon in Hannover aussteigen? Warum? Sein angebliches Seminar fand doch in Hamburg statt. Ein Hotelzimmer im Steigenberger in Hamburg war auf seinen Namen gebucht, das hatten die Beamten in Kempten überprüft. Hatte er sie alle an der Nase herumgeführt? Wusste er, dass er beobachtet wurde?

Martin sprang auf und ging Wiedemann in gebührendem Abstand hinterher. Auf Höhe des ursprünglichen Sitzes des Doktors musste er einem entgegenkommenden Fahrgast Platz machen und trat zur Seite in eine freie Sitzreihe. Wiedemann verschwand im angrenzenden Waggon und Martin verlor ihn aus den Augen.

Doch dann sah er dieses Lächeln, das dem des Doktors an Arroganz in nichts nachstand. Der Mann, dem er den Weg freigemacht hatte, beugte sich hinunter, nahm die Zeitung, die Wiedemann auf dem Sitz am Gang platziert hatte, klemmte sie unter den Arm, grinste ihn mit einer zufriedenen Überheblichkeit an und schlenderte in entgegengesetzter Richtung durch den Gang.

Martin war hin- und hergerissen. Sollte er versuchen, den Doktor wiederzufinden, und eventuell bereits in Han-

nover aussteigen? Oder sollte er dem Mann folgen, der die Zeitung genommen hatte?

Hatte der eine überhaupt etwas mit dem anderen zu tun? War die Zeitung ein wichtiger Hinweis oder hatte sich der Typ nur gefreut, einen kostenlosen Zeitvertreib für die Weiterfahrt gefunden zu haben, und Martin hatte seine Reaktion falsch gedeutet?

Was sollte er nur tun? Wenn er jetzt die falsche Entscheidung traf, dann konnte er den Job bei Richter Security vergessen. Außerdem würde er Jessica enttäuschen, und das war bei Weitem das schlimmere Versagen.

31

»Jetzt steig schon endlich ein«, rief sie ihm entgegen, als er die Beifahrertür aufmachte, sich hinunterbeugte und in den Wagen sah. »Welcher Mann braucht denn bitte so lange, um sich anzuziehen? Das ist doch nicht normal.«

»Was hier nicht normal ist …«, sagte Florian vorwurfsvoll, unterbrach sich dann aber selbst und schaute miss-

mutig. »Warum können wir denn nicht meinen Wagen nehmen?«

»Weil ich fahre«, bestimmte Jessica. »Wer zu spät kommt, ist eben Beifahrer.«

»Wo fahren wir denn überhaupt hin?« Florian stieg in Jessicas Auto und zog demonstrativ gequält die Beine an, die ausgestreckt in dem winzigen Auto seiner Freundin keinen Platz hatten. »Himmelherrgott, was ist das denn für ein Krach?«

»Das ist Musik«, lachte sie. »Ich habe gute Laune, da will ich gute Musik hören.«

»Das ist keine Musik, das ist einfach nur laut. Kann ich es leiser stellen?«, fragte er, doch als er nach dem Drehknopf am Radio griff, schlug sie ihm auf die Hand.

»Willst du jetzt wissen, warum wir gemeinsam im Auto sitzen und wo wir hinfahren, oder nicht?« Als heute in der Früh der Anruf aus dem Präsidium kam, war Jessica sofort aufgesprungen, hatte ihren Freund etwas unsanft geweckt und war bereits fertig angezogen, noch bevor er das Bett verlassen hatte.

»Wie heißt denn dieses gottverdammte Lied, das du Musik nennst? Das weckt ja Tote auf«, grummelte Florian vor sich hin und gähnte laut. Eigentlich hatte er gehofft, heute am Samstag ausschlafen zu können. Die Arbeitswoche war anstrengend gewesen.

»›Living is a problem‹«, gab Jessica kurz angebunden Auskunft. »Berthold hat angerufen. Wir haben gemeinsam …«

»Das sagt ja schon alles«, fuhr er dazwischen. »Die Typen im Radio haben wirklich ein Problem mit ihrem Leben.«

»Wir konnten einen Durchbruch im Mordfall Wiedemann erzielen«, versuchte sie es nun auf direktem Wege.

»Und wenn wir beide jetzt ein wenig Glück haben, dann klären wir den Fall vielleicht endgültig auf.«

»Tatsächlich?« Florian war plötzlich hellwach. »Hat die Hausdurchsuchung in Dortmund neue Erkenntnisse gebracht?«

Dr. Wiedemann besaß in Dortmund ein Einfamilienhaus, das seiner ersten Frau Beate gehört und in dem das Ehepaar viele Jahre gelebt hatte. Jetzt bewohnte es eine Familie und der Doktor kassierte als Alleinerbe die monatlichen Mieteinnahmen.

Martin Hansen hatte bei der Observierung des Tatverdächtigen gute Arbeit geleistet und eine Verbindung zu einem Mann aus Füssen hergestellt. Es war Martin im Zug gelungen, diesem Mann eine Tageszeitung zu entwenden, die im großformatigen Kreuzworträtsel vermutlich eine versteckte Nachricht enthielt. Das Kreuzworträtsel war denkbar einfach und Wiedemann klug genug, um es zu lösen. Doch die von ihm eingetragenen Buchstaben ergaben keine Wörter, das Buchstabenchaos musste also einen tieferen Sinn haben.

Bis zu diesem Punkt kannte Florian die Geschichte bereits. Zusammen mit Hauptkommissar Kern hatte er dafür gesorgt, dass eine Kopie des Kreuzworträtsels zur Entschlüsselung nach München zu Christian Hanke geschickt wurde und die Staatsanwaltschaft eine Hausdurchsuchung in besagtem Einfamilienhaus in Dortmund anordnete, nebst DNA-Proben der derzeitigen Bewohner. Wiedemann und sein vermeintlicher Komplize wurden über diese Vorgänge bisher nicht informiert.

»Zu der Hausdurchsuchung komme ich gleich.« Jessica stellte jetzt doch die Musik ab und lenkte ihren Kleinwagen auf die Hauptstraße Richtung Autobahn. »Der Mann,

zu dem wir fahren, heißt Hubertus Dinkelgruber, wohnt in Füssen und ist Laborleiter in einer medizinischen Forschungseinrichtung in München.«

»Ist das der Typ aus dem IC Richtung Hamburg, den Martin Hansen aufgespürt hat?«

»Genau der«, bestätigte Jessica, fuhr auf die Beschleunigungsspur der A7, setzte den Blinker und sah sich um. Dann lenkte sie den Wagen auf die Autobahn.

»Hat Berthold denn eine Verbindung zwischen den beiden gefunden?«, wollte Florian wissen, schloss die Augen und ballte die Hände zu Fäusten, als Jessica in einem etwas waghalsigen Manöver mit ihrem winzigen Auto einen Zwölftonner überholte.

»Die einzige Verbindung, die wir bisher haben, ist der gemeinsame medizinische Hintergrund. Ein Laborleiter und ein Allgemeinmediziner«, gab Jessica zu und sah grinsend zu Florian hinüber, der sich wieder entspannte, als sie vor dem Lkw einscherte und die Geschwindigkeit etwas drosselte. »Eine persönliche Verbindung haben wir allerdings noch nicht nachweisen können. Aber weißt du, womit sich dieser Dinkelgruber beschäftigt? Er entwickelt Psychopharmaka, vor allem Stimmungsaufheller und Betäubungsmittel.«

»Du meinst, der hat etwas mit den Drogen zu tun, die in Alexanders Blut nachgewiesen worden sind und die in unserem Labor keiner zuordnen konnte?« Florians Frage war mehr eine Feststellung, denn er nickte jetzt, so als wären die Zusammenhänge plötzlich glasklar.

»Ja, genau«, bestätigte Jessica. »Und auch im Blut der ermordeten Monika Wiedemann wurden diese Stoffe gefunden. Vielleicht bekommen wir eine Durchsuchungserlaubnis für das Labor, in dem Dr. Dinkelgruber tätig

ist, wenn wir eine Verbindung zu Wiedemann beweisen können.«

»Reicht da nicht das komische Kreuzworträtsel?«

»Ruf doch mal bei Christian in München an«, schlug Jessica vor. »Vielleicht konnten die schon etwas entschlüsseln.«

Sie gab wieder Gas und setzte erneut zum Überholen an. Florian hielt die Luft an, bekreuzigte sich und seufzte laut vernehmlich, bevor er sein Smartphone aus der Innentasche seiner Jacke zog und die Nummer des Münchener Profilers wählte.

Hubertus Dinkelgruber war nicht zu Hause.

Jessica und Florian schauten sich auf dem beeindruckenden Anwesen in Füssen um. Große, in gärtnerischer Perfektion gleichmäßig geschnittene Thujen umrahmten das Grundstück wie edle Zypressen ein toskanisches Weingut. Auch das Haus, einer kleinen Villa gleich, strahlte durch die terrakottafarbene Fassade und die hohen Sprossenfenster mit dunkelgrünen Fensterläden ein italienisches Flair aus. Wenn man durch die Bäume zu den Bergen hinüberblickte, konnte man in der Ferne das berühmte Märchenschloss Neuschwanstein sehen. Hier ließ es sich gut leben.

»Und was machen wir nun? Im Labor wird er am Wochenende vermutlich auch nicht sein.« Als nach erneutem Klingeln wieder keiner öffnete, verließen die beiden das Grundstück und gingen zurück zu Jessicas Auto.

»Kann ich jetzt fahren?«, fragte Florian, sah seine Freundin treuherzig an und streckte die Hand aus, als erwartete er, dass sie die Autoschlüssel hineinlegen und sich seinem Vorschlag fügen würde.

»Kommt überhaupt nicht infrage«, protestierte sie. »Gefällt dir mein Fahrstil etwa nicht?«

Florian sparte sich die Antwort, zog stattdessen sein Smartphone heraus und schaute aufs Display.

»Hat Christian geschrieben?«, wollte Jessica wissen, bekam aber nur ein breites Grinsen zur Antwort.

»Was ist? Was ist so komisch?«

»Ich mache dir jetzt einen Vorschlag«, begann Florian, schob das Smartphone zurück in seine Jackentasche und die Hände in die Taschen seiner Jeans. »Und wenn du die Idee gut findest, dann darf ich fahren.«

Jessica sah ihn lange an, dann nickte sie. »So gut kann dein Vorschlag gar nicht sein, dass ich dir meine Autoschlüssel überlasse«, behauptete sie, baute sich vor ihm auf und schob ebenfalls die Hände in die Hosentaschen.

»Es ist gut, dass wir Dinkelgruber nicht angetroffen haben, denn dann funktioniert mein Plan besser«, verkündete er, legte den Kopf schräg und sah Jessica herausfordernd an.

»Und? Dann raus mit deinem genialen Plan«, sagte sie ungeduldig.

»Christian hat die Nachricht entschlüsselt. Sie enthielt eine kurze Info über die erfolgreiche Ausführung eines Auftrages. Mehr nicht. Doch wir haben jetzt einen Beweis dafür, dass die zwei sich kennen und über das Kreuzworträtsel miteinander kommunizieren. Und das ist unsere Chance.« Als Jessica nichts erwiderte, fuhr er fort: »Wir müssen noch einen geeigneten Ort finden, doch wenn wir den haben, dann können wir ein Treffen der beiden einfädeln, indem wir mit der gleichen Kodierung dem jeweils anderen eine getürkte Nachricht zukommen lassen. Keiner der Herren weiß doch, dass wir die Zeitung

abgefangen haben und das Rätsel entschlüsseln konnten. Wir stellen ihnen eine Falle.«

Sekundenlang starrte Jessica ihren Freund mit völlig emotionslosen Gesichtszügen an, dann änderte sich der Ausdruck. Sie brummte ärgerlich, zog die rechte Hand mitsamt dem Autoschlüssel aus ihrer Hosentasche und warf ihn Florian zu.

»Aber den Radiosender darf ich aussuchen«, verkündete sie grimmig und ging um ihr Auto herum zur Beifahrerseite.

Christian Hanke war an diesem Sonntagmorgen extra aus München angereist und saß jetzt in Florians Wohnzimmer auf dem Sofa, neben ihm Jessica und gegenüber Florian.

»Wenn man es erst einmal raus hat, dann ist es ganz einfach«, sagte der Profiler, zog einen Schreibblock aus seiner Aktentasche, legte ihn auf den Tisch und begann, mit einem Kugelschreiber scheinbar wahllos Buchstaben auf das linierte Papier zu schreiben. »Wer von euch beiden war gut in Chemie?«

»Chemie?«, rief Florian und klang angewidert. »Ich war auf einem humanistischen Gymnasium.«

»Latein und Griechisch könnte hierbei auch helfen«, lachte Christian und tippte abwechselnd mit dem Stift auf die Buchstaben »F« und »e«. »Ferrum.«

Florian beugte sich über den Couchtisch und schaute sich den Buchstabensalat genauer an. »Und ›Au‹ ist Aurum.«

»Eisen und Gold«, bemerkte Jessica. »Und wie soll uns das helfen? Chemische Zeichen ergeben beim Aneinanderreihen schließlich keine Sätze.«

»Richtig. Mein Team und ich haben eine Weile gebraucht, aber wir haben den Code geknackt. Seht mal her«, wieder notierte er etwas auf seinem Block, »die Zeichen im Kreuzworträtsel sind nicht immer so eindeutig wie in den beiden genannten Fällen. Hier zum Beispiel: großes ›H‹, großes ›G‹ – korrekt wäre aber ein kleines ›g‹. Beides zusammen ist die Abkürzung für das griechische Wort ›hydrargyros‹.«

»Das heißt *›flüssiges Silber‹*.« Florians Betonung wirkte ziemlich überheblich. »Und das steht für …«

»Quecksilber. ›Hg‹ ist Quecksilber. Ich bin ja nicht blöd«, beschwerte sich Jessica. »Und warum meinst du, Christian, ist das ›G‹ groß geschrieben? Ist die Schreibweise Absicht?«

»Korrekt«, bestätigte Hanke, schrieb weitere Buchstaben auf zwei Blätter Papier, schob eines davon zu Florian hinüber, das andere reichte er Jessica.

»Wird die Abkürzung des Elements richtig mit Groß- und Kleinbuchstabe geschrieben, dann ist der erste Buchstabe der deutschen Übersetzung ausschlaggebend. Bei ›Hg‹ mit der Übersetzung ›Quecksilber‹ also das ›Q‹. Wird der zweite Buchstabe der Abkürzung groß geschrieben, dann verwendet man den zweiten Buchstaben der deutschen Bezeichnung, bei ›Quecksilber‹ wäre es das ›U‹. Sind die Buchstaben von rechts nach links angeordnet, beispielsweise ›gH‹ statt ›Hg‹, dann ist der letzte oder vorletzte Buchstabe des deutschen Wortes ausschlaggebend. Verstanden?«

Beide nickten zaghaft.

»Na dann«, sagte Christian. »Mal sehen, ob ihr die zwei Rätsel, die ich euch jeweils auf dem Zettel erstellt habe, lösen könnt. Viel Spaß bei der Übersetzung!«

Beide brüteten lange über dem Buchstabenrätsel, suchten in ihren Smartphones nach der deutschen Übersetzung der Symbole von chemischen Elementen und schrieben die korrekten Buchstaben auf das Papier.

Jessica war als Erste fertig. Obwohl sie weniger Ausgangsbuchstaben in ihrem Rätsel hatte, zog sie Florian trotzdem auf. »Meine Lösung lautet: ›gut gemacht‹.« Stolz las Jessica die übersetzten Worte und das versteckte Lob des Profilers vor. »Danke, Christian. Streng dich halt mehr an, Florian. So schwer ist es doch gar nicht.«

Doch dieser verzog keine Miene, riss den unteren Teil seines Zettels ab und reichte ihn Christian. Auf das Papier hatte er selbst eine Reihe chemischer Elemente geschrieben, seine Antwort auf Christians Botschaft im Lösungswort von Florians Rätsel.

Der Profiler decodierte Florians Buchstabenreihe blitzschnell und lachte schallend. »›Arschloch‹? Du nennst mich ein Arschloch?«

»Wer mich ›Klugscheißer‹ schimpft, den darf ich Arschloch nennen«, sagte Florian trocken. »Und du meinst, unser werter Herr Dr. Wiedemann wird auf unsere geplante Fake-Nachricht hereinfallen?«

»Das glaube ich schon. So wie ich ihn einschätze – wohlgemerkt aus der Ferne und nur aufgrund eurer Erzählungen –, glaube ich, dass er ein Mensch ist, der sehr von sich und seinen Ideen überzeugt ist. Der kommt nicht im Traum darauf, dass jemand seinen Plan durchschaut. Der hält seine codierten Nachrichten für so sicher, dass er sie ganz bewusst sogar im Beisein von eurem Spitzel, diesem Hansen, angewandt hat.«

»Aber er konnte ja nicht wissen, dass Martin dem Dinkelgruber aus Füssen die Zeitung klaut«, warf Jessica ein.

»Genau«, bestätigte der Profiler. »Ihr habt mir erzählt, dass euer Martin die Zeitung aus dem Müll gefischt hat, nachdem Wiedemanns Partner sie am Hamburger Hauptbahnhof erst entschlüsselt und dann entsorgt hat. Niemand weiß also, dass ihr hinter das Geheimnis gekommen seid. Jetzt müsst ihr nur noch einen geeigneten Treffpunkt finden und alles gut vorbereiten.«

»Es muss etwas sein, was beide irgendwie verbindet, sie aber nicht in Bedrängnis bringt. Sie dürfen sich nicht unwohl fühlen mit dem Treffpunkt«, überlegte Florian, lehnte sich in seinem Sessel zurück und legte die Füße auf den Couchtisch.

Jessica schob seine Füße vom Tisch zurück auf den Boden und sah drohend zu ihm hinüber. »In einem ICE ist es schwierig, im Ernstfall zuzugreifen«, sagte sie. »Ich glaube ja, dass die beiden diesen geheimen Treffpunkt öfter genutzt haben.«

»Das ist gut möglich«, überlegte Hanke. »Wisst ihr, was ich mich frage? Wenn ich es richtig verstehe, dann vermutet ihr, dass Dinkelgruber von Dr. Wiedemann beauftragt wurde, seine zweite Ehefrau zu töten. Was ist, wenn er die erste auch getötet hat?«

»Vor zwölf Jahren? Und die beiden haben sich nie nachweislich getroffen?« Jessica sah Christian ungläubig an. »Aber wenn das so war, dann …«

»… dann hat Dr. Dinkelgruber bestimmt eine Gegenleistung verlangt«, vervollständigte Florian den Satz seiner Freundin. »Geld ist aber scheinbar nicht geflossen. Schmuck auch nicht. Ist oder war dieser Chemiker aus Füssen eigentlich auch verheiratet?«

32

Fast zwei Wochen später war es endlich so weit. Berthold hatte den perfekten Ort für ein inszeniertes Treffen gefunden.

Seine tagelangen Recherchen hatten ergeben, dass der Laborleiter Dr. Hubertus Dinkelgruber wie Dr. Wiedemann zweimaliger Witwer war. Aus den Polizeiberichten der Dienststelle in Füssen ging hervor, dass die zweite Frau des Doktors, die als depressiv und lebensmüde galt, letzten Herbst an einer Überdosis Schlaftabletten gestorben war. Nachbarn hatten sie im Wohnzimmer der Füssener Villa gefunden. Niemand hatte ihren Selbstmord hinterfragt. Dinkelgruber war mit einem alten Schulfreund im Tauchurlaub gewesen, als seine Frau sich das Leben genommen hatte. Der Fall war eindeutig.

»Und warum bist du dir so sicher, dass Dr. Wiedemann etwas mit dem Tod von Dinkelgrubers zweiter Frau zu tun hat?«, fragte Alexander Richter, während er ein kleines Mikrofon so platzierte, dass es zwischen den Blumen gänzlich unsichtbar war.

»Ist so ein Bauchgefühl.« Florian stand neben seinem Freund und beobachtete die Umgebung. Sie befanden sich auf einem Friedhof und es war mitten in der Nacht. Wäre ganz schön unheimlich gewesen, wenn es vor Polizisten hier nicht wimmeln würde.

»Wenn Wiedemann sich auf das Treffen einlässt, dann

ist er eindeutig schuldig«, bemerkte Florian, bevor er sich auf den Weg zu einem Kollegen machte.

Der Chef der Sicherheitsfirma folgte ihm. »Was habt ihr denn in die Nachricht geschrieben?«, wollte Alexander wissen, stopfte das Empfangsgerät, das ein bisschen so aussah wie ein altes Handy, in seine Jackentasche und schloss zu dem Hauptkommissar auf.

»Wir haben beiden mitgeteilt, dass ein persönliches Treffen unbedingt notwendig sei, da die Polizei Hinweise zu den Morden gefunden haben könnte. Auf diese Idee haben uns die Hintergrundinformationen gebracht, die wir bisher ermitteln konnten. Dinkelgrubers erste Ehefrau ist vor über 13 Jahren von einem Münchener Hochhaus in den Tod gesprungen. Angeblich Selbstmord. Fall abgeschlossen«, berichtete Florian. »Wiedemanns erste Frau galt als vermisst, nichts deutete bis zu dem Fund ihrer Leiche auf ein Gewaltverbrechen hin. Und die zweite Frau galt als depressiv, vermutlich sollte auch ihr Tod wie ein Selbstmord aussehen. Doch irgendetwas muss schiefgelaufen sein. Jedenfalls wissen wir, dass beide Ehefrauen von Wiedemann gewaltsam ums Leben gekommen sind. Und da es eine Verbindung zwischen Wiedemann und Dinkelgruber gibt, vermuten meine Kollegen und ich, dass auch Dinkelgrubers Frauen nicht freiwillig gestorben sind. Vielleicht haben sich die beiden ihre Frauen gegenseitig vom Hals geschafft.«

»Und wenn Wiedemann jetzt hier auftaucht, dann ist das ein Schuldeingeständnis?« Alexander sah seinen Freund fragend an.

»Klar. Wenn Wiedemann von der Existenz der Frau weiß, also im Zweifel auch ihr Grab findet, dann kennen sich die zwei Männer bereits seit vielen Jahren. Dann

müssen sie ihre Geständnisse nur noch in dein verstecktes Mikrofon sprechen und werden von mir verhaftet. Die Tatortbeweise sind nämlich leider recht dürftig und die Hausdurchsuchung in Dortmund hat auch nichts ergeben.« Florian sah sich wieder suchend um. »Wir haben nur noch eine Stunde. Wir sollten langsam verschwinden. Und die ganzen Streifenwagen müssen weg.«

Eine Stunde später saßen Florian und Alexander etwa 100 Meter vom Grab mit dem angebrachten Mikrofon entfernt hinter einer kleinen Kapelle und warteten. Es war inzwischen kurz vor 5 Uhr morgens. Hauptkommissar Kern hatte diese Uhrzeit für ein Treffen vorgeschlagen, weil er erstens eventuelle Friedhofsbesucher aus der Sache raushalten und zweitens den beiden verdächtigen Männern größtmögliche Sicherheit vermitteln wollte. Immerhin war die Gefahr, von jemandem gesehen zu werden, zu nachtschlafender Zeit sehr unwahrscheinlich.

Jessica nahm an dieser Aktion nicht teil. Sie hatte an diesem Freitagvormittag einen Termin in Svenjas Schule. Zum Abschluss des Schuljahres führten die einzelnen Klassen der Grundschule auf der Bühne in der Aula etwas vor. Svenja sagte gemeinsam mit ihrer besten Freundin ein Gedicht auf, das Florian inzwischen auswendig kannte, weil Svenja es seit Tagen jedem aus dem Haus zur Übung vorsprach. Jessica würde also in ein paar Stunden zusammen mit ihrem Vater im Publikum sitzen. Später wollten sie dann den Nachmittag im Augsburger Zoo verbringen. Florian hatte sich ausgeklinkt, er würde endlich mal wieder mit Ewe Badminton spielen.

Vielleicht war es ganz gut, dass sie den heutigen Nachmittag getrennt verbringen würden. Seit Wochen hatten sie keine Minute mehr für sich allein gehabt, dazu die ständige Angst … Da war es kein Wunder, dass sie sich gestern Abend heftig gestritten hatten. Jessica hatte die Nacht auf dem Sofa verbracht. Sie war aber auch ein verdammter Sturkopf. Reichte es nicht, dass Florian schon so unnachgiebig war, musste sie dann auch noch gleichziehen? Heute Abend jedenfalls hatte er vor, sich mit ihr zu versöhnen. Berthold war bereits per Kurznachricht informiert, ihm eine Flasche Wein zu besorgen, denn wer wusste schon, wie lange dieser Einsatz noch dauerte.

»Ich glaube, da ist jemand am Grab«, flüsterte Alexander und zog seinen Freund am Ärmel. »Ich höre es rascheln.«

Vorsichtig drehte sich Florian zur Seite und spähte um die Ecke der rückseitigen Kapellenwand. »Ja, da bewegt sich was«, bestätigte er fast tonlos. »Von der Körpergröße her muss es der Dinkelgruber sein. Dr. Wiedemann ist größer.«

Es dauerte nicht lange, dann erschien ein zweiter Mann. Florian und Alexander saßen aufgeregt vor dem Empfänger und lauschten gespannt.

»Meine Elena ist jetzt schon über 13 Jahre tot. Ich war schon ewig nicht mehr hier«, sagte einer der Männer.

»Und ich war noch nie hier«, erwiderte der zweite gereizt. »Für Reue ist es wohl etwas zu spät, oder?«

»Oh nein, ich bereue ihren Tod nicht. Meine Füssener Villa ist durch ihr Vermögen großzügig angezahlt worden.« Jemand lachte verhalten. »Aber du bist doch heute nicht hier, um ein Dankeschön von mir zu hören, oder?

Schließlich habe ich mich für deine Hilfe mehr als erkenntlich gezeigt.«

Florian biss sich nervös auf die Unterlippe. »Sagt etwas Tatrelevantes, das dumme Blabla reicht nicht für eine Festnahme«, beschwor er die Stimmen, die aus dem Empfänger kamen.

»Ruhig bleiben, Forster«, klang die Stimme von Hauptkommissar Kern aus dem Knopf in Florians Ohr. Kern war mit seinen Kollegen über Funk verbunden. »Geduld heißt das Zauberwort.«

»War die Polizei etwa bei dir?«, hörte Florian Wiedemanns Stimme aus dem Empfangsgerät.

»So ein Quatsch. Natürlich nicht. Wie sollen die auch auf mich kommen? Ich dachte, *du* wolltest das Treffen, weil die Bullen dir auf der Spur sind. Das mit der falschen DNA deiner ersten Frau war eine wirklich dumme Idee. Ich hatte dir damals gesagt, dass die so schnell keiner findet, aber du musstest ja …«

»Verdammt, halt deine Klappe«, fauchte Dr. Wiedemann und sah sich plötzlich hektisch um. »Ich habe nicht um dieses Treffen gebeten. Du hast *mir* doch eine Nachricht geschickt, nicht ich dir.« Doch er wusste bereits, dass dieses Treffen eine Falle war, und machte sich schnell an den Rückzug. Als er sich noch keine zehn Meter vom Grab der verstorbenen Frau seines Komplizen entfernt hatte, gab Florian den Befehl zum Zugriff.

»Du bist ja überhaupt nicht mehr in Form, Alter. Wie lange haben wir jetzt nicht mehr gespielt?« Ewe schlug seinem Freund lachend auf die Schulter. »Hält dich deine Frau nicht genug auf Trab? Du scheinst eine richtige Couch-Potato geworden zu sein.«

»Gestern Abend jedenfalls habe ich wegen Jessica gefühlt mindestens 2.000 Kalorien verbraucht«, keuchte Florian und rang nach Atem. Herrgott, er war wirklich nicht mehr in Form. »Und bevor du auf dumme Gedanken kommst, wir haben uns gestritten. Dieses norddeutsche Weibsbild treibt mich in den Wahnsinn mit ihrer Sturheit. Das kostet ganz schön Kraft, das kannst du mir glauben.« Er ließ sich auf die Bank an der Wand der Sporthalle fallen und griff nach seinem Handtuch. Sein Haar war schweißnass und sein Herz schlug so heftig, dass er es bis in den Hals spürte.

»Du bist aber auch nicht gerade ein Engel, Florian«, nahm Ewe Jessica in Schutz. »Deine ewige Rechthaberei geht einem manchmal ganz gehörig auf die Nerven. Und stur bist du auch. Verdammt stur.«

»Und müde.« Florian gähnte laut. »Habe so gut wie gar nicht geschlafen. Man gewöhnt sich doch viel zu schnell an einen warmen, weichen Frauenkörper neben sich im Bett. Auch wenn ich immer einem Herzinfarkt nahe bin, wenn sie ihre Eisfüße an meinen Beinen wärmen will. Außerdem werde ich ständig wach, weil ich ihren Handrücken urplötzlich im Gesicht habe oder sie mir meine Decke klaut. Und trotzdem ist es nur halb so angenehm, wenn sie nicht neben mir, sondern auf dem Sofa schläft.«

»So schlimm?« Ewe wollte bedauernd klingen, doch Florian hörte die Belustigung in seinem Tonfall. »Dann solltest du schnell nach Hause fahren und sie um Verzeihung bitten. Und dann deine 2.000 Kalorien heute etwas angenehmer verbrauchen.«

»Haha.« Florian verdrehte genervt die Augen. »Wie spät ist es? Ich muss noch kurz ins Präsidium, solange Berthold noch da ist. Mich interessiert brennend, ob die

erneute Durchsuchung im Dortmunder Haus von Dr. Wiedemann Ergebnisse gebracht hat.«

»Wieso wird dort wieder ermittelt? Ich dachte, die Beamten vor Ort hätten nichts gefunden.«

»Wir gehen neuen Hinweisen nach«, sagte Florian nur. Er wollte nicht über Dinge reden, die noch nicht wirklich spruchreif waren. Die beiden Tatverdächtigen hatten sich bei den stundenlangen Verhören am Vormittag in etliche Widersprüche verwickelt, bisher aber nichts zugegeben. Die Kripo Kempten konnte der Staatsanwaltschaft zwar die Tonbandaufnahmen vom Friedhof vorlegen, doch wären Geständnisse oder eindeutige Beweise natürlich die handfestere Alternative für eine Anklage wegen Doppelmordes. Zumindest hatten sie die Genehmigung, im Labor und im Haus von Dr. Dinkelgruber nach Spuren zu suchen. Florian befürchtete allerdings, dass der Laborleiter sich bereits um die Vernichtung etwaiger Beweise gekümmert hatte.

»Dann also kein Bier mehr im Spencer's?«

»Nein, Ewe. Habe heute Abend noch eine Verabredung mit meiner Frau.«

33

»Herr Dr. Wiedemann«, begrüßte Florian den Tatverdächtigen zum wiederholten Male an diesem Tag, als er am frühen Abend das Verhörzimmer betrat. Der Hauptkommissar lächelte triumphierend. »Jetzt habe ich Sie.«

»Was reden Sie denn da«, rief Wiedemann ungehalten. Er saß bereits seit Stunden in diesem fensterlosen Raum und starrte sein eigenes Spiegelbild an, wenn er nicht gerade mit Fragen von Polizeibeamten behelligt wurde. Noch immer war er überzeugt davon, dass die Kripo ihm gar nichts konnte, weil es keine eindeutigen Beweise gab, und dieser dümmlich grinsende Forster ihn morgen endlich gehen lassen musste.

»Ihre erste Frau litt ebenfalls an Depressionen«, begann der Hauptkommissar und setzte sich Wiedemann gegenüber, ohne ihn anzusehen. Stattdessen blätterte er gelangweilt in dem mitgebrachten Ordner herum. »Sie hatten damals angegeben, dass sie einen Ausflug gemacht hat. Und das kurz nach Ihrem gemeinsamen Umzug ins Allgäu. Von diesem Ausflug ist sie nie zurückgekehrt.«

»Ja, weil sie jemand getötet hat, verdammte Scheiße«, brüllte der Doktor und schlug mit der Faust auf die Tischplatte. »Was wollen Sie von mir? Das hatten wir heute doch alles schon mehrmals.«

»Ist die polnische Pflegekraft, die Sie für Ihre erste Frau wegen ihres dramatischen Zustandes engagiert hatten, auch mit ins Allgäu gezogen?«, wollte Hauptkom-

missar Forster wissen und setzte wieder dieses undurchschaubare Pokerface auf.

»Meiner Frau ging es im Allgäu sofort besser, deshalb habe ich der Polin gekündigt. Sie ging daraufhin zurück in ihre Heimat«, sagte Wiedemann trocken, lächelte dann überheblich und verschränkte die Arme vor seiner Brust.

»Dort ist sie aber nie angekommen«, erklärte ihm Florian, schlug den Ordner zu und legte ihn vor sich auf den Tisch.

»Nicht mein Problem«, sagte der Verdächtige und grinste breit.

»Hatten Sie ein Verhältnis mit Ramona Novak, der jungen Polin?«

»Und wenn?« Arroganter hätte er nicht reagieren können, aber Florian hatte nichts anderes erwartet.

»Interpol sucht schon seit vielen Jahren nach der Frau«, berichtete Forster mit einer monotonen, gelangweilt klingenden Stimme. »Die DNA, die Sie der Kripo damals gegeben hatten und die angeblich zu Ihrer zu der Zeit als vermisst geltenden Frau gehörte, passt in Wahrheit zu Ramona Novak. Es war ihre Zahnbürste, die Sie den Beamten ausgehändigt hatten. Warum?«

»War wohl eine Verwechslung. Tut mir leid.«

»Wo ist Ramona Novak?«

»In Polen«, sagte Wiedemann und starrte den Kriminalbeamten durchdringend an.

Florian Forster ließ sich nicht einschüchtern, sondern lächelte jetzt zufrieden. »Wir haben in Ihrem Haus in Dortmund die Leiche einer jungen Frau gefunden, Herr Wiedemann.«

Florian bemerkte, wie der Doktor kurz zuckte, sich dann aber schnell wieder fing. »Bei der heutigen Haus-

durchsuchung hatten die Dortmunder Kollegen einen Leichensuchhund dabei, der im Keller des Hauses angeschlagen hat. Hinter einer Mauer haben die Beamten schließlich eine mumifizierte, aber gut erhaltene Frauenleiche gefunden. Ihre DNA wird gerade analysiert. Ich bin allerdings sicher, dass es die polnische Krankenpflegerin ist.«

Als Wiedemann nicht reagierte, fuhr Florian fort: »Nach dem Gespräch mit unserem Gerichtsmediziner Buchmann bin ich außerdem fest davon überzeugt, Spuren von Ihnen an der Leiche zu finden. Nach ersten Erkenntnissen wurde die Frau erwürgt. Haben Sie Handschuhe getragen, Herr Wiedemann, als Sie ihren Kehlkopf zerquetscht haben? Oder finden wir Ihre Fingerabdrücke auf ihrer inzwischen vertrockneten Haut? DNA aus Hautpartikeln unter den Fingernägeln der Frau, weil sie sich gewehrt hat? Haare? Speichel? Sperma?«

Dr. Wiedemann schwieg eisern.

»Ich bin jedenfalls froh, dass ich Ihnen diesen Mord eindeutig werde nachweisen können, Herr Dr. Wiedemann. Sie werden jetzt von zwei Beamten in die JVA überführt. Ich wünsche Ihnen eine angenehme erste Nacht in Haft. Es werden noch viele folgen.« Florian stand auf und verließ fröhlich pfeifend den Raum.

Die beiden Herren, die diese perfiden Morde beinahe perfekt umgesetzt hatten, würden sich spätestens in dem bevorstehenden Prozess gegenseitig zerfleischen. Dann wären auch die angeblichen Selbstmorde der zwei Ehefrauen von Hubertus Dinkelgruber, die als Morde bisher nicht beweisbar waren, endgültig aufgeklärt. Dinkelgruber, der durch die codierte Nachricht im Kreuzworträtsel der Tageszeitung schwer belastet wurde, würde nicht die

ganze Schuld auf sich nehmen, wenn er einen Teil davon bei Wiedemann abladen konnte.

»Ich gehe schlafen, Paps«, verkündete Jessica, als Rico ihr die Kinder abgenommen hatte und mit den beiden in deren Zimmer verschwand.

»Warte doch noch auf Florian. Der müsste jeden Augenblick kommen«, empfahl Herbert Grothe seiner Tochter. Er hatte im Laufe des Tages mehr als einmal bemerkt, wie abwesend Jessica war. Ihre Gedanken kreisten um den Streit mit Florian, doch sie äußerte sich nicht dazu. Er selbst hatte von dem Streit nichts mitbekommen. Er hatte keine Ahnung, worum es gegangen war. Doch seine Tochter hatte die Nacht auf dem Sofa verbracht. Das war kein gutes Zeichen.

»Florian trifft sich nach dem Badminton bestimmt noch mit Ewe auf ein Bier. Und ich bin froh, wenn ich heute Abend nicht wieder diskutieren muss«, sagte Jessica, gab ihrem Vater einen Kuss auf die Wange und ging ins Wohnzimmer.

Herbert Grothe schaute Jessica nachdenklich hinterher. Sie wollte in dieser Nacht wieder auf dem Sofa schlafen. Das war gar nicht gut. Was hatte er da nur für einen starrköpfigen Dickschädel herangezogen? Doch Florian ertrug ihre Marotten, und Herbert Grothe wusste auch, weshalb. Florian war selbst nicht einfach. Die beiden passten gut zusammen, aber ihre jeweilige Mentalität machte aus jedem kleinen Streit einen ausgewachsenen Atomkrieg. Es war sehr anstrengend, mit den beiden unter einem Dach zu wohnen.

»Bleib noch wach. Er wird sicher gleich kommen«, hörte Jessica ihren Vater noch sagen, bevor sie die Tür zum

Wohnzimmer hinter sich schloss und sich erschöpft aufs Sofa fallen ließ.

Auf dem Tisch vor dem Sofa lag die heutige Post. Rico hatte sie dort platziert. Der junge Ecuadorianer hatte die Angewohnheit, die eingegangenen Briefumschläge sowohl nach Größe als auch nach Farbe und Wichtigkeit zu sortieren. Dabei kam nie etwas Gutes raus.

Dieses Mal allerdings lag ein etwas größerer dunkelroter Umschlag auf allen anderen. Jessica vermutete schon eine Einladung zu einem Jubiläum oder einer Hochzeit. Doch als sie den Umschlag anhob, um ihn aufzureißen, erkannte sie die saubere Handschrift, mit der ihr Name und ihre Adresse geschrieben worden waren, und erstarrte.

Seit einigen Wochen schon hatte sie keine neue Nachricht ihrer Schwester Susanne erreicht und alle im Haus hatten sich wieder etwas beruhigt.

War es mit der Ruhe jetzt vorbei?

Sollte sie Florian anrufen und ihn bitten, nach Hause zu kommen? Es wäre einfacher, den Umschlag mit ihm gemeinsam zu öffnen. Doch er hatte sie an diesem Nachmittag bereits zwei Mal weggedrückt, als sie versucht hatte, ihn telefonisch zu erreichen. Er wollte nicht mit ihr sprechen, so viel war sicher. Er war immer noch sauer wegen ihres Streits gestern. Vielleicht hatte sie mit ihrer Aktion, im Wohnzimmer zu schlafen, doch etwas übertrieben.

Als Jessica sich schließlich entschloss, den Umschlag allein zu öffnen, erwartete sie Fotos. Irgendwelche Aufnahmen von sich, Florian oder den Kindern, irgendeinen Beweis dafür, dass Susanne sie immer im Blick hatte. Irgendein Bild, das bewies, wie sehr die ganze Familie in Gefahr war, und das ihnen Angst machen und sie zermürben sollte.

Ein Foto war tatsächlich in dem Umschlag. Es lag allerdings auch eine handgeschriebene Nachricht bei.

Schwesterherz! Es ist nicht einfach, dich allein zu erwischen. Ihr habt euch derart verbarrikadiert, dass es für mich kein Durchkommen gibt. Willst du wissen, woher ich weiß, dass du allein bist? Ganz einfach. Dein Florian ist bei mir. Du willst einen Beweis? Schicke eine Nachricht auf sein Handy und ICH werde dir antworten. Doch ruf nicht an, ich will dich nicht schon wieder wegdrücken müssen.

Es war unmöglich, dass Susanne es geschafft hatte, Florian in ihre Gewalt zu bekommen. Nein, das konnte nicht sein. Oder etwa doch?

Mit zitternden Händen tippte sie eine Nachricht in ihr Smartphone und schickte sie an Florian.

»Mörderin!«, tippte sie und bekam umgehend eine Antwort.

»Du weißt, wo du mich findest, Schwesterherz. Komm allein. Kommst du mit Verstärkung, ist dein Freund tot, bevor du ihn noch einmal zu Gesicht bekommst.«

Es fiel Jessica schwer, einen klaren Gedanken zu fassen. Das war doch nicht möglich! Was sollte sie nur tun? Und wo war Susanne? Woher sollte sie wissen, wo sich ihre Schwester gerade aufhielt?

Es vergingen ein paar Minuten, in denen sie mehrmals Susannes Nachricht las und nach versteckten Hinweisen suchte. Schließlich betrachtete sie das mitgeschickte Foto. Und plötzlich wusste sie, wohin sie gehen musste.

Als sie das Haus verließ, steckte ihre Dienstwaffe im Hosenbund am Rücken, verdeckt durch ihre kurze Lederjacke, ein Taschenmesser in ihrer Socke und Smartphone

und Pfefferspray in den Hosentaschen. Am Gartentor drehte sie sich ein letztes Mal um. Das Haus war dunkel. Alle schliefen bereits. Ihre Familie war sicher und sie würde dafür sorgen, dass sie sicher blieben, dass sie ruhig würden schlafen können, jeden einzelnen Tag ihres langen, glücklichen, zukünftigen Lebens.

Sie überquerte die Straße vor dem Haus, ohne sich ein weiteres Mal umzudrehen.

34

»Danke, dass es so schnell geklappt hat, Sascha. Ausgerechnet heute. Aber so etwas kommt ja immer ungelegen.«

Der Mechaniker rieb sich die dreckigen Hände an seiner blauen Latzhose ab, griff nach dem Wagenheber und stellte ihn zu dem restlichen Werkzeug und den alten Autoreifen in seinen dunkelgrünen Sprinter. »Du hattest jedenfalls Glück, dass ich noch in der Werkstatt war«, sagte er, schlug die Hecktür zu und rieb sich mit dem

Handrücken die Nase. »Normalerweise habe ich freitags um diese Uhrzeit längst Feierabend.«

»Ich bin froh, dass du mir so schnell helfen konntest«, wiederholte Florian und schlug seinem alten Schulfreund beherzt an den Oberarm. »Was bin ich dir schuldig?«

»Ich schreib dir eine Rechnung für die zwei Reifen. Die Arbeitsstunden sind kostenlos. Aber du musst mir erzählen, wer dir gleich zwei Reifen zersticht. Und das auf dem Parkplatz direkt vor dem Polizeipräsidium. Will sich irgendein Ex-Knacki bei dir rächen? Oder hast du eine Affäre mit einer verheirateten Frau und einen gehörnten Ehemann damit zur Weißglut getrieben?« Jetzt lachte Sascha und schob beide Hände in die Hosentaschen seiner Arbeitshose. »Lädst du mich auf ein Bier ein? Oder hast du noch nicht Feierabend?«

»Gern ein anderes Mal, Sascha. Wir holen das schnellstmöglich nach. Versprochen. Doch heute muss ich dringend nach Hause, denn wenn ich nicht langsam dort aufschlage, dann werde ich vermutlich bald nicht mehr willkommen sein«, scherzte Florian. »Nochmals vielen Dank für die schnelle Hilfe.« Er reichte Sascha seine Visitenkarte, steckte ihm außerdem einen 20-Euro-Schein zu und machte sich auf den Weg vom Parkplatz zurück in sein Büro. Es war inzwischen schon fast 22 Uhr. Es wurde wirklich Zeit, endlich nach Hause zu fahren. Doch vorher wollte er kurz noch einmal nach seinem Handy suchen.

Im Eingangsbereich des Präsidiums stieß er fast mit Berthold Willig zusammen.

»Hast du mein Handy gefunden, Berthold?«

»Nein«, sagte dieser, reichte ihm aber sein eigenes und sah seinen Chef besorgt an. »Dein Freund von der Security-Firma ist am Telefon. Er konnte dich nicht erreichen.«

Florian war sofort höchst alarmiert, griff nach dem Handy und sparte sich den sonst üblichen Small Talk. »Ist etwas passiert, Alexander?«, rief er aufgeregt.

»Ich weiß es nicht genau, Flo«, sagte Alexander. »Hast du eine Ahnung, wohin Jessica gegangen sein könnte? Der Bewegungsmelder hat angeschlagen, deshalb habe ich die Aufnahmen von meinem Laptop aus überprüft und gesehen, dass deine Freundin gerade das Haus verlassen hat.«

»Sie ist nach draußen gelaufen?« Florian erstarrte. »Herrgott noch mal, wohin ist sie denn gegangen? Ist sie mit dem Auto weggefahren? Es ist stockdunkel da draußen«, bemerkte er ganz unnötigerweise.

»Sie ist zu Fuß weggegangen«, erklärte ihm Alexander. »Ich kann einen Kollegen anrufen, der zum Haus fährt, Flo. Ich selbst kann hier nicht weg.«

»Ähm, nein. Ich mach das schon. Ich fahre gleich hin. Hab mein Handy verlegt und melde mich dann übers Festnetz von Zuhause. Danke, Alex.« Florian beendete das Gespräch, warf Berthold das Telefon zu und war aus der Tür, bevor sein Kollege Berthold überhaupt begriff, was gerade passiert war.

Er wusste nicht, ob es das richtige Haus war. Mit dem Fuß schob er die nur angelehnte Gartenpforte auf und sah vorsichtig in den Vorgarten. Es war so finster, dass er die Sträucher und kleinen Bäume nur als schwarze Silhouetten wahrnahm. Die hohe Hecke, die das Grundstück umgab, verhinderte, dass das Licht der Straßenlaternen den Weg und den Rasen erhellen konnte. Auch die Hausnummernbeleuchtung war abgeschaltet und die Fenster waren allesamt dunkel.

Das Foto, das Florian vor zehn Minuten auf dem Tisch in seinem Wohnzimmer gefunden hatte, zeigte Jessica und ihn vor dem Haus. Es war aus ein paar Metern Entfernung von oben aufgenommen, also vermutlich aus einem der Dachfenster des Hauses gegenüber. Dieses Doppelhaus teilten sich zwei Parteien. Herbert hatte ihm vorhin berichtet, dass er die Bewohner der rechten Haushälfte seit Tagen nicht gesehen hatte und sie vermutlich im Urlaub waren. Deshalb hatte sich Florian entschieden, in der rechten Hälfte nach Jessica zu suchen, auch wenn er nicht mit Sicherheit sagen konnte, ob Jessica wirklich hier war. Ihr Vater wartete jetzt auf die angeforderte Sondereinheit, um ihnen den Weg zur entsprechenden Doppelhaushälfte zu weisen.

Florian war sich sicher, dass Susanne diese ganze Geschichte gut durchdacht und lange geplant hatte. Sie war damit klar im Vorteil und sein Alleingang ein Himmelfahrtskommando. Doch was sollte er tun?

Da Jessica in Gefahr war, würde er alles riskieren, um sie zu retten.

Die Waffe, die er fest in beiden Händen hielt, war geladen und entsichert, als er den gepflasterten Weg zur Haustür entlangging und sich immer wieder nervös umsah. Er hatte nicht auf das Eintreffen der Verstärkung warten können, doch hoffte er inständig, die Kollegen würden nicht allzu lange brauchen.

Die Eingangstür an der Westseite des Gebäudes stand wie die Gartenpforte einen Spaltbreit offen und der Flur dahinter lag in tiefster Dunkelheit. Das hier war eine Falle, das wusste er. Was auch immer in diesem Haus passieren würde, Susanne führte die Regie und das gefiel Florian überhaupt nicht.

Er schob die Tür auf und tastete mit der linken Hand nach einem Lichtschalter. Als er den Kippschalter schließlich fand und betätigte, war er nicht überrascht, dass es dunkel blieb. Also zog er die mitgebrachte Taschenlampe aus der Schlaufe an seinem Gürtel, hielt sie zusammen mit seiner Waffe am ausgestreckten Arm vor seinem Körper und sah sich im Erdgeschoss des Hauses um.

Die Dielen unter seinen Füßen knackten und knarzten bei jedem Schritt, doch ansonsten war es totenstill.

Immer zwei Stufen auf einmal nehmend lief er die Treppe zum ersten Stock hinauf, fand aber auch diesen menschenleer vor. Er spähte kurz aus dem Fenster des Schlafzimmers und hielt vergeblich Ausschau nach Blaulichtern. Das Foto musste tatsächlich von ganz oben im Haus geschossen worden sein, denn den Garten seines Hauses gegenüber konnte er von hier aus noch nicht einsehen.

Doch wie sollte er ganz nach oben kommen? Eine weitere Treppe war ihm nicht aufgefallen. Gab es vielleicht irgendwo eine Luke zu einem Dachboden?

Erneut suchte er die einzelnen Räume ab. Dort, wo er eine Dachbodenluke vermutet hatte – in dem schmalen Gang zwischen den Türen zu den einzelnen Schlafzimmern –, war die Decke durchgehend mit einem dunklen Echtholzpaneel überzogen.

Wegen der Dunkelheit musste er mit der Taschenlampe jeden einzelnen Quadratmeter der Decke absuchen, um den Aufstieg zum Dachboden nicht zu übersehen.

Endlich fand er die Luke, stieg auf einen Stuhl, um den kleinen Metallhaken am Durchlass zu erreichen, und entriegelte die Klappe. Fast wäre er von der Holztreppe

erschlagen worden, die heruntersauste und krachend auf den Parkettboden aufschlug.

Bis auf die Geräusche, die er selbst verursachte, blieb das ganze Gebäude still. Spätestens jetzt war jeder gewarnt, der sich im Haus befand.

Oh Gott, er hatte vergessen, im Keller nachzusehen. Wie sollte er vorgehen? Wenn er die Holzleiter zum Dachboden hinaufstieg, würde er endgültig in der Falle sitzen. Dasselbe blühte ihm, wenn er zuerst in den Keller ging, auch dort gab es keinen zweiten Ausgang.

Wann kam denn endlich die Verstärkung?

Den Kopf durch die offene Luke zu stecken, kostete ihn einige Überwindung, doch es passierte nichts und er krabbelte über den etwas hervorstehenden Dachträger in den nicht isolierten Spitzboden, der nach modrigem Holz und Feuchtigkeit roch. In den Geruch mischte sich ein ätzender Hauch von Reinigungsmittel. Er schaute sich blitzschnell um und sah etwa fünf Meter von der Luke entfernt neben dem gemauerten Schornsteinschacht einen Bereich, der über und über mit brennenden Kerzen übersät war, die dennoch nur den hinteren Teil des Raumes beleuchteten. Diesen Teil konnte er von hier aus nicht einsehen.

Florians Herz schlug immer heftiger und er hatte Mühe, die Taschenlampe ruhig zu halten, als er langsam auf den Schornstein zulief, die Pistole immer schussbereit mit gestrecktem Arm in den Händen haltend.

Das Grauen, das ihn packte, als er um den Mauervorsprung in den erhellten Bereich sah, schnürte ihm augenblicklich die Kehle zu. Er würgte, schrie und rang nach Atem, alles auf einmal, brüllte aus Leibeskräften, ließ Waffe und Taschenlampe auf den Boden fallen, verstummte schließlich und sank auf die Knie. Sein Herz raste,

er hyperventilierte, keuchte, stöhnte. Die Tränen in seinen Augen verschleierten seinen Blick, doch nicht genug, um diesem entsetzlichen Anblick zu entgehen.

Der Körper hing an einem dicken Seil von einem der Dachbalken, leblos und über und über mit Blut verschmiert. Arme und Beine waren zerfetzt, zerfleischt, zerstört von unendlich vielen Schnittwunden, und blutige Sehnen und Muskelstränge hingen heraus, trieften von dunklem Schleim und besudelten Körper, Kleidung und Boden. Die ehemals blonden Haare der Frau hingen in schmierigen roten Strähnen herunter und klebten im Gesicht.

Florian würgte, schmeckte das Salz seiner Tränen auf den Lippen, wollte wieder schreien, brüllen, um Hilfe rufen, bekam aber keinen einzigen Ton heraus, so furchtbar war der Anblick des Gesichts. Seine Finger kratzten in abgrundtiefer Verzweiflung über den rauen Holzfußboden, bis die Fingerkuppen aufrissen und anfingen zu bluten.

Das Gesicht.

Es war nicht mehr vorhanden.

Stattdessen eine von ätzender Säure zerfressene blutige Masse aus menschlichem Fleisch.

Eine Fratze, die ihre schneeweißen Zähne zeigte und ihn in krankhafter Fröhlichkeit anlächelte. Ohne Augen, die Nase bis auf den blanken Knochen aufgelöst.

Und diese Frau, die so grotesk und zerfetzt vor ihm hing, diese Frau trug Jessicas Lederjacke. Im Hosenbund an ihrem Rücken steckte ihre Dienstwaffe.

35

Die blinkenden Blaulichter der umstehenden Streifen- und Krankenwagen hatten etwas Hypnotisches und ließen die Geräusche der umhereilenden Beamten und Sanitäter, die Stimmen und Rufe, die Schritte und die zuschlagenden Autotüren zu einem monotonen Rauschen verkleben, das gleichzeitig betäubte und quälte.

Und die Zeit verging einfach nicht. Die Sekunden zerrannen wie zäher Schleim, die Luft war schwer, das Atmen tat weh.

Florian saß auf dem Bordstein vor dem schwarzen Leichenwagen, starrte auf seine blutigen Finger und spürte die mitleidigen Blicke der vorbeihuschenden Kollegen. Ihm schmerzte die Seele und er hätte niemals gedacht, dass diese Schmerzen schlimmer waren als alle anderen körperlichen Qualen, die er jemals gespürt hatte. Es zerriss ihn innerlich und er hatte keine Ahnung, wie sein Leben jetzt weitergehen sollte.

Was sollte er Herbert sagen?

Wie würden die Kinder diese weitere Katastrophe in ihrem Leben überstehen können?

Warum sollte er selbst weiterleben?

Wofür?

Hätte Susanne doch nur ihn getötet. Die Kinder hatten doch nur noch Jessica. Was sollte jetzt nur aus ihnen werden?

»Florian?« Er hörte die Stimme seines Freundes Ewe hinter sich, konnte aber nicht reagieren. Er wollte nicht hören, was dieser zu sagen hatte. Solange Ewe es nicht aussprach, war es nicht real, ganz egal, was er, Florian, auf dem elenden Dachboden gesehen hatte.

Erst als Ewe ihm eine Hand auf die Schulter legte, hob er seinen Kopf, sah sich aber nicht um.

Schließlich setzte sich der Gerichtsmediziner neben seinen Freund und tätschelte beruhigend seinen Unterarm. »Hör mir zu, Florian«, beschwor er den Hauptkommissar. »Ich treffe ungern exakte Aussagen und die DNA-Analyse wird Zeit in Anspruch nehmen, doch ich kann dir sagen, dass die Haare der Leiche vom Dachboden eindeutig gefärbt sind. Die tote Frau ist nicht wirklich blond, Flo. Hast du mich verstanden?«

Florian starrte seinen Freund fassungslos an.

»Hast du gehört, was ich gesagt habe, Flo?«, wiederholte der Gerichtsmediziner. »Es kann nicht Jessica sein. Und die Jungs von der Spurensicherung haben zwei weitere Leichen im Keller des Hauses gefunden. Wahrscheinlich handelt es sich um das Ehepaar, das in diesem Haus lebt. Sie hatten eine erwachsene Tochter.«

»Oh Gott«, brachte Florian gequält heraus. »Es ist wirklich nicht Jessica?«

Erwin Buchmann schüttelte langsam den Kopf und lächelte zaghaft. »Sie hat dir eine Nachricht hinterlassen.« Ewe hielt seinem immer noch erstarrten Freund einen Briefumschlag vors Gesicht, auf dem dessen Name stand. »Er war in der Innentasche der Lederjacke.«

»Jessica?« Florians Stimme klang heiser und brüchig. Er wirkte, als würden ihn gleich alle Kräfte verlassen. Seine Hände begannen unkontrolliert zu zittern.

»Nein, der Brief ist wohl von Susanne«, sagte Ewe so ruhig und emotionslos wie möglich. Sein Freund Florian stand kurz vor einem Nervenzusammenbruch. Der Schock saß bei ihm so tief, dass er kaum in der Lage war, zu denken und klare Entscheidungen zu treffen.

Als Florian immer noch nicht reagierte, packte Ewe seinen Freund im Nacken und zwang ihn, ihm ins Gesicht zu sehen.

»Lies die Nachricht, finde Jessica!«, befahl er und nickte zur Bekräftigung seiner Worte. »Rette deine Frau, Flo. Hörst du mich? Rette Jessica!«

Florian schluckte und schloss die Augen. Das gequälte Stöhnen, das er nicht unterdrücken konnte, untermalte seine Verzweiflung.

»Ich schaffe das nicht, Ewe«, jammerte er und begann wieder zu hyperventilieren.

»Sieh mich an!«, forderte der Gerichtsmediziner mit lauter Stimme und schlug seinem Freund mit der flachen Hand ins Gesicht. »Steh auf und rette Jessica. Verdammt noch mal, sie braucht dich!«

»Ich schaffe das nicht noch einmal«, krächzte Florian heiser. Er atmete schwer und hektisch. »Ich kann sie nicht noch einmal tot auffinden, Ewe. Das überstehe ich nicht.«

Der Gerichtsmediziner ließ seinen Freund los und erhob sich. »Ich gehe kurz zu den Sanitätern hinüber und besorge dir etwas zur Beruhigung«, erklärte er dem immer noch wie paralysiert wirkenden Florian. »Und dann liest du diese verdammte Nachricht, schnappst dir ein paar Kollegen und suchst Jessica. Warte hier, bin gleich wieder da.«

Die Nachricht von Susanne bestand aus einer langen

Zahlenreihe und einem blutigen Fingerabdruck. Mehr nicht.

Als Erwin Buchmann zum Leichenwagen zurückkam, war Florian weg. Er hatte die Zahlenreihe aus Susannes Nachricht als GPS-Koordinaten identifiziert, diese in das Navi des neben ihm geparkten Polizeiautos eingegeben und einen Treffer erhalten. Da der Schlüssel des Streifenwagens noch steckte, hatte er ihn kurzerhand gestartet und mit Vollgas und quietschenden Reifen am Ende der verkehrsberuhigten Straße auf den Ring gelenkt. Jetzt raste er stadtauswärts in südliche Richtung.

Mit über 200 Stundenkilometern flog er über die Autobahn und verringerte die Geschwindigkeit nur minimal, als er abfuhr und über Landstraßen durch die dunkle Nacht rauschte.

Er hatte seine Taschenlampe vergessen. Sie lag noch auf dem Dachboden. Doch seine Dienstwaffe hatte er ganz unbewusst ins Pistolenhalfter zurückgeschoben, bevor die zwei Beamten ihn vom Boden gezerrt und nach draußen gebracht hatten. Diese trug er jetzt wenigstens bei sich.

Laut Navigationssystem befand sich der durch die GPS-Daten angegebene Ort mitten in der Breitachklamm, weit ab von jeder bewohnten und vor allem beleuchteten Gegend.

Im Winter, als er aufgrund des Leichenfundes in der Breitachklamm unterwegs gewesen war, war es schon unwegsam und dunkel gewesen in diesem verdammten Felsental. Und das trotz Taschenlampen und Scheinwerfern. Außerdem waren Berthold, Ewe und seine Kollegin dabei gewesen.

Jetzt, kurz nach Mitternacht und ohne Licht, würde es so dunkel sein wie in einem Grab.

Schattige Nacht in einer bedrohlichen Klamm, aus der es keinen Ausweg gab, wenn man erst einmal mittendrin war.

Eine gottverlassene Schattenklamm. Eine tödliche Klamm.

Die Straßen schienen kein Ende zu nehmen und die Zeit rann ihm wie Sand durch die Finger. Wenn er sich nicht beeilte, war es vielleicht zu spät.

Wieder lief Florian direkt in eine von Susannes Inszenierungen.

Wieder ging er ihr in die Falle.

Wieder lieferte er sich Jessicas mörderischer Schwester aus.

Er wusste es. Doch das war nicht wichtig.

Wichtig war nur, Jessicas Leben zu retten, und er flehte und betete zu Gott, sie möge noch am Leben sein.

Auf dem Parkplatz brachte er den über den Schotter rutschenden Wagen zum Stehen, indem er das Lenkrad scharf nach rechts riss, mit beiden Füßen auf die Bremse stieg und mit der Beifahrerseite in die Rückwand eines hölzernen Unterstandes krachte.

Kaum stand der Wagen, griff er nach dem mobilen Funkgerät, sprang hinaus, ließ die Tür offen, ignorierte die Absperrungen und Verbotsschilder und rannte den Wanderweg entlang, der für Besucher in den nächsten zwei Wochen gesperrt war. Der vor Monaten durch den Erdrutsch zerstörte Weg war nur provisorisch mit einer stabilen Holzbrücke repariert worden und sollte jetzt mithilfe von massiven Betonpfeilern und Aufschüttungen vernünftig instand gesetzt werden. Susanne hatte sich die passende

Zeit und den perfekten Ort für ihre kranken Ideen ausgesucht. Außerdem war es Freitagnacht. Niemand würde vor Montag vorbeikommen, und Susanne hätte das ganze Wochenende Zeit, um ihren Plan zu verfolgen. Wenn Florian sie nicht vorher fand und ihr Einhalt gebot.

Es war wirklich verdammt dunkel hier. Die Bäume links und rechts des Weges verschwanden in der schwarzen Nacht, die ihn umgab. Er hörte seine eigenen Schritte auf dem Sandweg und das Rauschen des Windes in den Blättern. Den tosenden Wassermassen der Breitach kam er nur langsam näher und er musste gehörig aufpassen, nicht vom Weg abzukommen. Spätestens dann, wenn der Weg parallel zum Fluss verlief, könnte ein falscher Schritt tödlich enden. Wenn er den Abhang zu seiner Linken hinunterfiel, würde er sich mit Sicherheit schwer verletzen und viele Knochen brechen.

Nach ein paar Minuten konnte er nur noch langsam gehen, denn der Weg wurde immer unebener und felsiger, und bereits zweimal hatte er sich an einem tiefhängenden Felsvorsprung den Kopf angeschlagen. Er griff sich an die Stirn und spürte die Feuchtigkeit an seinen Fingern. Blut lief ihm über die Schläfe und den Hals.

Herrgott, wenn er nicht aufpasste, würde er sich, noch bevor er Susanne aufgespürt hatte, selbst so sehr verletzen, dass er kraftlos und kampfunfähig vor ihr stehen würde und gar nichts mehr ausrichten konnte. Er musste vorsichtiger sein.

Sein Plan war es, seine Waffe zu ziehen, sobald er Susanne erblickte, und sie umgehend zu erschießen. Er würde nicht zögern. Das Versprechen, das er Herbert gegeben hatte, war ihm scheißegal. Susanne hatte es verdient zu sterben. Er würde nicht zögern.

Wenn es noch irgendeine Hoffnung gab, Jessica zu retten, dann nur, wenn er nicht anfing, Susanne höflich darum zu bitten, ihre Schwester freizulassen.

Nicht mit dieser Psychopathin diskutieren.

Einfach schießen.

Er würde sie töten.

Kompromisslos.

Kopfschuss.

Ende.

36

Die Stelle, an der das ganze Geröll, die Felsen und die Erdmassen den Wanderweg mitgerissen hatten, lag plötzlich direkt vor ihm. Zwei große Scheinwerfer beleuchteten den Platz mit grellem Licht. Florian war so geblendet, dass er Susanne erst nach Kurzem vor dem großen Loch im Weg stehen sah, direkt an der Kante, mit einem erfreuten Lächeln im Gesicht.

Florian zog blitzschnell seine Waffe und zielte auf ihren

Kopf, doch bevor er den Abzug durchdrückte, erblickte er Jessica aus den Augenwinkeln.

Sie stand mit gefesselten Händen auf einem großen, wackeligen Fels mitten in der drei Meter breiten Furche, die der Erdrutsch verursacht hatte. Der Fels wurde stabilisiert durch zwei hölzerne Pfosten, die verhinderten, dass er den steilen Abhang hinunterrutschte. Ein dickes Seil war mit dem einen Ende um Jessicas Füße gewickelt. Das andere Ende lag mit einem Knoten fixiert um Susannes Hüfte. An einem Ast über Jessica hatte Susanne ein weiteres Seil befestigt, das in einer Schlaufe um Jessicas Hals endete.

Wenn Florian Susanne jetzt erschoss, würde die Mörderin in die Tiefe stürzen und dadurch auch Jessica zu Fall bringen, was ihr ruckartig das Genick brechen würde.

Verdammte Scheiße.

Er ließ die Waffe sinken und starrte Susanne hasserfüllt an.

»Du hättest mich tatsächlich einfach so erschossen«, stellte Susanne fest, klang aber eher amüsiert als entrüstet. »Du bist doch Polizist. Du darfst mich nicht grundlos erschießen.«

»Grundlos?«, brachte er heraus, bereute es aber sofort. Mit Susanne zu diskutieren war sinnlos. Sie war durch und durch böse. Empathie und gesunden Menschenverstand kannte sie nicht.

»Ich bin immerhin unbewaffnet«, erklärte sie. »Wie hat dir mein Auftritt in der schicken Doppelhaushälfte gefallen? Schade nur, dass ich das Entsetzen in deinem Gesicht nicht gesehen habe, als du die Frau gefunden hast.«

Ihm wurde schlecht. Ob es der Hass war, den er gerade empfand, oder die entsetzliche Angst, die er um seine

Freundin hatte, konnte er nicht sagen. Vielleicht hatte er sich aber auch eine Gehirnerschütterung zugezogen, als er sich den Kopf am Fels angestoßen hatte.

»Du siehst übrigens erbärmlich aus, Florian«, plapperte Susanne einfach weiter. Sie lief völlig angstfrei dicht am Abgrund hin und her, achtete dabei aber penibel darauf, dass das Seil um ihre Hüfte sich weder verhedderte noch der Knoten sich löste.

Wenn sie fiel, dann würde Jessica sterben.

»Geht es dir gut?«, hörte Florian plötzlich die Stimme seiner Freundin und sah zu ihr hinauf. Sie stand dort, zitternd und voller Angst und fragte ihn, ob es ihm gutging. Ein unerträglich beklemmendes Gefühl breitete sich in seiner Brust aus, als er versuchte zu lächeln und zaghaft nickte.

»Wirf deine Waffe weg«, befahl Susanne plötzlich. »Wirf sie einfach hinunter in den Fluss.«

»Ich bin doch nicht blöd«, war Florians abfällige Antwort. »Lass Jessica frei, dann werde ich dich nicht erschießen, sondern einfach nur verhaften«, drohte er und zielte mit der Dienstwaffe wieder auf Susanne. »Lass sie frei!«

Doch Susanne griff blitzschnell nach einem dünnen Seil auf dem Boden und zog heftig daran. Einer der zwei Pfosten, die den großen Fels hielten, löste sich, glitt aus der schweren, matschigen Erde und rutschte den Abhang hinunter. Der Fels, auf dem Jessica stand, begann unkontrolliert zu wackeln und seine Freundin schrie voller Panik auf.

Florian blieb das Herz fast stehen.

»Herrgott, Susanne. Du bist doch krank«, brüllte er.

Susanne sah, wie Florian die Arme sinken ließ, dann mit dem rechten kräftig ausholte und die Pistole in die

Breitach warf. Anschließend hob er beide Hände in die Höhe. »Warum nicht gleich so?«, bemerkte sie lachend. »Jetzt sind die Bedingungen doch ausgeglichen und fair. Jetzt können wir beide auf Augenhöhe miteinander verhandeln.«

»Was willst du?«, fauchte Florian. Sein Blick wechselte immer wieder zwischen Susanne und Jessica. Der Fels lag nun wieder ruhig, doch das konnte sich jederzeit ändern.

»Ich will dich sterben sehen, Schätzchen«, sagte sie frei heraus und lächelte wieder. Es hätte freundlich ausgesehen, würde man nicht wissen, wie sehr sie es genoss, andere leiden zu sehen.

»Dann lass Jessica gehen und wir beide machen das unter uns aus«, versuchte es Florian erneut und ging einen Schritt auf sie zu, doch Susanne hielt ihre rechte Hand hoch und zeigte ihm, dass sie ein weiteres Seil festhielt, welches in wenigen Sekunden den zweiten Holzpflock aus dem Boden reißen konnte – den einzigen Halt, den Jessica noch hatte.

Er blieb stehen, die Hände zu Fäusten geballt, Verzweiflung und Wut in seinem Blick.

»Ich verspreche dir, Florian«, begann sie erneut, »dass Jessica nichts passiert. Das Einzige, was ich meiner Schwester antun werde, ist, sie zu zwingen, dir beim Sterben zuzusehen. Strafe muss sein. Sie hat nicht auf mich gehört. Töte dich. Jetzt. Hier vor ihren Augen!«

»Wie stellst du dir das vor? Soll ich mich mit eigenen Händen erwürgen? Meine Pistole liegt in der Breitach. Soll ich hinunterspringen und sie wieder holen? Vielleicht breche ich mir bei der Aktion ja das Genick«, spottete er, verschränkte die Arme vor der Brust, lief bis zum Rand

des schmalen Sandwegs und schaute in den Abgrund. Ja, er würde sich definitiv das Genick brechen, wenn er jetzt sprang.

»Nein. Doch nicht springen«, sagte Susanne ruhig. »Dann sieht sie ja nicht, wie du stirbst.«

»Du siehst dann nicht, wie ich sterbe, du soziopathisches Miststück«, fluchte er wütend. »Dein Plan geht ohnehin nicht auf. In wenigen Minuten wimmelt es hier von Polizisten. Dann gibt es …«

»… keine Rettung mehr für Jessica«, vollendete sie seinen Satz. »Du musst dich also beeilen. Sobald ich den ersten uniformierten Beamten um die Ecke kommen sehe, springe ich.« Sie warf ihm ein Taschenmesser zu. Es schlitterte über den Schotter und blieb direkt vor seinen Füßen liegen. »Nimm das. Schneide dir … die Pulsadern auf. Du wirst verbluten. Das dauert zwar etwas, aber so viel Zeit muss sein.«

»Florian, tu das nicht«, hörte er Jessica sagen. »Sie wird mir nichts tun. Sie will dich töten, nicht mich.«

»Wirklich, Schwesterherz? Bist du jetzt unter die Psychologen gegangen? Vergiss nicht, ich habe meine eigene Mutter getötet. Wieso sollte ich dich verschonen?« Ein Hauch von Nervosität schwang in Susannes Stimme mit, doch sie überspielte es geschickt, indem sie sich langsam bewegte und wieder so abfällig grinste, dass einem schlecht werden konnte.

»Soll ich es dir beweisen, Florian?«, wandte sie sich jetzt wieder an den Freund ihrer Schwester. »Töte dich. Such dir aus, wo du dich verletzt. An den Pulsadern am Handgelenk oder am Hals geht es schnell.«

Doch das Messer blieb, wo es war: auf dem Boden vor seinen Füßen.

»Ich werde das nicht tun«, sagte er, ging einen Schritt zurück und drohte Susanne mit erhobenem Zeigefinger. »Was willst du dagegen tun?«

Auf ihr schallendes Lachen war Florian nicht gefasst. Bevor er reagieren konnte, war Susanne vom Rand des Abgrundes auf den Fels gesprungen und stand jetzt direkt neben ihrer gefesselten Schwester. Mit der rechten Hand griff sie in Jessicas blondes Haar und riss ihren Kopf zur Seite, in ihrer linken hielt sie eine Sprühflasche, wie man sie als Fenster- oder Badreiniger in jedem Supermarkt kaufen konnte.

»Du weißt, was das ist?«, fragte sie und sah zu Florian hinüber, der in einer Art Schockstarre verharrte und wie gebannt die Szene vor seinen Augen beobachtete. Würde der Fels das Gewicht der beiden Schwestern halten? Wenn der Stein jetzt wegrutschte, bedeutete das zumindest für Jessica den sicheren Tod.

»Weißt du, was das ist?«, wiederholte Susanne ihre Frage. Ihre Stimme war ein schrilles Kreischen.

Florian sagte nichts, schüttelte nur fast unmerklich den Kopf.

»Da drin ist das Zeug, dass ich der jungen Frau auf dem Dachboden in ihr hübsches Gesicht gesprüht habe. Doch keine Angst, Florian, sie ist nicht daran gestorben. Jessica würde diese Aktion also überleben. Du siehst, ich halte meine Versprechen. Jetzt töte dich.« Sie hob demonstrativ die Sprühflasche und hielt sie ihrer Schwester dicht vor das Gesicht. »Mach schon. Selbst meine Geduld hat Grenzen, Schätzchen.«

Seine Hände zitterten heftig, als er in die Hocke ging und nach dem Taschenmesser griff. Er hatte keine Ahnung, was er tun sollte. Es bestand kein Zweifel daran, dass er

für Jessica jederzeit und sofort sterben würde, wenn er damit ihr Leben retten konnte. Doch es bestand eben auch kein Zweifel daran, dass Jessica ebenfalls sterben würde, sobald er selbst tot war. Wenn er zuerst stürbe, müsste Jessica es mitansehen. Wenn er sich die Pulsadern nicht aufschnitte, stürbe Jessica als Erste und er müsste dabei zusehen. Verzweifelt suchte er nach einem Ausweg, nach einer Lösung, die alle Leben rettete.

Das Messer, das er in der Hand hielt, erkannte er sofort. Es gehörte Jessica, war klein, handlich und hatte diesen automatischen Klappmechanismus. Man brauchte nur den Knopf an der Seite fest zu drücken, dann schnappte es auf. Es war nicht lang genug, um jemandem ernsthaft Schaden zuzufügen, wenn man damit in einen Körper stach, außer man traf ein großes Blutgefäß oder die Lunge. Er sah auf und schätzte die Entfernung zu Susanne und Jessica auf gute sieben oder acht Meter. Von hier aus hatte er keine Chance, Susanne zu verletzen. Er drückte auf den Knopf, sah die Klinge aufschnappen, prüfte, ob sie scharf war, indem er mit dem Daumen über die Schnittkante strich. Prompt tropfte Blut in den Dreck vor seinen Schuhen.

Susanne lachte schallend. »Da muss ich ja ewig warten, bis du verblutest«, kicherte sie. »Sagte ich nicht, die Pulsadern? Die liegen etwas höher am Handgelenk, oder am Hals, falls du da anatomisch nicht so ganz firm bist.« Ihre Stimme wechselte von einem unbeschwerten Singsang in ein hasserfülltes Fauchen. »Töte dich!« Sein Zögern gefiel ihr überhaupt nicht.

Florian sah, wie sie ungeduldig an Jessicas Kopf zerrte. Die Sprühflasche hielt sie direkt vor den Augen seiner Freundin. Er hörte Jessica leise wimmern, ihre gefesselten Hände waren zu Fäusten geballt und sie hatte Mühe,

sich auf den Füßen zu halten. Ihre Beine gaben immer wieder nach und sie hing gefährlich mit dem Hals in der fest zugezogenen Schlaufe des Seils. Der Ast über ihrem Kopf bog sich, brach aber nicht.

»Jetzt reicht's mir aber, Florian«, wütete Susanne plötzlich. »Du brauchst einen kleinen Anstupser? Hier hast du ihn.«

Er schrie im gleichen Moment auf, in dem die Flüssigkeit aus der Sprühflasche auf Jessicas Gesicht traf. Ihre Haut verfärbte sich augenblicklich blutrot und eine hellrote Flüssigkeit rann über ihre Stirn und ihre Augen. Er brüllte aus Leibeskräften, sprang auf, rannte, stolperte und fiel hin, wobei er mit den Unterarmen über den steinigen Boden rutschte und sich die Haut am kantigen Untergrund aufriss.

»Komm nicht näher«, hörte er Susannes grelle Stimme, drückte sich vom Boden hoch und hob dabei etwas auf, das neben seinen Füßen im Gestrüpp lag. Sein Herz raste, er bekam kaum Luft, er keuchte, hustete und blickte entsetzt zu den beiden Frauen hinüber.

Das Blut lief Jessica über den Hals und färbte ihren hellen Pullover in wenigen Sekunden dunkelrot. Als sie die gefesselten Arme hob und mit den Händen in ihr Gesicht griff, war er so verzweifelt, dass er kurz die Augen schließen musste und nur noch ein entsetztes Ächzen herauswürgte.

»Es ist nur Wasser!«

Das Flüstern war kaum wahrnehmbar, wie ein verschwommenes Rauschen der Bäume oder ein Windzug, der schwach in sein Ohr blies, doch er sah auf.

»Nur gefärbtes Wasser«, schrie Jessica und lachte hysterisch. »Es ist nur Wasser!« Mit ihren gefesselten Hän-

den hatte sie Augen und Wangen freigewischt, die Haut darunter war unversehrt.

Florians ganzer Körper zitterte, er befürchtete, jeden Moment umzukippen. Er wusste nicht, woher er die Kraft nahm, doch er schaffte es, stehen zu bleiben, beide Arme anzuheben, die Hände mit der Waffe darin ruhig zu halten und zu zielen.

Susannes Gesichtsausdruck wurde starr vor Entsetzen. Sie begriff augenblicklich, dass das, was Florian in die Breitach geworfen hatte, nicht die Waffe gewesen war.

Florian hatte vorhin, als er die Arme hatte sinken lassen, blitzschnell nach dem Funkgerät gegriffen, das er aus dem Polizeiwagen mitgenommen und sich in den Hosenbund gesteckt hatte, die Waffe vor sich auf den Boden fallen lassen und mit einer weit ausholenden Bewegung das Funkgerät in die Breitach geschleudert.

»Du bekommst sie nicht«, schrie Susanne, sprang vom Felsen und warf sich auf den Boden.

Als Florian das erste Mal schoss, trat sie mit beiden Beinen mit aller Kraft gegen den Fels und brachte ihn ins Rutschen. Gleichzeitig löste sie den Knoten des Seils um ihre Hüfte, befreite sich, stemmte sich hoch und begann, am steilen Abhang nach oben zu klettern. Verdammte Scheiße, er sah sie kaum noch, sie verschwand im Schatten.

Da hörte er Jessica entsetzt aufschreien, dann verstummte sie, würgte, kämpfte um ihr Leben. Mit den gefesselten Händen versuchte sie vergeblich, das Seil von ihrem Hals zu lösen, scheiterte kläglich und strampelte wild mit den Beinen, die jetzt frei in der Luft hingen. Das Gewicht ihres Körpers zog sie unnachgiebig nach unten, die Schlinge zog sich tödlich zusammen.

Florian zielte erneut, hielt die Luft an, konzentrierte sich darauf, seine Hände ruhig zu halten, und schoss, immer und immer wieder, zielte auf den Ast, schoss sein Magazin leer. Mit einem lauten Krachen zerschellte der abgerutschte Fels im Flussbett. Im gleichen Moment zerbarst der Ast über Jessicas Kopf in tausend Stücke. Jessica fiel auf den Boden und schlitterte den glitschigen Abgrund hinunter, stieß mit dem Kopf gegen Felsvorsprünge, riss sich die Haut an spitzen Steinen und Ästen auf.

Ohne über die Konsequenzen nachzudenken, rannte Florian los und sprang in das große Loch im Weg vor ihm, seine Füße fanden in dem schmierigen Untergrund keinen Halt, seine Hände suchten verzweifelt nach etwas, an dem er sich festhalten konnte. Schließlich erwischte er eine dicke Wurzel und krallte sich daran fest. Weil sein Körper dadurch ruckartig abgebremst wurde, kugelte er sich beinahe die Schulter aus.

Sein weiterer Abstieg war nur unwesentlich kontrollierter, doch schließlich hatte er Jessica erreicht.

Sie lag etwa zwei Meter vom Ufer der Breitach entfernt auf dem Rücken, über und über mit Schlamm verdreckt, den Kopf zur Seite gedreht, die Augen geschlossen.

Schon während seines Sprungs in die Tiefe hatte er angefangen zu beten. Er war kein sonderlich gläubiger Mensch, doch er flehte seinen Gott an, Jessicas Leben zu verschonen. Noch immer Bittgebete gen Himmel schickend, kletterte Florian zu Jessica hinüber, legte seine Hand an ihren Hals und löste die Schlinge. Seine Finger suchten das rhythmische Klopfen ihrer Halsschlagader, gleichzeitig wischte er mit der freien Hand den Dreck aus ihrem Gesicht, begutachtete die Wunde an ihrer Stirn und wartete darauf, dass sie die Augen aufschlug.

»Jessy«, flüsterte er. »Bitte, Jessy, sieh mich an.«

»Florian?« Ihre Stimme war so schwach, dass es ihm in der Seele schmerzte.

Jetzt hatte er ihren Puls ertastet. Regelmäßige und kräftige Schläge unter seinen Fingerspitzen entlockten ihm ein dankbares Lächeln. »Ich bin da«, sagte er leise. »Du bist jetzt sicher.«

Als sie schließlich die Augen aufschlug und ihn dankbar ansah, konnte er die Tränen nicht mehr zurückhalten.

37

Sie musste ihre Wut unter Kontrolle bringen und sich auf das Wesentliche konzentrieren.

Schwer nach Atem ringend saß sie am Rand der dunklen Klamm auf einer kleinen Lichtung, umringt von hohen Bäumen. Etwa 30 Meter von hier war eine Straße. Das wusste sie, weil sie die Gegend ausgiebig erkundet hatte, um jeden möglichen Fluchtweg im Voraus zu durchdenken. 100 Meter die Straße rauf stand ihr Auto. Eigentlich

hatte sie vorgehabt, dem Wanderweg hinter dem Erdrutsch noch gute 200 Meter weiter Richtung Österreich zu folgen und dort den kleinen Notaufstieg zu benutzen. Der steile Hang direkt über der Baustelle hatte sie mehr Kraft gekostet als ihr ursprünglich geplanter Weg, doch Florian hatte sie gezwungen, diesen Hang hinaufzuklettern.

Dieser verdammte Mistkerl!

Sie hätte ihn gleich töten sollen, anstatt ihn zu ihrem eigenen Vergnügen bis heute am Leben zu lassen. Jetzt war alles so gekommen, wie sie es nie gewollt hatte.

Seinetwegen hatte sie Jessica opfern müssen. Er hatte ihr ihre Schwester genommen und wieder hatte sie es nicht geschafft, ihn zu töten. Vielleicht würde der Tod seiner Freundin ihn endlich dazu bringen, sich selbst das Leben zu nehmen, doch darauf konnte sie sich nicht verlassen. Er hatte ihr Leben zerstört und sie würde nicht ruhen, bis sie ihren persönlichen Seelenfrieden durch seinen Tod wiedergefunden hätte.

Verdammter Mistkerl!

Ein Blick hinunter in den Abgrund verriet ihr, dass Florian ihr nicht gefolgt war. Sie sah ihn nicht mehr. Vielleicht war er seiner sterbenden Freundin zu Hilfe geeilt, war abgestürzt und hatte sich dabei sein verdammtes Genick gebrochen.

Weiter hinten, noch gute 300 Meter entfernt, kam die Verstärkung. Über zehn Lichtkegel von starken Taschenlampen flackerten durch die dunkle Nacht. Florian hatte nicht gelogen, als er behauptete, es würden Kollegen kommen, um ihn zu unterstützen.

Sie hatte ihn falsch eingeschätzt.

Sie hatte vermutet, er würde kopflos in sein Auto springen und hierherfahren, um den von ihr inszenierten angeb-

lichen Mord an Jessica zu rächen. Das wäre typisch für ihn gewesen. Erst handeln, dann denken. Impulsivität – oder sollte sie es gleich »Impulskontrollstörung« nennen – war immer ein Nachteil. Aber auch in diesem Punkt hatte sie ihn unterschätzt.

Solche Fehler passierten ihr sonst nicht.

Jetzt würde sie erst einmal zu ihrem Auto gehen und in ihr sicheres Versteck fahren.

Sie brauchte einen neuen Plan, etwas Zeit zum Nachdenken und Ruhe. Vielleicht sollte sie nach der Beerdigung von Jessica für einige Zeit die Stadt verlassen und wieder untertauchen.

»Bleib stehen, Susanne!«

Zuerst erschrak sie, doch dann spürte sie das Zittern in der Stimme, die sie erst jetzt erkannte. Freundlich lächelnd blieb sie stehen und drehte sich langsam um. »Papa, was machst du denn hier?« Sie öffnete weit ihre Arme, als wollte sie sich ihm vor Freude an den Hals werfen, doch er stand über zehn Meter von ihr entfernt.

»Lass es endlich gut sein, Susanne«, hörte sie ihn sagen. »Du hast genug angerichtet, Kind. Lass dir helfen.«

»Mir geht es sehr gut, Papa. Aber wie geht es dir? Du siehst etwas mitgenommen aus?« Sie ging ein paar Schritte auf ihn zu und blieb erst stehen, als sie die Waffe sah, die er jetzt auf sie richtete.

»Bitte lass dir helfen, Susanne. Du hast so viele Leben auf dem Gewissen. Es ist Zeit, endlich Frieden zu finden.« Er kam einen Schritt näher und ließ die Pistole sinken. »Zu viele Menschen mussten sterben.«

»Aber für deinen Seelenfrieden bin ich doch nicht verantwortlich«, sagte Susanne ruhig und sah ihren Vater

lange und durchdringend an. »Dafür war immer schon Jessica zuständig.«

»Wo ist Jessica?«, fragte Herbert Grothe voller Angst. Er hatte von Weitem die Schüsse gehört, als er aus Jessicas kleinem Wagen gestiegen war. Er war verzweifelt auf der Suche nach dem von Florian entwendeten Streifenwagen gewesen, als er schließlich am Straßenrand neben der Klamm, etwa auf Höhe von deren Mitte, stehen geblieben war. Er hatte die vielen Schüsse gehört und schon vermutet, dass Florian Susanne niedergestreckt hatte, doch jetzt stand sie vor ihm, heil und lebendig.

Über sein Handy hatte Florians Freund Erwin Buchmann Herbert Grothe mitgeteilt, wo die Beamten den Streifenwagen geortet hatten. Er selbst hatte bei der Verfolgung Florians Spur kurz nach der Autobahn verloren. Es war purer Zufall, dass er genau hier auf Susanne traf – Glück wollte er das nicht nennen.

»Dein ach so geliebter Fastschwiegersohn hat sie auf dem Gewissen. Du hängst dein Herz immer an die falschen Personen, mein lieber Vater.« Verachtung schwang in Susannes Stimme mit, doch sie stand so ruhig vor ihm wie eine Statue, kalt, blass und schaurig schön.

»Sie ist tot?« Seine Stimme brach. »Jessica ist tot?«

»Und das Arschloch hoffentlich auch endlich«, spuckte sie voller Abscheu aus. »Und wenn du mich nicht auch noch verlieren willst, lässt du mich jetzt gehen.«

In diesem Augenblick hob er die Waffe wieder an und richtete sie auf seine Tochter. »Niemals«, sagte er mit klarer, fester Stimme und Tränen in den Augen.

»Ausgerechnet du willst mich töten, alter Mann? Du hast es noch nie geschafft, das Richtige für deine Familie zu tun.«

Herbert Grothe ging nicht auf ihre Worte ein, obwohl sie ihn in der Seele trafen. Susanne hatte recht. Er hatte die Gefahr nicht erkannt, die von seiner psychisch kranken Tochter ausging. Er war schuld am Tod seiner Frau und jetzt auch am Tod von Jessica.

»Du bleibst stehen, Susanne. Bleib, wo du bist«, brüllte er, als sie langsam, aber mit sicherem Schritt immer näherkam, die Arme weit zur Seite gestreckt, ein breites Lächeln auf dem Gesicht.

»Und was, wenn nicht?« Sie setzte einen Fuß vor den anderen und blieb erst stehen, als der Lauf der Waffe nur noch wenige Zentimeter von ihrem Brustbein entfernt war. »Wirst du mich dann erschießen, Papa?«

Ihr Bild verschwamm vor seinen Augen und er schniefte laut vernehmlich.

»Du kannst mich nicht töten, oder Paps? Du bist schwach. Das warst du schon immer.«

Wenn sie sich jetzt umgedreht hätte und einfach gegangen wäre, hätte er sie gehen lassen. Doch sie blieb stehen. Er schüttelte langsam seinen Kopf und ließ die Waffe sinken. »Komm bitte zur Vernunft, Susanne. Ich liebe dich. Du bist meine Tochter. Aber du musst dir endlich helfen lassen.«

»Hilf du mir«, sagte sie, legte den Kopf leicht schief und zwinkerte ihm zu.

Am Abgrund, dort, wo der Erdrutsch das ganze Geröll in die Breitach gespült hatte, waren die Beamten eingetroffen. Ein kleiner Tumult brach aus und es war nur noch eine Frage der Zeit, bis die Polizisten hierherkamen und sie fanden.

Also griff Susanne nach den Händen ihres Vaters, zog die Waffe hoch und presste sie in der Mitte ihres Brustbeines an ihren Körper. Seine Hände hielt sie so fest, dass

er sich nicht befreien konnte. »Hilf mir, Paps. Drück ab, dann ist es vorbei.«

»Susanne, bitte«, flehte er und seine Hände zitterten. »Mach das nicht. Ich will dich nicht verlieren. Ich werde dich nicht töten.« Mit aller Kraft, die er aufwenden konnte, versuchte er seine Hände zu befreien, die Waffe von ihrem Körper zu lösen und die Finger seiner Tochter daran zu hindern, den Abzug durchzudrücken.

Doch er scheiterte.

Als der scharfe Knall die kalte Nachtluft zerschnitt, als der Körper seiner Tochter zu Boden sank und in das feuchte Gras fiel, da war Herbert Grothes eigenes Leben schlagartig völlig wertlos geworden.

38

Jetzt würde er sich diese kranke Mörderin schnappen, und wenn es das Letzte war, das er tat.

Er hatte Jessica in der Obhut von Berthold gelassen, der mit einer ganzen Schwadron an Beamten zur Verstär-

kung angerückt war. Inzwischen waren auch die Sanitäter eingetroffen, die seiner Freundin endlich helfen und ihr etwas gegen die Schmerzen geben konnten. Er wusste nicht, wie viele Verletzungen sie sich beim Sturz zugezogen hatte, doch ihr rechtes Bein war definitiv gebrochen. Außerdem hatte es wohl auch die ein oder andere Rippe erwischt, denn sie atmete flach und angestrengt. Florian machte sich große Sorgen um Jessica, wollte sie auf keinen Fall allein lassen, doch als sie die Stimme ihres Vaters gehört hatte, wie er Susanne anbrüllte, sie sollte stehenbleiben, hatte Jessica ihn so eindringlich gebeten, Herberts Leben zu retten, dass er nicht anders konnte, als den Abhang hinaufzuklettern und Susanne endlich zur Strecke zu bringen.

Als der Schuss fiel, war er noch nicht ganz oben angekommen und konnte sich ein verzweifeltes Fluchen nicht verkneifen. Wenn er wieder zu spät gekommen war, würde er sich das nicht verzeihen. Er hatte Jessica versprochen, ihren Vater zu retten.

»Herbert?« Er sah seinen Schwiegervater im Gras knien, sein ganzer Körper zitterte und er hörte ihn schluchzen. »Herbert, geht's dir gut? Bist du verletzt?«

Erst als er fast bei ihm war, sah er Susanne etwa zwei Meter vor ihm im hohen Gras liegen, die Augen geschlossen und der Körper vollkommen reglos. Ein dunkler, feuchter Fleck frischen Blutes tränkte ihren Pullover und tropfte an ihrer Hüfte ins Gras.

»Geht's dir gut, Herbert?«, wiederholte er verzweifelt, ohne Susanne noch eines weiteren Blickes zu würdigen.

»Komm nicht näher, Florian«, schniefte Herbert verzweifelt, hob die Waffe, die er immer noch fest in seiner Hand hielt, und legte den Lauf direkt an seine Schläfe. »Sag

den Kindern nicht, wie ich gestorben bin. Sag ihnen, ihr Opa hat sie lieb und wird immer auf sie aufpassen.« Die letzten Worte gingen in einem heftigen Schluchzen unter, das seinen ganzen Körper durchschüttelte.

»Herbert, nicht«, rief Florian. »Tu das nicht. Was soll ich denn Jessica sagen? Bitte, Herbert, das ist es nicht wert.«

»Jessica lebt?« Herbert ließ kurz die Waffe sinken, versuchte in den Augen von Florian zu erkennen, ob er ihn belog, und schüttelte dann seinen Kopf. »Gut«, sagte er. »Bitte kümmere dich um meine Familie. Ich habe meine Tochter getötet. Ich werde jetzt zu ihr gehen.« Wieder hob er die Pistole und zielte auf seinen Kopf.

»Du wirst dich verdammt noch mal nicht so aus dem Staub machen«, rief Florian wütend. Herbert durfte sich einfach nichts antun. Er hatte Jessica versprochen, ihren Vater zu retten.

»Du bist ein guter Mann, Florian«, sagte Herbert und es klang, als wäre er mit seinen Gedanken bereits weit weg. »Ich möchte dir danken, dass du meine Susanne nicht getötet hast, doch jetzt ist sie nun einmal tot und es ist meine Schuld. Sag Jessica, dass ich sie über alles liebe.«

»Das werde ich bestimmt nicht tun«, entgegnete Florian verzweifelt. Er lief zu der reglos am Boden liegenden Susanne und riss sie hoch. »Vielleicht ist sie gar nicht tot, Herbert. Verdammt noch mal, vielleicht lebt sie ja noch.« Er schüttelte Susannes schlaffen Körper heftig, ließ ihn dann wieder ins Gras fallen und legte seine Finger auf ihren Hals.

Erschrocken sah er zu Herbert auf. Unter seinen Fingern spürte er ein schwaches und unregelmäßiges Pochen.

»Sie lebt noch, Herbert«, sagte er und ihm wurde schlagartig schlecht. Er hatte allergrößte Schwierigkeiten, seinen Drang zu kontrollieren, einfach beide Hände um ihren Hals zu legen und so fest zuzudrücken, dass sie endlich von dieser Welt verschwand. Sie hatte ihn so gequält, ihm so viele schlimme Stunden mit schrecklichsten Albträumen beschert, ihm so viel Angst bereitet. Und das alles sollte noch immer nicht vorbei sein? Er ertrug es nicht mehr, es musste endlich ein Ende finden. Auch Jessicas Seele hatte einen irreparablen Schaden genommen. Fast getötet von ihrer eigenen Schwester, die noch immer lebte. Herrgott hilf – Susanne musste sterben.

Damit das aufhörte.

Damit endlich wieder Frieden im Leben seiner Liebsten einkehrte.

Doch niemand nahm ihm die Entscheidung ab. Gott holte sie nicht zu sich und ihr Puls schlug und schlug, wenn er auch merklich schwächer wurde. Atmete sie noch?

»Rette meinen Vater« waren die letzten Worte gewesen, die Jessica zu ihm gesagt hatte, bevor er sie Bertholds Obhut überließ.

Herbert, etwas abseits im Gras sitzend, sah ihn verzweifelt an, rührte sich aber nicht. Den Lauf seiner Waffe presste er immer noch gegen seine Stirn.

»Ruf die Sanitäter, Herbert. Beeile dich. Ich weiß nicht, ob sie es schafft«, rief er Herbert zu, presste seine Hand auf die heftig blutende Wunde der Frau, die er mehr hasste als alles andere auf der Welt, und prüfte, ob sie atmete.

»Susanne, du verfluchte Mörderin«, schrie er sie an, rüttelte an ihrer rechten Schulter und seufzte verzweifelt. Er zog die blutverschmierte Hand von der Wunde

auf ihrem Bauch, kniete sich stattdessen mit dem Schienbein auf ihren Körper, um so die Wunde zu verschließen, und begann mit der Wiederbelebung.

Herzmassage – Beatmung – Herzmassage.

Vielleicht starb sie jetzt einfach.

Herzmassage – Beatmung – Herzmassage.

Mach, dass sie geht, flehte er. Gott, wenn es dich gibt, nimm sie zu dir. Wir brauchen sie nicht.

Herzmassage – Beatmung – Herzmassage.

Sie hatte es verdient zu sterben. All die Qualen, all das Leid, das sie verursacht hatte. Stirb jetzt einfach. Bitte stirb.

Herzmassage – Beatmung – Herzmassage.

Atme gefälligst, du narzisstische Psychopathin!

Herzmassage – Beatmung – Herzmassage.

Du wirst nicht unter meinen Händen wegsterben, du Mörderin. Den Gefallen tue ich dir nicht.

Herzmassage – Beatmung – Herzmassage.

Mach, verdammt noch mal, dass sie überlebt. Lass sie überleben, damit Herbert und vor allem Jessica Frieden finden. Ich brauche Jessica. Lass sie ihren Frieden finden. Atme, Susanne, du gottverdammtes Miststück!

Als nach mehreren Minuten endlich zwei Sanitäter eintrafen und ihm die Wiederbelebung der schwerverletzten Susanne abnahmen, fiel Florian völlig erschöpft ins Gras, lag ausgestreckt auf dem Rücken, starrte in den sternenlosen pechschwarzen Himmel und brüllte all die Verzweiflung, all die Angst und Panik der letzten Stunden heraus in die Stille, in die Dunkelheit.

Und sein Schrei hallte nach, verstärkte sich zu einem donnernden Grollen und durchströmte die Klamm in einem nicht enden wollendem Echo.

Gottverdammte Schattenklamm!

39

Drei Monate später:

Sie blieb total erschöpft stehen, beugte sich vor und stützte ihre Hände auf den Oberschenkeln ab. Dann atmete sie ein paarmal tief ein und wieder aus.

»Wie weit ist es denn noch? Wir sind schon seit Stunden unterwegs«, brachte sie mühsam heraus, sah auf und betrachtete das erste Mal seit ihrem Aufbruch in den sehr frühen Morgenstunden die Aussicht, die sich ihr von hier oben bot. »Oh«, sagte sie überwältigt. »Wie schön das ist.«

»Nicht wahr? Herrliche Weitsicht heute.« Er blieb ebenfalls stehen und warf einen kurzen Blick über das Tal vor ihnen. »Das Wetter meint es wirklich gut. Dort drüben«, er wies mit ausgestrecktem Arm auf eine kleine Hügelkette und einen See, »das ist der Rottachspeicher. Etwas weiter rechts liegt der Grüntensee. Leider ist es am Horizont etwas diesig, sonst könnte man von hier aus vielleicht das Ulmer Münster sehen.«

»Das glaube ich kaum.« Jessica schützte ihre Augen mit der rechten Hand vor der aufgehenden hellen Sonne, fühlte den Wind in ihrem aufgeheizten Gesicht und seufzte zufrieden. Wenn sie die Augen jetzt schließen würde, wäre es fast, als stünde sie an der Nordsee. Nur der typische Geruch von Watt, Salzwasser und alten Fischkuttern fehlte. Hier roch es nach Herbst, nach Tannengrün und verrottendem Laub, nach Moos und Erde und nach warmen Sonnenstrahlen. Außerdem war es still hier oben,

viel leiser als an der See, wo ständig die Möwen schrien und die Wellen tosend brachen. »Ist das dort drüben das Gipfelkreuz? Und was ist das daneben?«

»Das ist das Gebirgsjägerdenkmal, errichtet vor fast 100 Jahren zu Ehren der gefallenen Gebirgsjäger«, erklärte Florian und ging ein paar Schritte weiter Richtung Gipfelkreuz. »Komm, ich will dir zeigen, wie schön das Allgäu ist.« Er lief voraus, erreichte das eiserne Kreuz und drehte sich zu Jessica um. Der Aufstieg war ihr schwergefallen. Nach ihrem schlimmen Sturz in der Breitachklamm hatte es Wochen gedauert, bis sie sich wieder einigermaßen erholt hatte. Doch auch die intensive Physiotherapie hatte sie noch nicht wieder an ihr altes Fitnesslevel herangebracht. Vor dem Unfall wäre ein Aufstieg auf den Grünten für Jessica kein Problem gewesen, jetzt allerdings kämpfte sie sich mühsam die letzten Meter hinauf.

»Ist das da hinten der Säuling?«, fragte Jessica und zeigte auf einen Berggipfel, der eine untypisch runde Kuppel als Spitze hatte.

»Ganz genau«, bestätigte Florian. »Und schau mal etwas weiter in diese Richtung«, er stellte sich hinter sie, legte seinen rechten Arm auf ihre Schulter und zeigte auf einen weiteren Gipfel, »das ist die Zugspitze.«

»Ehrlich?«

»Aber klar. Wunderschön hier, oder?«

Als Jessica lächelte, nahm er sie fest in seine Arme und vergrub sein Gesicht in ihrem Haar.

Das, was er gleich tun würde, hatte er noch nie in seinem Leben getan. Und obwohl es sich richtig anfühlte, war er so nervös wie selten in seinem Leben. Vor vier Wochen hatte er den Ring, der jetzt in seiner rechten Hosentasche steckte, bei einem Goldschmied in Auftrag gegeben. Er

war schlicht, denn Jessica trug eigentlich keinen Schmuck. Anstatt eines kleinen Brillanten hatte der Schmuckdesigner eine kleine Glaskugel mit einem winzigen Bild eingefasst. Das Bild zeigte eine geöffnete Muschel, in ihrem Inneren lag ein Edelweiß. Besser konnte er ihr nicht sagen, dass er sie liebte und dass sie für immer zusammengehörten.

»Jessy … ähm … Ich wollte dich etwas fragen«, begann er und fuhr sich nervös durch sein Haar. »Wir beide …«

Mit den Fingerspitzen ihrer rechten Hand berührte Jessica seine Lippen und Florian verstummte. »Kann ich zuerst?«, fragte sie und sah ihn ernst an. »Es fällt mir nicht leicht, aber ich müsste auch dringend etwas mit dir besprechen.«

Er nickte, doch sein Blick verriet, dass er eigentlich nicht hören wollte, was sie zu sagen hatte.

»Versteh mich nicht falsch, Florian. Es hat nichts mit dir zu tun«, begann sie und sah ihn beinahe mitleidig an.

Florian trat erschrocken einen Schritt zurück und schüttelte langsam den Kopf. »Du kannst dich nicht einfach wieder von mir trennen«, sagte er leise. »Das geht nicht. Wir passen perfekt zusammen. Das geht einfach nicht.«

»Ich will mich nicht von dir trennen, Florian«, versuchte Jessica ihren Freund zu beruhigen. »Doch ich will auch nicht mehr hier sein. Ich will zurück nach Hamburg.«

»Ohne mich?«

Als Jessica nickte, wurde er wütend. »Das geht so nicht. Ihr gehört zu mir. Du und die Kinder.«

»Wir können uns besuchen, wann immer wir wollen. Svenja, Tobi und ich könnten die Ferien im Allgäu verbringen. Oder du kommst mal zu uns.«

»Jessica«, begann er und hatte Mühe, seiner Stimme wieder einen ruhigen Ton zu verleihen. »Zwischen Hamburg und Kempten liegen über 700 Kilometer.« Er machte eine Pause, dachte nach. Dann fuhr er fort: »Susanne wird dir nichts mehr tun. Sie ist für alle Zeiten eingesperrt. Du musst endlich aufhören, dich von ihr manipulieren zu lassen. Lauf nicht immer weg. Bleib bei mir.«

Die Tränen in ihren Augen verrieten ihm, dass er ins Schwarze getroffen hatte. Ihr Wunsch, nach Hamburg zurückzugehen, war einzig und allein ein Fluchtgedanke.

Seit Wochen bekam Jessica Briefe von ihrer Schwester, doch davon wusste Florian nichts. Sie hatte niemandem davon erzählt. Gestern dann hatte sie ein Schreiben von Susannes Anwältin erhalten, die drohte, ein Besuchsrecht für die Kinder einklagen zu wollen, wenn Jessica die beiden nicht freiwillig zu ihrer Schwester bringen würde. Doch genau das würde sie niemals tun.

»Bitte bleib bei mir. Ich liebe dich, Jessy.«

»Ich muss zurück nach Hamburg«, wiederholte sie gepresst und schüttelte den Kopf. »Ich will hier nicht mehr sein.«

Florian sah seine Freundin lange an, das Gesicht ausdruckslos versteinert. Doch innerlich zerriss ihn der Gedanke, alles zu verlieren, für das er seit Monaten lebte und um das er kämpfte. »Du musst dich entscheiden«, sagte er schließlich, zog den Ring aus der Hosentasche und drückte ihn Jessica in die Hand. »Susanne oder ich. Denn nur einer von uns kann dein Lebensmittelpunkt sein!«

Dann lief er wortlos an ihr vorbei und begann mit dem Abstieg. Er drehte sich nicht mehr zu ihr um.

TOD IN DER FELSSCHLUCHT In den Voralpen wütet ein Jahrhundertunwetter. Als ein gewaltiger Erdrutsch in der Breitachklamm im idyllischen Oberallgäu eine verweste Leiche freilegt, stellt deren Identifizierung Hauptkommissar Florian Forster zunächst vor ein scheinbar unlösbares Rätsel. Niemand in der Gegend wurde zur fraglichen Zeit als vermisst gemeldet und auch die polizeiliche Datenbank liefert keine verwertbaren Hinweise. Wer ist die unbekannte Person und warum musste sie sterben? Seine Kollegin Jessica Grothe ermittelt währenddessen in einem schweren Verkehrsunfall. Hinweise legen nahe, dass ihre beiden Fälle miteinander zusammenhängen. Doch was hat der Unfall mit den sterblichen Überresten in der Felsspalte zu tun? Während die Ermittlungen nur sehr schleppend verlaufen, kommt Forsters ganz persönlicher Erzfeind ihm und seiner Familie wieder gefährlich nahe …

Mia C. Brunner wurde in Wedel in der Nähe von Hamburg geboren. Seit fast 15 Jahren lebt sie mit ihrem Mann und ihren zwei Töchtern im Allgäu. Waren es früher nur Kurzgeschichten, die sie für ihre Kinder schrieb, machte sie später ihre ersten Krimierfahrungen mit selbstverfassten Dinnerkrimis, in denen sie ihre Faszination fürs Schreiben und ihre Leidenschaft fürs Kochen verbinden konnte. Nach »Schattenklamm« und »Schonfrist«, ebenfalls erschienen im Gmeiner-Verlag, ist »Tödliche Klamm« ihr dritter Allgäukrimi.

Bisherige Veröffentlichungen im Gmeiner-Verlag:
Tödliche Klamm (2019)
Schonfrist (2017)
Schattenklamm (2016)

MIA C. BRUNNER

Tödliche Klamm